狄德罗
07
作品集

**DENIS
DIDEROT**

与旧睡袍离别后的烦恼

REGRETS SUR MA VIEILLE ROBE DE CHAMBRE

德尼·狄德罗 —— 著　　钱翰　周莽　施康强　余中先 —— 译　　罗芃 —— 主编

上海译文出版社

目　录

论戏剧诗 *

钱翰/译

献给我的朋友 F. M. 格里姆[①]

① F. M. Grimm（1723—1807），德国文学批评家，与卢梭和百科全书派学者交往紧密。

愿为磨刀石，虽无切削之功，但使刀刃锋利。

贺拉斯，《诗艺》

一　戏剧的体裁

假如一个民族从来只有一种诙谐而愉快的戏剧，却有人向人们建议增加一种严肃而感人的戏剧，朋友，你知道他们会作何感想？也许是我想得不对，通晓人情世故的人在考虑了这样的可能性之后，会这样说："要这种体裁的戏剧做什么呢？生活给我们带来实际的痛苦还不够吗，还要让人们再为我制造些想象的痛苦吗？为什么要把忧郁的成分带到我们的娱乐中来呢？"他们这样说，仿佛从未领略过感动得热泪纵横的乐趣。

传统习惯把我们束缚住了。一个天才的火花闪现，发表了一部作品；最初他对人们产生了冲击，人们对他的看法有分歧；渐渐地他把人们的意见统一起来，不久就有一批人去模仿他；供人模仿的榜样越来越多，人们积累了观察经验，设定了诸般法则，艺术产生了，人们为之做出了各种限定；人们宣布，一切不在这个已划定的狭小圈子之内的东西都是古怪而不好的：这是赫拉克勒斯之山[①]，人们绝对不能翻越，否则就会迷路。

但是任何东西都敌不过真实。不管愚蠢对它如何赞颂，坏的东西总要消逝；不管无知对它如何怀疑，嫉妒对它如何狂吠，好东西总会留下来。引以为憾的是，他们必须待到去世后，才能得到公正的评价。人们总是把他们在生前折磨够了，然后才在他们的坟头撒下一些失却了芬芳的花朵。那怎么办呢？要不就休息，要不就忍受那种比我们杰出的人都服从过的法则。如果有这么一个人，他忙忙碌碌，但工作并不是他幸福的源泉，而他又不满足于少数人对他的欣赏，那么他真是太不幸了！公正的评判人是有限的。啊，朋友！待我发表了一些东西，我会去看您的，我发表的或是一个剧本的初稿，或是一点哲学思想，或是关于道德或文学的一个片段——因为要有些变化，才能使我的精神得到调剂。假使我走到您面前，您不感到讨厌，还用高兴的神气来接待我，那么我就会耐心等候，让时间和迟早会来临的公道评断我的作品。

如果已经有一种戏剧体裁存在，就难以再引入另一种新的体裁。万一引入了，又会产生一种偏见：人们不久就会以为这两种体裁是类似的，相近的。

---

① 依据希腊神话，英雄赫拉克勒斯曾劈开原来连接欧非大陆的大山，形成了今天位于直布罗陀海峡两侧的山脉，被称为"赫拉克勒斯之山"。

芝诺①否认运动的真实性。作为回应，他的对手站起来走了几步；其实即使他只是像瘸子那样拐一下，也足以回答这个问题了②。

我试图在《私生子》中给一种介乎喜剧和悲剧之间的戏剧以一个概念。

我早先应承要写《一家之主》，却因为没完没了的杂务而迟迟未能完成，它就是介于《私生子》这样的严肃戏剧和喜剧之间的类型。

假使我还有余暇和勇气，我还希望能写一部介于严肃戏剧和悲剧之间的剧本。

无论人们认为这些作品有一些可取之处，还是认为它们不值一钱，它们仍然足以证明，在已有的两种体裁的戏剧之间，我发现的空白地带确实存在，并非空穴来风。

二　严肃的喜剧

戏剧系统在它整个范围内是这样划分的：轻松的喜剧，以人的缺点和可笑之处为对象；严肃的喜剧，以人的美德和责任为对象；悲剧一向以大众的灾难和大人物的不幸为对象，但也

---

① Zenon of Elea（前490—前425），古希腊哲学家，曾提出"飞矢不动"论点。
② 指第欧根尼（Diogène，前412—前324），古希腊犬儒派哲学家，曾就"飞矢不动"问题与芝诺的弟子辩论。

会有以家庭的不幸事件为对象的。

然而，应当让谁为我们承担有力地描写人的责任呢？承担这个任务的诗人又应该具备什么条件呢？

他应该是一个哲学家，深入研究过自己的内心，洞察人的本性，他还必须深入了解社会上的各种行业，明白其作用和价值，明了它们的麻烦和便利之处。

"但是，如何把属于一个人的社会状况的一切方面都容纳在一个剧本的狭小范围之内呢？能够达到这个目的的情节在哪里呢？像这种戏剧，人们只能写些所谓插曲式的剧本；插曲式的场景前后相继而不连贯，或者至多只有一点细微的情节蜿蜒曲折地贯串在分散的插曲之间：缺乏统一性，剧情很少，毫无趣味。每一场中都有贺拉斯再三叮咛的那两点，但是毫无整体性可言，全剧成为松懈无力的东西。"

假使人的社会状况所提供的题材产生了如同莫里哀《讨厌鬼》那样的剧本，这已经是很不错了。但我相信还可以做得更好。每一种身份地位所包含的职责和麻烦并不都是同等重要的。我认为可以着力于那些主要的，以此作为作品的基础，而把余下的作为枝节。这正是我在《一家之主》中给自己确定的目标。在这部剧中，儿子和女儿的婚事是剧中两大关键。财产、门第、教育、父亲对儿女的责任、儿女对父亲的责任、婚姻、独身，一切与一家之主这一地位有关的东西都用对白引出。如果让别人来写，即使他具有我所缺少的天才，您看看他的剧本将会成为什么样子吧。

人们反对这种体裁的戏剧只说明了一点，就是这种体裁难以处理；这不是一个小孩所能做的工作；它需要更多的技艺、知识、严肃性和思想的力量，而这些往往不是人们在开始投身戏剧的时候就已经具备的。

为了好好评判一部作品，就不应该拿它和另一部作品去比较。这正是我们某位第一流批评家犯下的错误。他说："古人不曾有过歌剧，因此歌剧是一种不好的体裁。"如果他态度慎重一些，或者知识更多一些，也许会说："古人只有一种歌剧，因此我们的悲剧一点也不好。"如果他稍微讲点逻辑，上面那两句话他就都不会说了。到底有没有现成的规范，这无关紧要。在一切东西之前，都有一个规律。还没有诗人的时候，就有诗的原理；否则人们怎样去评论第一首诗篇？到底是因为它使人愉悦，所以是好诗，抑或是因为它是好诗，所以才使人愉悦呢？

人们的职责可以为戏剧诗人提供丰富的题材，不亚于人们的可笑之处和德行的缺点；正派的严肃剧到处都会获得成功，而且在风俗败坏的民族中取得的成功将必然超过其他地方。他们只有在观剧的时候才得以摆脱坏人的包围；在这里，他们将找到他们愿意与之相处的同伴；在这里，他们将看到人类应该是什么样子，而他们同气相求。好人总是少数，但终究还是有。谁要是不这样想，他就是在自我谴责，意味着无论同他的妻子、父母、朋友还是相识者在一起，他都是个多么不幸的人。有人在津津有味地读完一部正派的作品之后对我说："我觉得我以前一直是孑然孤立的。"那本著作该受这个赞扬，然而他的朋友们不该被这样讥刺。

当人们写作的时候，心里应该总是想到道德观念和有德行的人。当我提起笔来的时候，我想到的正是您，我的朋友；当我写作的时候，在我眼前的也正是您。我要使索菲①高兴。若是您对我微笑，或是她为我洒一滴眼泪，若是你们俩都因为我的作品而更爱我一些，我就得到了足够的报偿。

当我听到《虚伪的慷慨者》②中有关农民的那些场景时，我就说：全世界的人都会喜欢这一幕，而且世世代代都将如此；永远都会使人泪下沾襟。演出的效果证实了我的判断。这个插曲完全是属于正派和严肃的体裁。

有人会说："仅仅一个成功的场景并不能说明什么。假使您不像所有其他作家那样，用一些可笑的甚至有点夸张的人物的插科打诨穿插在您那单调乏味的道德说教中，那么任凭您怎么说您那种正派严肃的戏剧，我还是担心您只能写出一些冷冰冰而毫无色彩的场景、令人厌烦而沉闷的道德教训和编成对白的说教。"

让我们考察一部正剧的各个部分，仔细看看。评判一部

---

① Sophie Volland（1716—1784），狄德罗的女友。
② 安托万·布雷（Antoine Bret）的五幕诗剧，于一七五八年初次上演。

正剧是不是应该根据它的主题呢？主题在正派严肃的戏剧里，并不是不如在轻松愉快的喜剧里重要，而且还应该用更真实的方法去处理它。是不是应该根据人物性格来评定呢？在正剧里，人物性格仍然可能是多种多样、新颖独特的，而且作者还必须更有力地去刻画他们。是不是应该根据感情来评定呢？在正剧里，激情表现得越强烈，就越有趣味。是不是应该根据风格来评定呢？在正剧里，风格应是更有力、更庄严、更高尚、更激烈，更富于我们叫作感情的东西。缺少感情，任何风格都不能打动人心。是不是应该根据它是否去掉了可笑的成分来评定呢？您难道不认为，由一种被误解的兴味或一时的热情所引起的疯狂举动和言词，才是人类及其生活中的真正可笑之处吗？

我现在举出泰伦提乌斯①作品中的美妙之处为例：请问他关于"父亲"和"情人"场景的描写分别是属于哪一种体裁？

倘若在《一家之主》里，我所写的与主题的重要性不相称，主题的展开平淡乏味，激情的表达流于长篇大论的说教，父、子、苏菲、骑士，热尔梅耶、塞西尔等角色都缺乏喜剧的活力，这应该归咎于这个戏剧体裁，还是应该归咎于我呢？

假如有人要把法官搬上舞台；假如他在题材许可和我的想象范围内把剧情安排得尽可能有趣；假如剧中人由于其身份环

---

① Terentius（前194—前159），古罗马喜剧作家。

境，不得不丧失其职务的尊严，亵渎它的神圣性质，在旁人和自己的心目中蒙羞，或竟为了情欲、嗜好、财富、门第、妻子和儿女而毁了自己，这时候倒可以说说看，与此相比，正派严肃的戏剧是不是没有热情、色彩和力量。

我有一种经常行之有效的决定取舍的办法，每逢习惯或新鲜事物使我踌躇不决的时候——这两种东西都会使我踌躇不决——我就依靠这个办法：那就是运用思维来把握事物，把它们从自然界搬到画布上，然后仔细端详，让它离我既不太近也不太远。

我们现在就采用这个办法吧。试选取两出喜剧，一出是严肃的，一出是轻松愉快的，把它们一场对一场地排成两条画廊；然后看我们会在哪条画廊里驻足较久并更加乐于逗留，在哪条画廊里我们会体验到更强烈的快感，在哪条画廊我们急于返回去重复欣赏。

所以我再重复一遍：要正派，要正派。它会比那些只能引发我们轻视和笑声的剧本更深沉、更委婉地感动我们。诗人啊！你不是敏锐善感的吗？请拨动这根琴弦，你会听到它的回响在所有的心灵中颤动。

"那么人的本性是好的了？"

是的，朋友，而且是很好的。水、空气、泥土、火，自然中的一切都是好的；起于秋末的狂飙，摇撼森林，使树木互相碰撞折断，卷去枯枝；暴风雨激荡海水，让它变得更加洁净；

还有那火山，由裂口喷出熔岩，把蒸汽冲到高空，清除大气中的污浊。

应该谴责的是那些败坏人的可恶习俗，而不是人类的本性。事实上有什么能像一个慷慨的行动那样使我们感动？哪里才能找得出这样一个可悲的家伙，竟然会冷冷地听一个好人的申诉而无动于衷？

只有在戏院的池座里，好人和坏人的眼泪才融汇在一起。在这里，坏人会对自己可能犯过的恶行感到不安，会对自己曾给别人造成的痛苦产生同情，会对一个恰好跟他类似的人表示气愤。当我们有所感，不管愿意不愿意，这个感触已经铭刻在我们心头。那个坏人走出包厢，已经比较不那么倾向于作恶了，这比饱餐一顿严厉而生硬的说教者的教训要有效得多。

诗人、小说作家、演员，他们迂回曲折地进入人心，特别是当心灵本身舒展着迎受这震撼的时候，就会更准确有力地打动人心深处。他们用以感动我的那些痛苦是虚构的；不错，但是他们毕竟把我感动了。《遁世的贵人》《基勒灵修道院院长》《克莱夫兰》①的每一行都使我潸然泪下，为那些因高尚德行而遭遇不幸的人动容。还有什么艺术比那种会使我变成恶人帮凶的艺术更为有害？同样，有一种艺术使我在不知不觉中和善良的人的命运相联系，把我从宁静安乐的环境中拽出来，携我同

_____

① 都是普雷沃神父（Abbé Prévost，1697—1763）的小说。

行，把我带进他隐居的山洞，让我和他在诗人借以锻炼恒心毅力的一切困厄横逆之中甘苦与共。还有什么艺术比这更为可贵呢？

倘使一切模仿性艺术都树立一个共同的目标，倘使有一天它辅助法律引导我们热爱道德而憎恨罪恶，人们将会多么受益！哲学家应该发出这样的呼吁，他应该向诗人、画家和音乐家大声疾呼：天才们，上天为什么赋予你们天才？假使他的呼声被接受了，那么不久以后，淫秽的图画就不会再挂满宫殿的四壁；我们的歌唱不再成为罪恶的喉舌，而高尚的趣味和风俗可以取得胜利。描写一对双目失明的夫妻在风烛残年还相互寻摸，眼眶里噙着柔情之泪，紧紧地交握双手，在临近坟墓的边缘相依相偎，比起描写他们在青春期的热烈恋情，难道事实上不需要同样的才能？难道不会使我更感兴趣？

三　道德剧

我有时想，人物也许可以在舞台上讨论最重要的道德问题，而不致妨害剧情急剧迅速的发展。

这到底是怎样一个问题呢？这是剧本的安排问题，道德问题应该像《西拿》①里的王位禅让问题那样来处理。诗人就应该这样来讨论自杀、荣誉、决斗、财产、品格，以及其他千百

---

① 皮埃尔·高乃依的悲剧，一六四一年初次上演。

种问题。我们的诗将由此取得一种它现在还没有的严肃性。假使这样的场景是自然而然的，与内容紧密联系，如果观众有准备也欢迎，那么他们将全神贯注，被真正打动，而不是我们今天的作品充斥的高深莫测的警句所达到的效果。

看完戏以后，我要带回去的不是一些词句，而是印象。如果一个剧本里有很多互不相关的思想被人引用，而有人说这个剧本是平庸的，那么这个人多半没有说错。将效果长期存留在我们心里的诗人，才是卓越的诗人。

啊，戏剧诗人！你们所要争取的真正的喝彩不是一个漂亮的诗句以后陡然发出的掌声，而是长时间静默的压抑之后发自内心的一声深沉的叹息，待它发出之后心灵才松口气。还有一种更强烈的印象，假使你们生来就有艺术天才，假使你们能感知到它的全部魔力，你们就设想得出，那就是让所有人坐立不安。那时人们的思想激动，踌躇不决，摇摆不定，茫然不知所措；你们的观众将和地震区的居民一样，看着房屋的墙壁在摇晃，觉得土地在他们的脚下陷裂。

四 哲理剧

有一种戏剧，人们可以从中直接提出道德问题，而且相当成功。试举一例，且听我们的艺术法官说些什么。假如他们认为它平淡无味，相信我，他们缺乏灵魂，也不懂得什么叫作真正的雄辩，没有感情，没有心肝。据我看，如果一个有天才的作者采用这种戏剧，他将使观众连擦干眼泪的机会都没有；而我们确实将感谢他给我们描绘了一个感人至深的景象，让我们阅读了最有教育意义和最甘美隽永的东西。这个例子就是苏格拉底之死。

舞台就在监狱内。哲学家戴着锁链躺在干草上熟睡。他的朋友们预先贿赂了狱卒，天刚破晓就进来，向哲学家报告他将获得解脱。整个雅典都在喧嚷，而这个正直的人却在安睡。

清白的一生。当他临死的时候，想到自己好好地度过了一生，心里是多么安宁！这是第一场。

苏格拉底醒来，看到了朋友们，对他们这样早就来，感到很诧异。

苏格拉底之梦。

他们把做的事情告诉他，他和他们研究他该怎样办。

这里是表现每个人的自尊，以及法律的神圣。这是第二场。

狱卒进来了，把他的锁链去掉。

关于痛苦和快乐的情节。

法官进来了，和他们一道进来的还有苏格拉底的控告者以及群众。他被控诉，他为自己辩护。

辩解。这是第三场。

到这里就必须按习惯进行了：宣读起诉书，苏格拉底质询法官、原告和民众，他催促他们答复，他再向他们追问，他也回答他们的问话。必须如实表现，戏就会更真实、更感人、更美。

法官退场；苏格拉底的朋友们留下；他们已经预感将会判刑。苏格拉底和他们谈话，宽慰他们。

论灵魂不朽。这是第四场。

他被判决了死刑。他接见妻子和孩子。毒芹端来了。他饮毒而死。这是第五场。

这里总共只有一幕，但是如果安排得好，几乎可以与普通一整出戏的时间一样长。这样一幕要求何等的雄辩！何等深刻的哲理！何等的自然！何等的真实！如果人们能准确地把握哲学家坚定、纯朴、安详、沉静而高尚的性格，人们会感到这是何等难以描绘。他的嘴角随时挂着微笑，而眼里噙着泪。假使我能完成我所设想的这个任务，我将死而无憾。再说一遍，倘若批评家们在这里只看到一连串冷漠乏味的哲理性的台词，啊，可怜的人们！我将如何怜悯你们！①

---

① 一七六三年，德·索维尼的《苏格拉底之死》在法兰西喜剧院上演，戏剧用散文写成，分三幕。据说格里姆曾批评："这出戏确实能感动人，令人垂泪，但不能据此称颂作者的才华。一切出自作者本人之手的都是贫乏的、低劣的，他只是在翻译和模仿时才显得更好。他当然读过柏拉图的《对话集》，而你们也可以看出在许多场合他利用了狄德罗在《论戏剧诗》中那两页篇幅的卓越提纲，但是作者没有很好地利用希腊哲学家的故事和狄德罗的提示……德·索维尼应该满足于观众对他的作品的赞扬，然而狄德罗为《苏格拉底之死》规划的提纲仍有待后人完成。"

伏尔泰也写过《苏格拉底之死》的剧本，格里姆说他失败了，因为作品不深刻，不够严肃。伏尔泰假借剧中人的希腊名字，把自己在文坛的敌人安放在剧中，因此把这个美丽的主题写成了一个讽刺剧。直到十九世纪，拉马丁的作品才比较接近狄德罗的理想。

19

五　简单的戏剧和复杂的戏剧

就我来说，我更喜欢激情和性格在剧中逐渐发展，最后展示出全部力量，而不喜欢使剧中人物和观众全都受折腾的那些交织着的错综复杂的情节。我以为高尚的趣味会蔑视这些东西，宏观的效果也难以与此相容。然而据说这就是所谓情节的曲折。古人的想法与此不同。一个简单的举动，为使一切达到最紧张状态而采用的一个接近最后结局的情节，一个即将发生却一直因简单而真实的状况不断推迟的悲惨结局，有力的台词，强烈的激情，几个画面，一两个生动刻画出的人物：这就是他们的全套装备。索福克勒斯并不需要更多东西来使观众激动。谁要是诵读古人的诗歌而感到不快，就永远不会理解我们的拉辛是如何从老荷马那里继承衣钵的。

您没有跟我一样注意到吗，一个剧本不论多么复杂，几乎没有一个人不是在看过首次公演以后就记住了全部内容？人们很容易记住故事，但不容易记住台词，而故事一旦给人知道了，复杂的剧本就失掉了它的效果。

假使一部戏剧只公演一次而永不付印，那么我会对诗人说：您爱把它弄得多么复杂，就弄得多么复杂吧，您一定会抓住人们的心；但是假使您要别人诵读您的作品而且让它流传下去，那么就必须简单。

一个美妙的场景所包含的思想比整个剧本所能提供的情节还要多；正是这些思想使人们回味不已，倾听不倦，在任何时代都能感动人心。罗兰在石窟里等候不忠的安热莉克①；吕西尼昂和他女儿的谈话②；克吕泰涅斯特拉和阿伽门农的谈话③，我对这些场景永远记忆犹新。

当我说你们"爱多复杂就多复杂吧"的时候，指的是同一个情节线索。几乎不可能同时发展两套情节，而能使其中之一不靠牺牲另一个来引起观众的兴趣。在现代戏剧中我可以举出多个案例，可是我不愿意得罪人家。

泰伦提乌斯在《安德罗斯女子》中把潘菲卢斯的恋爱和卡里努斯的恋爱穿插起来，还有比他更巧妙的手法吗？可是他这样做能完全没有缺陷吗？在第二幕开始时，难道不是使人误会突然进入了另一部戏剧吗？第五幕结束得很有意思吗？

谁要同时布置两套情节就必须负责把它们在同一个时间里解决。假使主要情节首先结束，那么余下的一个将无所依附；如果与此相反，插曲性的情节撇下主要的先结束，那么又会产生别的毛病：有些人物或者突然消失，或者毫无道理地再度出现，作品会解体或者渐渐冷下来。

试看泰伦提乌斯的剧本《自责者》（又名《与己为敌》）。

---

① 参见吉诺（Philipe Quinault，1635—1688）《罗兰》，第四幕。
② 参见伏尔泰《查伊尔》，第二幕，第三场。
③ 参见拉辛《伊菲革涅亚在奥利斯》，第四幕，第四场。

作者凭借其天才重新捡起在第三幕就结束的克里尼亚的那个情节，把它和克里蒂丰的那个情节重新连接起来，如果不是这样，剧本会成什么样子！

泰伦提乌斯把米南德①的《佩林托斯女子》中的情节搬到也是这同一位希腊诗人写的《安德罗斯女子》里去，把两部简单情节的剧本改编成为一部复合情节的剧本。我在《私生子》里做的和他完全相反。哥尔多尼②在一部三幕笑剧里把莫里哀的《吝啬鬼》和他自己的《真正的朋友》的人物融合起来。我把这些主题分开，编成了一个五幕剧：不管是好是坏，但可以肯定在这一点上我有理由这么做。

泰伦提乌斯以为既然增加了《自责者》的主题，他的剧本就是新的了，这点我同意；但这样是不是更好，那就另当别论了。

如果我敢于为《一家之主》里的某些技巧自夸，那就是我让热尔梅耶和塞西尔相爱，但使他们在前几幕里不能表白，而且我把他们的爱情在整个剧本中完全从属于圣阿尔班和苏菲的爱情，以至于热尔梅耶和塞西尔在彼此道明心迹以后依然无法倾吐衷情，尽管他们彼此如影随形。

没有中间道路：此之所失乃彼之所得。假使您用添枝加叶的办法追求兴趣和快速转换的节奏，那就必须减少台词，您的

---

① Menander（约前342—前292），古希腊喜剧诗人。
② Carlo Goldoni（1707—1793），意大利剧作家，现代喜剧创始人。

人物会难得有工夫说话；他们只有动作，而没有显示性格发展的机会。这是经验之谈。

六　滑稽剧

在滑稽剧中，动作和活动是多多益善：在这种剧本里，能说些什么让人听得下去的话呢？动作在轻松愉快的喜剧里应该安排得少些，在严肃的喜剧里还要少些，而在悲剧里就简直一点也不需要了。

某种戏剧体裁与真实世界距离越远，就越容易表现得紧凑热烈。热烈是以牺牲真实和分寸的代价换来的。最令人厌恶的东西莫过于滑稽而又缺乏热情的戏剧了。在严肃的戏剧里，为了对事件加以取舍，就难以保持热烈的情绪。

但是优秀的滑稽剧不是常人能写出来的。它要求一种独特的欢快情调；其中的人物有如卡洛①的画一样怪异，但保留了人的面貌的主要特征。并不是任何人都能这样好地扭曲人物的形象。如果认为能写《德·浦尔叟雅克先生》的人比能写《恨世者》②的人多得多，那就错了。

阿里斯托芬是怎样一个人物呢？也是一个独特的滑稽剧作家。这种剧本的作家该是政府的瑰宝，假使它懂得怎样利用

---

① Jacques Callot（1592—1635），法国雕塑家、画家。
②《德·浦尔叟雅克先生》和《恨世者》都是莫里哀的喜剧。

他。应该把所有那些不时扰乱社会秩序的狂热分子都交给他。如果把这种人在市集上展示出来，那就不必把他们投入监狱了。

虽然剧中的活动因采用的戏剧体裁而异，但剧情永远在进行，甚至在幕间也不停止。这是从山顶滚下来的一块大石头，速度随着石头的下落变得越来越快，由于遇到了障碍，它还到处跳跃。

如果这个比喻恰当，如果真的是剧情越丰富，台词就越少的话，那么在前几幕中应该台词多于动作，在后几幕中则动作多于台词。

七　布局和对话

布局比安排对话难吗？这是我经常听到人们争论的问题；而我始终以为每个人的回答与其说是根据事物的实况，毋宁说是根据他自己的才能。

一个人经常和别人往来，善于言谈，了解人，对他们有过研究，倾听过，又会写作，他就认为布局比较困难。

另外一个人思想广阔，揣摩过诗的艺术，懂得戏剧，经验和鉴赏能力又使他懂得哪些场面能引起兴趣，也懂得把种种事件组合起来，这样就能容易地布局，可是他在写每一场戏的时候仍有困难。如果他精通本国和古代优秀作家的作品，就不能不把自己的作品和他面前的那些杰作做比较，就会越来越不满意自己的作品。如果是叙事，他会想起《安德罗斯女子》。如果写的是激情，《阉奴》①会给他提供十个这样的场面，使他自觉望尘莫及。

总之，两者都是天才的产物，而天才各有不同。布局支撑一个复杂的剧本，台词和对话的艺术使一个简单的剧本也值得听、值得诵。

据我观察，一般说来，对话安排得好的剧本比布局好的剧本更多。仿佛能安排情节的天才比能找出真切的台词的天才要少些。莫里哀写了多少美妙的场面！但结局写得恰到好处的屈指可数。

布局按照想象构成，台词则应该依据自然。

人们可以用同一个题材和同样的人物设置出无数的布局。但是人物一经确定，让他们说话的方式就只有一个。依照您为他们安排的处境，您的人物就有这些那些事情可说，但是既然处在不同情况中的还是那些人，他们就绝不会说出自相矛盾的话来。

人们几乎要认为一个剧本应该由两个有天才的人共同完成才好：一个安排布局，另一个写对话。但是谁又能按照别人的布局来编对话呢？编写对话的天赋不是每个人都有的，每个人

① 泰伦提乌斯的喜剧。

25

探索他的思想感情，尽自己之所能去感受；在布局的时候，他不自觉地搜索他希望能获得成功的场面。把这些场面改变一下，他就会觉得他的天才埋没了。有人需要逗乐的场面；有人需要道德的严肃场景；还有人需要滔滔雄辩和悲怆感人的段落。把拉辛的布局给高乃依，把高乃依的布局给拉辛，看他们会如何写下去？

我生来就有一种善感而正直的性格。朋友，我承认我从未害怕过能凭借理智和正直写出的文章。这是我的父母很早就教会我运用的武器，我曾经常地利用它来对付别人和我自己！

您知道我久已习惯内心独白这项艺术。每当我怀着悲苦的心情远离人群回到家里，我就躲进书房，自问自答：怎么啦？……闹情绪？……是的……身体不好吗？……不……我向自己逼问，逼出真情。于是我的心情仿佛就变得愉快、安谧、中正、宁静了，它在质询另一个心情，而这一个心情正在为不敢承认的某一件傻事而感到惭愧，可是到最后，它还是承认了。常常是，假使这是我自己做的傻事，我就宽恕我自己。另外一种情形也常发生：假使是别人在我身上做出的傻事，每当遇见那些善于利用我的宽容性格的人们，我就原谅他们。这时，愁绪消散，我才回到家人跟前，仍是个好丈夫、好父亲、好主人了，至少我是这样想象的；刚才差一点要传染给身边人的愁绪，也就没有人能感觉出来了。

我建议一切从事写作的人都能进行这种自我省察，他们一定会因此变成更诚实和更优秀的作家。

当我要着手布局的时候，我会不自觉地去寻找一些适合我才能和性格的情节。

"这个布局是最好的吗？"

在我看来，当然是最好的。

"但在别人看来怎么样呢？"

那可是另一个问题了。

倾听众人，经常同自己交谈，这是学习编写对话的方法。

有美妙的想象力；参考事物发生的顺序和联系；不怕难写的场面，也不怕工作费时；由主题的中心单刀直入；仔细辨明剧情开始的时机；看清楚哪些东西应该安排在后面；知道哪些场面能感动人，这就是人们据以布局的才能。

特别要对自己立下戒律：绝对不在布局尚未确定以前就把任何一个枝节的想法落笔。

由于布局很费力，需要长时间的思考，那些对刻画人物比较得心应手的剧作家是怎样做的呢？他们对主题有了全面的看法，大致知道各场情景，他们已经设计好人物性格，而当他们对自己说这个母亲应该妖娆，这个父亲应该严厉，这个情郎应该放荡，这个少女应该温柔善感的时候，把各场戏写出来的迫切心情攫住了他们。于是他们提笔就写啊，写啊；他们脑子里产生一些美妙、精巧，甚至强有力的思想；他们有了动人而现成的片段；当他们做了很多工作，到了布局阶段（这是不可避免的阶段），他们便设法把这个动人的片段安排进去，怎么也舍不得把那个精巧或强有力的思想割爱。照例应该先有布局再写各场，而他们却相反，先写各场，然后迁就它们去布局；因此，剧情的发展甚至对话都是勉强的，许多劳动和时间都白费了，工地上只是一大堆木片刨花。尤其是当作品是用韵文写成的时候，这是何等的悲哀！

我认识一个青年诗人，他并不是没有天才，他写一出悲剧，写了三四千行诗还没有写完，他永远也写不完了。

八 提纲

因此，无论用韵文还是散文写，请您先行布局，然后再去想具体场景。

但是，怎样布局呢？在这个问题上，亚里士多德在《诗学》中提出了一个很好的意见。这个意见对我很有用，对别人也会有用，其内容大致如下：

无数人写过诗学，其中有三个人特别著名——亚里士多德、贺拉斯和布瓦洛。亚里士多德是一位哲学家，他规行矩步，制定一般的原则，让别人去引申和实际应用。贺拉斯是一位天才，似乎有些不守成规，他以诗人的身份对其他诗人说话。布瓦洛是一位导师，他在设法教导他的门徒，同时做出榜样。

亚里士多德在他《诗学》的某一处说：无论您是写一个大家熟悉的题材，还是尝试一个新的题材，都要从拟定故事的提纲开始，然后再去想那些扩展故事的插曲和情境。如果是一出悲剧，您就说一位年轻的公主被带上祭坛，要杀死她来祭祀神，但是她忽然在观众的眼前消失了，她被抓到另一个国家，那儿有把外国人献给他们所祀的女神的风俗。人们让公主当祭司。几年后，公主的兄弟到了这个国家，他被居民捉住；正当将被自己的姐姐亲手杀死之际，他喊出："难道我的姐姐被牺牲了还不够，还要我再去步她的后尘！"在这一声喊叫中，他被姐姐认出，因而获救。①

但是，公主起先究竟为什么被判决在祭坛上处死呢？

为什么在姐弟相逢的那个野蛮之地要牺牲外国人去祭神？

他是怎样被捉的？

他是听从神谕而来的，然而为什么会有这个神谕呢？

他被姐姐认出了。但是难道不能以别的方式认出来吗？

这一切都在题材范围以外。要把它们补充到故事里面去。

题材是大家都可以利用的，但是诗人要发挥自己的想象去处理其余的一切；谁能用最简单、最必要的方式完成任务，谁

---

① 参见欧里庇得斯《伊菲革涅亚在陶洛人里》。但狄德罗在这里指的可能是法国作家拉图什（Guimond de La Touche, 1729—1760）的模仿。年轻公主即伊菲革涅亚，其父阿伽门农准备杀她祭祀的时候，女神阿尔忒弥斯以母鹿替代了她，并把她摄往陶洛人那里，充当女神的祭司。后来俄瑞斯忒斯在那里与她相遇，把她带回阿耳戈斯。

就取得了最大的成就。

亚里士多德的意见适用于任何戏剧体裁；请看我是怎样利用的。

一个父亲有两个孩子，一男一女。女儿暗中爱上了住在她家的一个年轻人。儿子迷恋在附近见到的一个不知名姓的姑娘。他企图诱惑她，但没有成功。他改换装束，住到她家附近，他用了假名，穿着借来的衣服。别人以为他是一介平民，是个手艺人。他假装白天要做工，只在晚上去见他所爱的人。但是他父亲十分留意家里的事情，于是发现儿子每天夜不归宿。这种情况表明出现了越轨行为，因此他忧心忡忡，等候儿子。

剧本由此处开始。

以后怎样发展呢？结果他发现那个姑娘完全配得上自己的儿子，同时发觉女儿所爱的青年，正是他心目中的乘龙快婿，于是就把她许给了他；他就此促成了两门亲事，但这与他妻舅的意思相左，因为后者别有所图。

为什么女儿要暗暗地爱那个青年呢？

为什么她所爱的青年就住在她家？他在这里做什么？他是怎样的一个人？儿子所爱的这个不知姓名的姑娘究竟是谁？她怎么会落到穷困的境地？

她是哪里人？她出生在外省，为什么到巴黎来了？什么事情使她待在这儿？

那个妻舅又是个什么样的人？

他在这个家庭里怎么会有如此权威？

为什么他要反对一家之主认为合适的两门亲事？

戏剧既然不能在两个不同的地方展开，那个不知姓名的年轻姑娘怎样得以进入这个家庭？

父亲是怎样发现他女儿和那个住在他家里的青年相爱的？

他为什么不愿意透露他的意图？

那个不知名姓的姑娘是怎样使他中意的？

妻舅设置了什么障碍来反对他的计划？

这两门亲事是怎样冲破障碍得以实现的？

在诗人拟定提纲以后还有多少东西尚未确定啊！但是这里已经有了梗概和基本内容，他就应当据此分幕，并确定人物的数目、他们的性格以及每场的主题。

我看这个提纲对我是合适的，因为我准备着重刻画父亲的性格，他非常不愉快，他不同意儿了中意的那门亲事；女儿也好像在逃避他想给她定的亲事。由于彼此都有难言之隐，使他们不能互相倾吐真情。

这样我的剧中人的数目就可以确定了。

我对他们的性格也不再有所犹豫。

父亲的性格应该适合他的身份。他应该是一个善良、审慎、坚定而慈祥的人。处在他一生中最苦恼的时刻，应当足以使他展示整个的心灵。

儿子应该个性很强。热情越是违背理智，就越不能让它自由发展。

他的爱人应该越可爱越好。我把她塑造成一个天真无邪、贤淑贞良、多愁善感的女子。

那位舅爷是我的提线人，这是个思想狭隘而且充满偏见的人物。他应该心肠硬、意志弱、心眼坏、讨厌、狡猾、无事生非，正好是家中的祸根、父亲和孩子们的冤孽、每个人的对头。

热尔梅耶是怎样的人呢？他是这一家之主的一个朋友的儿子。这位朋友的事业失败了，丢下这个无依无靠的孩子。一家之主在朋友亡故之后把这孩子带到自己家里，把他当亲生儿子一样抚养。

塞西尔一心以为她的父亲绝对不会把她嫁给那个人，就拒他于千里之外，有时候还用冷酷的态度对待他；热尔梅耶由于塞西尔的这种举动，而且还深怕得罪作为他恩人的一家之主，便约束自己，不敢逾越礼防；但双方都不能把这假象维持得天衣无缝，以至于情感还是忽而在谈话中，忽而在行动中流露出来，不过这种流露总是含糊而不充分的。

因此，热尔梅耶的性格应该坚定、沉静，而且略显含蓄。

而塞西尔则应该是高傲、活泼、稳重和善感的混合体。

这种掩饰感情的做法约束了两个情人，也欺骗了家长。他的意图被这种伪装的反感所干扰，使他不敢把女儿许配给一个对她不表示任何好感，而又好像为她所厌恶的人。

父亲说：我让我的儿子由于得不着他所心爱的女人而痛苦，这还不够吗？难道还要折磨我的女儿！把她许配给不爱的人？

女儿说：父亲和舅舅为了哥哥的恋爱已经够烦恼的了，哪能再去火上添油，向他们说出会引起大家反感的心里话？

由于这样的处理，女儿和热尔梅耶之间的情节应该是比较隐蔽的，不应妨碍儿子和他情人之间的情节，而且只应激怒舅父和增加父亲的忧伤。

如果我能把这两个人物写得如此关心那个儿子的爱情，以至于顾不上他们自己的感情，那么就会获得出乎意料的成功。他们的情感问题不会分散观众的注意，而只会使他们出现的场景更加激动人心。

我早想好把父亲作为剧中的主要人物。假使我选择儿子或朋友或舅父作为主人公的话，提纲可以不变，但全部插曲就都要变动了。

九　枝节

假使诗人具有想象力，又有提纲作为依据，就可以把提纲充实起来，并将从中看见一大堆枝节，他所感到为难的，只是如何去选择而已。

如果主题是严肃的，那么在选择时就应当严格些。今天，人们不能容忍一位父亲带着驴脖子下的铃铛赶跑一个学究[1]，也不能容忍一个丈夫躲在桌子底下亲自窃听人家对他老婆讲情话[2]。现在这些都属于闹剧手法。

如果情节中有一位年轻公主被领上祭坛等待牺牲，人们不愿意这样一个重大的事故只是建立在信使的话误上面：让他走一条路，而公主和她的母亲走另外一条路。[3]

"捉弄我们的命运，难道不就往往是微小的原因触发重大的变革吗?"

不错。不过诗人不该因此而如此摹仿；如果这个事件是历史上已有的，他可以加以利用，但他不能虚构。我在评判这些手法的时候，要比评判神祇的行为更加严格些。

诗人对枝节的选择必须严格，而且在利用时应善于节制；他应该把各个枝节按照题材的重要性作适当的安排，并在它们之间建立一种几乎不可或缺的联系。

"在人们身上体现神的意志的手段越是晦暗而微不足道，我对他们的命运就越感到恐惧。"

我同意。但是必须使我确信这不是诗人的意志，而是神的意志。

悲剧要求采用庄重有力的手法，喜剧要求的则是精巧。

---

[1] 参见莫里哀《爱情的怨气》，第二幕，第三场。
[2] 参见莫里哀《伪君子》，第四幕，第四场。
[3] 参见拉辛《伊菲革涅亚在奥利斯》，第三幕，第四场。

一个嫉妒的情人对他朋友的感情难道不了解吗？泰伦提乌斯在舞台上留下一个达夫来听这个朋友说的话，然后转达给自己的主人[①]。我们法国人却要求诗人懂得更多。

一个爱慕虚荣到愚蠢地步的老人[②]把他的市民式的名字阿尔诺耳弗改为贵族的名字德·拉·树桩先生。这个巧妙的手法是整个情节的基础，简单而出人意料地引出了结局。这时观众高声叫道：好哇！他们叫得对。但是，如果阿尔诺耳弗在毫无真实感的情况下，连续五六次充当自己情敌的心腹，被他的监护对象欺骗，从奥拉斯那里跑到阿涅丝那里，又从阿涅丝那里回到奥拉斯那里，那么观众就会说，这哪儿能算戏剧；这是一个虚构的故事；假使您不具备莫里哀全部的机智、欢快劲儿和天才，他们就会谴责您缺乏创造性，而且会反复说这是一个叫人听了打瞌睡的故事。

假使您的枝节不多，人物就不会多。切不可有多余的人物，要用一些无形的线索把全部枝节联系起来。

更要注意，切勿安排没有着落的线索；您对我暗示一个关键而它却不出现，就分散了我的注意力。

假使我没弄错的话，《吝啬鬼》中福洛席娜的台词就造成了这样的结果。她蓄意使吝啬鬼放弃娶玛丽雅娜的计划，捏造出一个下布列塔尼子爵夫人并把她说得天花乱坠，使观众也信

---

① 参见《安德罗斯女子》。
② 参见莫里哀《太太学堂》。

以为真。但是直到全剧演完，人们再也没有看到福洛席娜出现，至于大家盼望已久的子爵夫人更是始终没有出场。

十　悲剧的布局和喜剧的布局

要是有一部作品，对它的布局居然没有人能表示任何反对意见，那是多么难得呀！这样的布局会存在吗？布局越复杂，就越不真实。但是人们会问：喜剧的布局和悲剧的布局，这两者中间哪一个更难？

有三种东西。一是历史，其内容都是已经发生的事；二是悲剧，诗人在这里可以凭个人想象在历史以外加上他认为可以增加兴趣的东西；三是喜剧，可以完全出于诗人的创造。

由此可见，喜剧诗人是最地道的诗人。他有权创造。他在自己的领域中的地位就跟全能的上帝在自然界中的地位一样。从事创造的是他，他可以无中生有。所不同的是我们在自然现象中只依稀看见一连串的后果，对它们的原因则茫然无所知，而剧情的发展却不能是晦暗的。虽然诗人常常把相当多的关节瞒着我们，给我们来个出其不意，可是总得让我们看到足够的关节，使我们得到满足。

"那么，喜剧的各部分既然是对自然的模仿，诗人在计划布局的时候是否就没有一个据以模仿的范本呢？"

当然是有的。

"那么，这个范本是怎样的呢？"

在回答这个问题之前，我要问一问：什么是布局？

"布局就是按照戏剧体裁的规则，在剧中安排令人惊奇的故事；对悲剧诗人来说，他可以部分地创造这个故事，而对喜剧诗人来说，则创造了它的全部。"

很好。那么戏剧艺术的基础又是什么呢？

"历史的艺术。"

没有比这更确切的了。人们曾把诗和绘画相比[①]，这很对；但是把历史和诗相比可能更有益，更富有真实性。人们可以由此得出"真实""逼真""可能"的正确含义；同时确定"奇异"（merveilleux）一词的明确意义，这是各种诗体的共同用语，可是只有少数诗人能给予恰当的定义。并不是一切历史事件都适于编成悲剧；同样，也不是一切家庭变故都适于作为喜剧的题材。古人把悲剧这一体裁限于描写阿尔克米翁、俄狄浦斯、俄瑞斯忒斯、墨勒阿革洛斯、提厄斯忒斯、忒勒福斯、赫拉克勒斯这几个家族。

贺拉斯不愿意人们在舞台上表演一个人从拉米的脏腑里掏出活生生的婴儿来。[②] 假使人们把类似的情景表现给他看，他

---

① 参见贺拉斯《诗艺》，第 361 行："诗意的画"。
② 参见贺拉斯《诗艺》，第 339—340 行："但任何心中所想的事，勿让自己轻信，也莫把拉米吞下的孩子活生生从肚子里掏出来。"拉米（Lamie）是女身驴蹄的妖怪，专门吞吃小孩。

既不会轻信这种事件的可能性，也不能忍受这样的景象。但是事件的荒谬性和逼真性之间的界线到底在哪里呢？诗人如何知道哪些是可以放胆去做的事情呢？

有时候在事物的自然秩序里也有一连串的异常事件。区分奇异和奇迹的标准就是这个自然秩序。罕见的情况是奇异；天然不可能的情况是奇迹：戏剧艺术摒弃奇迹。

假使大自然从来不以异常的方式把事件组合起来，那么诗人超出一般事物简单平淡的一致性而想象出来的一切就会是不可信的。但是事实并非如此。诗人怎么办呢？他或者是采纳这些异常的组合，或者自己想象一些类似的组合。不过，在自然界中我们往往不能发觉事件之间的联系，同时由于我们不认识事物的整体，我们只在事实中看到命定的相随关系，而诗人却要在他作品的整个结构中贯穿一个明显的容易觉察的联系。所以与历史学家相比，他的真实性虽少些，而逼真性却多些。①

"既然只要有这些事件的共存就可以建立故事的奇异之处，那么诗人为什么不就以此为满足呢？"

他有时也以此为满足，尤其是悲剧作家。他可以假设若干巧合的事件，而对喜剧诗人来说，却不能这样做。

"理由何在？"

那是因为悲剧作家从历史中借过来的众所周知的部分，使

---

① 参见亚里士多德《诗学》。

他想象出来的东西也被观众当作历史事实接受了。由历史中借过来的事物使他自己创造的事物变得逼真。但是喜剧作家得不到任何现成的东西，所以他就不可能完全依靠事件的巧合。再者，宿命或神的意志是如此强烈地威慑着人们，使人们只得把自己的命运委身于他们无法摆脱的主宰者，当他们自以为万无一失的时候，这些主宰者的手追上他们，抓住他们。这种宿命或神的意志对悲剧更为必要。如果悲剧中有某些令人感动的东西，那就是表现一个人不由自主地犯罪或遭到不幸的景象了。①

在喜剧里则要使人起神在悲剧里所起的作用。宿命在悲剧中，恶意在喜剧中，都是构成戏剧兴趣的基础。

"有人指责某些剧本带有传奇色彩，那是怎么回事呢？"

假使一部作品中的奇异产生于多种事件的巧合；假使看到其中的神或人太凶恶或者太善良；假使事物与人物和我们所经历的或历史所揭示的差异过于悬殊；尤其是假使事件的联系在这里显得太异常或太复杂，那么这部作品就有传奇色彩了。

由此可以得出结论：一部不能编成一出好戏的小说并不因此而不是好小说；但是从来不会有一出好戏不能改写成一部优秀的小说。这两种类型的诗区别在于它们的规律不同。②

---

① 狄德罗此时很可能想到了俄狄浦斯。
② "传奇的"（romanesque）的词源是 roman，即罗曼语（中世纪相对拉丁语的通俗语言）流传的传奇故事，这种传奇故事是小说（roman）的源头，因此罗曼语、传奇、小说，有同一个词源。上一段有人批评戏剧太传奇，就是说这些戏剧更接近传奇小说的题材。

幻象是它们共同的目的，可是，幻象从何而生？从情景。情景决定产生幻象的难易。

是否可以让我用数学的语言来谈一会儿？我们知道他们所说的方程式是什么东西。幻象单独构成方程式的一边。它是一个常数，等于某些或正或负的项的和；这些正负项的数目和组合可以变化无穷，而其总值永远相同。正项代表普通的情景，负项代表异常的情景，它们应该互相增减从而得以平衡。

幻象是一种不自觉的东西。如果有人说：我要制造一个幻象；那就仿佛说：我有生活经验，而我将对它毫不留意。

当我说幻象是一个常数时，那是指同一个人判断不同的作品而言，而不是指不同的人。或许地球上都不会有两个人在衡量事物的确实性方面具有完全相同的尺度；然而诗人的任务是为一切人制造同样的幻象！诗人对有文化的人的理智和经验也可以驾驭自如，就像保姆对无知的孩子可以驾驭自如一样。一首好诗的故事是值得对有理性的人讲述的。

小说家有的是时间和空间，而戏剧诗人却缺乏这两样东西：因此，在同等条件下，与小说相比，我对戏剧的评价更高。何况小说家根本没有什么不可避免的困难。他说："当仙女娓娓地说出谄媚的言词去打动门托尔的心的时候，温馨的睡意悄悄地潜入这个沮丧的人沉重的眼帘和疲乏的四肢；不过她总是觉得有一种不可名状的东西在抵御她的一切努力，在玩弄她的诱惑力。如同高耸入云的岩崖对风涛的凶猛毫不在乎，门托尔坚持他明智的计划，屹立不动，听任卡吕普索向他不断絮絮叨叨。有时候，他使她以为有希望用她的问话把他难倒，并从他的心坎深处掏出真情。可就在她相信自己的好奇心快要得到满足的时候，希望又全部幻灭了。她以为已经掌握到的一切，一下子就逃得无影无踪，而门托尔的一句简短的答话又使她陷入迟疑不决的状态。"① 到这里，写小说的就算是没有问题了。然而，编这么一段对话该有多么困难！但无论如何，戏剧诗人也得克服这个困难，否则就得推翻他的布局。在描绘一个效果和制造一个效果之间存在着何等的差别啊！

古人曾经写出一些悲剧，其中的一切出于诗人的创造。历史甚至连人物的姓名都没有提供。只要诗人不超越奇异所许可的限度，又有什么关系呢？

剧本中属于历史的东西，只有少数人知道；然而只要剧本出色，它会使一切人都感兴趣，或许无知的观众比有文化的观众还要感兴趣些。对前一类人来说，一切都具有同等的真实性，而对后一类人来说，那些情节只不过是像真的而已。虚构的谎言和真实竟如此巧妙地结合在一起，所以他们在接受的时候并无丝毫反感。

写家庭悲剧会遇到两种困难，第一是要它产生英雄悲剧的效果，第二是跟写喜剧一样，整个布局都要出自创造。

_____

① 参见费奈隆《武勒玛科斯》，第六卷。

有时候我怀疑家庭悲剧是否可能用韵文写；我作了否定的回答，但不清楚是为什么。然而，普通喜剧是用韵文写的；英雄悲剧是用韵文写的。有什么是不能用韵文写的呢！这个体裁是否要求一种特殊的风格，而我还不了解？抑或是真实的主题和强烈的趣味需要摒弃那种匀称的语言？舞台上的情况是否和我们的现实情况太相近，以至于不容许有规律的韵文节奏？

让我们来归纳一下吧。假使人们把《查理十二传》①用韵文写出来，它仍不失为一部历史著作。假使人们把《亨利亚德》②改用散文写，它仍不失为诗篇。但是历史学家只是写下了发生的事实，简单而单纯，因此不一定能够把人物突出，不会尽可能去感动人和提起人的兴趣。如果是诗人的话，他就会写出一切他认为最感人的东西。他会想象出一些事件。他可以杜撰对话。他会对历史添枝加叶。对于他，重要的是做到奇异而不失逼真；当自然容许以一些常见的情节把某些异常的事件组合起来，使它们显得正常，那么，诗人只要遵照自然的秩序，是可以做到这一点的。

这就是诗人的职责。编写韵文的人和真正的诗人之间存在着多大的差别啊！可是请您不要以为我看轻前者，他们的才能也是不可多得的。不过如果您把编写韵文的人比作阿波罗，那么，在我看来，诗人就是赫拉克勒斯。然而，即使您让赫拉克

---

① 伏尔泰的历史著作。
② 伏尔泰的长篇史诗。

勒斯手里捧着一架竖琴，也不能把他变成阿波罗；让阿波罗倚着一根巨杖，再在他肩上披上一张尼米亚猛狮的皮①，也不能把他变成赫拉克勒斯。

由此可见，用散文写的悲剧，跟用韵文写的悲剧完全一样，也是诗篇；喜剧和小说也一样；只不过，相比历史，诗的目的更具普遍性。人们可以在历史中读到一个具有亨利四世性格的人物，以及他的作为和苦难。可是有多少历史不能提供而诗歌可以想象的场景啊！在这些场景中，他的行动和受苦的方式，不仅符合他的性格，而且更为奇异。

想象是一种素质，没有它，人既不能成为诗人，也不能成为哲学家、有思想的人、有理性的生物，甚至不能算是一个人。

"那么，想象是什么呢？"您或许要问我。

嗯，我的朋友，您这是设下了一个怎样的陷阱啊！假使跟您谈戏剧艺术的人转而谈起哲学，他就离题了。

想象是人们追忆形象的机能。一个完全失去这种能力的人是一个愚人，他的全部知识功能将仅限于发出他在儿时学会组合的声音，机械地用于生活中。

这是人可悲的处境，有时也是哲学家的可悲。当他在交谈中被口舌的速度驱使，来不及找到适于表达形象的字眼时，除

---

① 杀死尼米亚猛狮是赫拉克勒斯十二项伟绩的头一件。

了想起声音，把它们按顺序组合起来，还能做什么别的事情呢？唉，即使最会思考的人也还是十分机械的啊！

那么，在什么时候才停止应用记忆而开始运用想象呢？那是当您以一个接一个的问题迫使他想象的时候；也就是说由抽象的一般的声音转化为比较不抽象的、比较不一般的声音，一直到他获得某一种明显的形象表现，也就是到达理智的最后一个阶段，即理智休息的阶段。到这时候，他成了什么呢？他就成了画家或者诗人。

譬如，您问他：什么叫正义？您可以相信，只有在他的认识循着原来由事物转移到心灵的同一条道路，再由心灵转移到事物的时候，他才心开悟解。那时，他想象有两个人，为饥饿所驱使，走向一棵果实累累的树，一个人爬上树，摘下果子。当另外一个人用暴力抢去第一个人摘下的果子时，他将请你注意他们所表现的动作。一方是表示嫌恨，另一方是表现恐吓；这一个认为自己受到了伤害，另一个甘心给自己加上犯罪者的恶名。

假使您对另一个人提出同样的问题，他最后的回答会是另外一个场景。您问多少人，可能就有多少不同的景象；这些图景都表现两个人在同一时刻所感受的相反印象。他们做出互相对立的动作，或者发出含糊而粗野的喊声，久而久之，这些喊声就变成文明人的语言，意味着而且将永恒地意味正义和非正义。

在动物世界中，触觉分化为无穷尽的形式，在人身上就叫作视觉、听觉、嗅觉、味觉和知觉。通过接触，他接受各种感觉的印象，让这些印象保留在他的感官中，然后用语词来区别它们，并且就用这些语词或用形象来追忆它们。

按照它们在自然中现实发生的先后顺序在头脑中唤起一系列必然相联的形象，这就叫作根据事实进行推理。已知某一现象，而把一系列的形象按照它们在自然中应该会先后相联的顺序在头脑中唤起，这就叫作根据假设进行推理，或者虚构。按照您所选的不同目标，您就是哲学家或者诗人。

诗人善于虚构，哲学家长于推理，但是从同一个角度看，他们的思考都可能是合乎逻辑的或不合逻辑的。如果合乎逻辑，也就是说他具有了解诸般现象间必然联系的经验。

这样仿佛足以指出真实和虚构的相似之处，以及诗人和哲学家的特点，也足以强调诗人，尤其是史诗诗人或戏剧诗人的优点了。诗人在较高程度上从自然中取得了把天才和普通人、普通人和愚人区别开来的品质；这个品质就是想象力，如果没有它，言词就变为把声音组合起来的机械习惯了。

但是，诗人不能完全听任想象力的狂热摆布，诗人有他一定的范围。诗人在事物一般秩序的罕见事件中，取得他行动的范本。这就是他的规律。这些情况愈是罕见和奇特，诗人就需要愈多的技巧、时间、空间和普通的场景，使奇异之处恰如其分，使幻象具有基础。

假使历史事实不够奇异，诗人应该用非常的事件来把它加强；假使历史事实过于奇异了，就应该用普通的事件去冲淡它。

啊，喜剧诗人！您不能满足于在提纲中说：我要这个年轻人只淡淡地爱着这个高级妓女，然后离开她去结婚；他对自己的妻子并不是没有感情，这个女人是可爱的，丈夫准备跟她好好地过日子。我还要他睡在她身旁两个月之久而不和她接触；然而她怀孕了。我要写一个热爱她的儿媳的婆婆。我要写一个有情感的妓女。我还少不了要一件强奸案，我要让它在大街上发生，罪犯是一个醉酒的年轻人。很好，加油吧，堆砌吧，在稀奇古怪的情节之上堆砌上稀奇古怪的情节吧，我同意。不可否认，您的故事无疑会叫人拍案称奇，但是请不要忘记，您必须用许多正常的事件来补足，好让您的奇异之处站得住，而我所重视的正是这些正常的事件。

假使历史的确实性得到公认，诗的艺术将向前发展。同样的原则适用于故事、小说、歌剧、闹剧和各种体裁的诗篇，还有寓言。

假使有一个民族，在他们的信仰中，深信动物从前会说话，那么在这个民族中，寓言的逼真程度就会比在我们中间高。

当诗人完成了布局，给他的提纲以适当的广度，把剧本分成幕，分成场，那么他就可以工作起来。让他从第一场开始，以末一场结束。如果他以为可以毫无后患地随着兴之所至由这里跳到那里，随着才气的纵横驰骋而飘逸无常，那他就错了。假使他想使自己的作品成为一个整体，这就是个大难题。有多少思想被转移场所，要从这里搬到那里。尽管他的场景的目标早就决定了，结果还是难以达成。场景是相互发生影响的，而他没有感觉出来。这一场太冗长，那一场又太短促；有时情绪冷淡，有时候过分热烈。工作方法上的紊乱将会在整部作品里表现出来；不管他怎么修饰，还是会留下痕迹。

在由上一场转到下一场之前，把以前各场再多多研究一番绝非多余。

"多么严格的一种工作方法！"

是的。

"假使在写作开始时，启发诗人的却正是作品的结尾，那他该怎么办？"

那他就住手吧。

"但是，如果作者全神贯注于这个片段，他是会把它天才地创作出来的。"

假使他有天才，他就不必气馁。他怕失去的那些思想总会回来的，而且在回来时，从已完成的部分中产生出来的一系列新的思想还会把它充实起来，给这一场景以更多的热情、更强烈的色彩，和整体联系得更加紧密。他所能讲的一切，他将都讲出来；假使用跳跃方式前进，您认为他能做到这一点吗？

我认为不应该这样工作，我深信我的方法是最可靠也是最便当的。

《一家之主》共有五十三场；第一场最先写完，末场最后写完；假使没有一连串使我生活痛苦、对工作消极的特殊事件①，对我来说，这本来只是几个星期的愉悦工作而已。然而，在不能摆脱忧伤之际，如何使自己蜕变为不同的人物？当烦恼叫人总是操心现实，怎么可能达到忘我的境界？当热情奋发之灯已经熄灭，而天才的火焰不再在额头上闪光的时候，怎能温暖别人的心，为他们照亮道路？

为了把我在生产之际就加以扼杀，人们什么事没有干出来？在人们对《私生子》肆行迫害之后，朋友，我还会有兴致去写《一家之主》吗？可是，您看，我毕竟还是把它写出来了。您曾经督促我完成这项作品，我没法拒绝您的好意。现在请允许我为这部被如此粗暴地攻击的《私生子》说几句话。

卡洛·哥尔多尼用意大利文写了一出三幕喜剧，或者不如说是一出闹剧，叫作《真正的朋友》。他在这里面把莫里哀的《真正的朋友》和《吝啬鬼》两剧的人物交织在一起。其中也有小银箱和失窃；场景当中有一半是在一个贪心的父亲的家中

---

① 狄德罗这里所说的是对他的一系列攻击，弗雷龙发表在《文学年鉴》（一七五八年七月）上对《私生子》的攻击，以及帕里索在《关于大文学家的小书简》（一七五七年十一月）上的指控。还有一些与《百科全书》相关的困难，达朗贝尔面对越来越多的危机，在一七五八年一月放弃了狄德罗的合作编者的职位。

发生的。

我放弃了这一部分情节，在《私生子》中，既没有吝啬鬼和父亲，也没有失窃和银箱。

我以为可以利用另外一部分情节制成一些像样的东西，于是就把它拿过来当作自己的财产。哥尔多尼也不曾比我表现出更多的迟疑，他把《吝啬鬼》拿过去，却没有任何人认为不恰当。而且在我们当中也从来没有人因为莫里哀或高乃依曾不声不响地借用过某位意大利作家，或是西班牙戏剧中的某一作品的某一思想，就攻讦他们有剽窃行为。①

不管怎样，我利用了一出三幕闹剧的一部分情节，写了《私生子》这样一出五幕喜剧；而且我的原意并不是把这部作品拿到舞台上演出，而只是在其中加入我对诗艺、音乐、朗诵和哑剧场面的几点意见而已；我把这一切和剧本的真实故事②结合起来，组成一种近乎小说的东西，题名为《私生子或道德考验》。

如果不假设《私生子》的故事是真实的，那么这个传奇的幻象，还有那些散布在对话中间的关于真实事件和假想事件之间的、真实人物和虚构人物之间的、实际谈话和虚拟对白之间的区别的论点会变成什么样子呢？总之，全部诗学会变成什么样子呢？真实总是和虚构并列在诗学之中的。

---

① 狄德罗承认了借用，但完全不是抄袭，哥尔多尼证明了这一点。
② 指序幕和结尾的叙述。

但是，让我们把意大利诗人的《真正的朋友》和我的《私生子》严格地比较一下吧。

剧本的主要部分是什么？情节、人物和细节。

多华尔的出生不合法，这是《私生子》的基础。如果没有这种情况，他的父亲逃往岛上便毫无理由；多华尔就不会不知道他有一个妹妹，而且他会同她生活在一起，既不会对她产生爱情，也不会成为他朋友的情敌；再就是必须使多华尔有钱，这样他的父亲就没有任何理由再给他钱。那他为什么害怕向贡斯丹丝吐露真情呢？关于安德烈的那一场也不会再有了。也就不能写父亲从岛上回来，在渡海峡时被掳，以此来了结全剧。假如没有这个关键，情节也就没有了，整个剧本也就没有了。

没有这些，《私生子》就不能存在，可是在《真正的朋友》里是不是有呢？根本没有。这是情节方面。

再谈人物。《真正的朋友》里有没有像克莱维尔那样大胆的情人？没有。有没有像罗萨丽那样聪慧的女子？没有。有没有像贡斯丹丝那样有高尚的心灵和情感的女子？没有。有没有深沉粗犷像多华尔那样的男子？没有。那么，在《真正的朋友》里，我的人物是一个也没有的了？没有，连安德烈也不例外。

再说细节。人们能否指出我借用了外国诗人的哪一点想法？一点也没有。

他的剧本是什么？一出闹剧。《私生子》算一出闹剧吗？

我想不能算。

因此，我可以声明：

谁说我写《私生子》所用的体裁和哥尔多尼写《真正的朋友》的体裁相同，他就是撒谎。

谁说我的人物和哥尔多尼的人物有丝毫相似之处，他就是撒谎。

谁说在《私生子》的细节中有一句重要的话是从《真正的朋友》那里搬来的，他就是撒谎。

谁说《私生子》的结构和《真正的朋友》毫无区别，他就是撒谎。

哥尔多尼已经写了近六十个剧本。如果有人喜欢做这类事，我请他在余下的剧本里去选择，利用它们编出一部能使我们喜爱的剧本。

我倒希望人们指责我犯了一打类似的盗窃行为；我不知道《一家之主》能否因为全都归我所有而有更多的优点。

既然人们想要给我以从前某些人给泰伦提乌斯的那种指责，我只好请我的批评者去看看这位诗人写的序幕。当我利用余暇写另外一出新剧本的时候，我希望他们去读读那些序幕。我的看法直率而纯洁，只要能感动正直的人，那么对其他人的恶意攻击，我就会得到自我安慰。

我天生喜爱简朴，我力求以阅读古人的作品来使这种爱好趋于完善。这就是我的秘诀。谁要是读荷马的时候头脑聪明，准会在里面发现我所汲取的源泉。

啊，我的朋友，简朴是多么美啊！我们和它疏远了，那是多大的错误啊！

您愿意听一听一个刚刚失去儿子的父亲如何诉说他的痛苦吗？请听听普里阿摩斯吧：

"朋友们，走开吧；让我独自待在这里；你们的慰藉徒然使我厌烦……我要到希腊人的战船上去；是的，我要去。我要看看这个可怕的人①；我要向他恳求。或许他会对我的年岁产生恻隐之心，尊重我的老迈……他的父亲和我一般年纪……唉！那位父亲把他生下来就是为了使我们的城市蒙受耻辱，惨遭灾难！……他还有哪种祸害没有加在我们大家身上？可是谁受的害有我多？他攫去了我多少孩子，而且都正当美丽的青春年华！……他们都是我所喜爱的……我为他们每一个都痛哭过。可是，刚刚失去的这一个尤其使我痛苦；我要把这痛苦一直带到地狱……唉！他为什么不死在我的怀抱里？……我和他那可怜的母亲，我们本来应该抚着遗体大大恸哭一场！"②

您想知道一个父亲向杀死他儿子的凶手跪求时所说的话吗？那就请听听普里阿摩斯跪在阿喀琉斯面前所说的那番话吧。

"阿喀琉斯，想想你自己的父亲吧；他和我同年，我们都

---

① 指阿喀琉斯，他刚刚杀死了赫克托耳。
② 参见《伊利亚特》，第二十二篇。

在风烛残年中呻吟喘息……哎！他也许正在受邻国敌人的压迫，身边没有人能够帮他脱险……可是，假使他听到你还活着，他的心就会充满希望和喜悦，他将日日夜夜期待和儿子重逢……他的遭遇和我的遭遇是多么不同！……我有过许多孩子，而今我几乎已完全失去他们……当希腊人到来的时候，我身边有五十个孩子，后来只剩下一个还能保护我们的，而他刚才又在这城墙下牺牲在你手里了。把他的尸体还给我吧；收下我的礼物；尊敬神祇；想想你的父亲，也可怜可怜我吧……看看我落到了什么境地……可曾有哪个国王比我受过更多的耻辱？可曾有一个人比我更值得同情？我跪在你的脚下，我吻着你沾满我儿子鲜血的手。"①

普里阿摩斯这样说着；珀琉斯②的儿子想起自己的父亲，感到恻隐之心在心底油然而生。他把老者扶了起来，轻轻把他推开。

这里面有些什么？没有任何奇思妙想，而是一些如此真实的事物，人们几乎相信自己也能像荷马那样找出这些词句。我们既然多少认识了简朴的难能可贵，就应该读一读这两段话，好好地读一读，然后把我们的全部文稿付之一炬。天才只可体会，但绝不可能模仿。

---

① 参见《伊利亚特》，第二十四篇。
② 阿喀琉斯的父亲。

十一 兴趣

在复杂的剧本里，就引起兴趣来说，布局的作用比台词的作用大；与此相反，在简单的剧本里，台词的作用比布局的作用大。但是我们应该把兴趣引向哪一方，是剧中人物还是观众？

观众只是不知情的旁观者而已。

"那么，应该引向剧中人吗？"

我想是的。应该让他们在不知不觉中形成纽结；应该使他们对一切事情都猜不透；使他们走向结局而完全没有预料，假使他们陷于激动不安之中，那么我必须随着他们感受同样的心理活动。

我和大多数搞戏剧艺术的人不同，根本不打算对观众隐瞒结局。写一部在第一场就透露结局、并将注意力突出到最高潮的剧本，我不认为这会超出我的能力。

对观众来说，应该让他们对一切都了如指掌。让他们作为剧中人物的心腹，让他们知道发生了什么事情，正在发生什么事情，而在更多的时候，最好把将要发生的事情也向他们明白交代。

唉，你们这些设下清规戒律的人啊！你们太不懂艺术了，你们根据经典制定规则，却没有创造这些典范作品的天才，天才可以随意打破你们的清规戒律。

在我的这些意见中，人们想找出多少矛盾就会找出多少，不过我坚决相信，如果说有时宜于把一项重要的情节在未发生之前瞒住观众，却有更多的时候，戏剧兴趣要求相反的做法。

通过保密，诗人为我布置了片刻的惊奇；可是，由于把内情透露给我，他能引起长时间的悬念。

对于在霎时遭到打击而表现颓丧的人，我只能给予一刹那的怜悯。可是，如果打击不立刻发生，如果我看到雷电在我或者别人头顶上聚集却一直停留在空际不打下来，我会有怎样的感觉？

吕西尼昂不知道就要和他的孩子们重逢，观众也不知道。查伊尔和纳瑞斯坦不知道他俩是兄妹，观众也不知道。无论这场会面和相认有多么动人①，可是如果观众事先知道内情的话，我相信效果肯定会更好。当他们四个人走来的时候，有什么猜测和盘算不会在我的心头涌起？我将以何等的注意和不安倾听他们吐出来的每一个字？诗人将把我置于何等困惑的境地？我直到相认的这一场才流泪，它本该早就流出来了。

当我看到奥罗斯曼手执匕首等候着查伊尔，这个薄命女子却向前去迎受打击的时候②，假使我知道内情，与不知道内情相比，会有何等不同的情绪？假使让诗人自由地利用这片刻，尽可能制造充分的效果，又假使我们的舞台（实际上它阻碍着

---

① 参见伏尔泰《查伊尔》，第二场，第三幕。
② 同上，第四场，第九幕。

最佳效果的产生①）能使查伊尔在黑暗里发出的声音从尽可能远的地方传到观众耳中，那么角色还有什么心理活动不被观众感受到呢？

在《伊菲革涅亚在陶洛人里》中，观众知道人物的身份；如果不是这样，您倒看看兴趣是增加了还是减少了。

假使我不知道尼禄在听布里塔尼居斯和朱妮的谈话，我就不会觉得恐怖。

当吕西尼昂和孩子们相认以后，他们是否就减少我们的兴趣了呢？一点也不。是什么东西在支持和加强兴趣？就是这位苏丹所不知道的，而观众相反了解的事情。

假使您高兴的话，可以使所有的角色都互不相识，可是您得让观众认识所有的角色。

我几乎敢肯定，如果一个题材当中必须用说半句留半句的手法，那这就是一个吃力不讨好的题材；一个必须用这种手法的布局绝对不如不用这种手法的布局。人们不会由此得出十分有力的东西；人们被不是太晦涩就是太明显的伏笔所拘束。剧本变成由不足道的卖弄交织而成的东西，用这些不足道的卖弄只能产生不足道的意外。然而和人物有关的一切情节，观众是否已经知道了呢？我在这个假想中窥见了有些剧本中之所以有最强烈的感情冲动的原由。那位希腊诗人，他把俄瑞斯忒斯和

---

① 因为法兰西喜剧院狭小的座场被戴着羽毛的激动的观众挤得满满当当。

伊菲革涅亚的相认一直推迟到最后一场，真是个天才。俄瑞斯忒斯靠在祭坛边，他的姐姐握着圣刀，指向他的胸前。俄瑞斯忒斯准备就此牺牲，喊道："难道我的姐姐被牺牲了还不够，还要我再去步她的后尘！"诗人让我等待了五幕之久的时刻现在才终于到来。

"在任何一个剧本里，剧情的纽结总是观众所知道的；它是在观众面前构成的。悲剧的名称就常常点出了结局；这是历史上的事迹，例如恺撒之死、伊菲革涅亚之牺牲；但是在喜剧里就不是这样。"

为什么呢？诗人难道不能作主把主题当中他认为适当的部分给我揭示出来吗？就我来说，假使在《一家之主》里（那时它很可能不再叫作《一家之主》，而是用了另一个名称的剧本）我能把骑士的迫害集中在苏菲一人身上，我将更为高兴。那个少女被他说得那么坏，他那么凶狠地迫害她，甚至想让人把她禁闭起来，到后来发现她就是自己的侄女，如此这般，兴趣不是更浓吗？观众会以何等焦急的心情等候着相认的时刻；而在我们的剧本里，这一时刻却只产生昙花一现的惊讶！照理这个时刻应该成为那个大家最关怀的不幸少女最后胜利的时刻，和人们所不喜爱的那个冷酷的人的不知所措的时刻。

为什么在《婆母》① 中潘菲卢斯的回家只是一个普通的枝

---

① 泰伦提乌斯的戏剧作品。

节？那是因为观众不知道他的妻子已经怀孕，不知道孩子不是他的，也不知道他回家的时间正好是妻子分娩的时间。

为什么某些独白有这么大的效果？那是因为它们把一个人物的秘密意图告诉了我；而这样的透露马上就使我揪心，由于忧虑或者希望。

假使对人物的身份不了解，观众对剧情的兴趣就不会比剧中的人物大；但是，假使他们充分了解人物的身份，并且感觉到，假使人物彼此认识，他们的语言行动就会截然不同，那么他们的兴趣就会倍增。这样，您将使我迫不及待地想知道，当他们可能把他们的现状和他们做过或者打算要做的事进行比较的时候，他们将成为什么样子。

让观众明了一切，但尽可能使剧中人互不相识；让我不但满足于当前的情况，而且急于知道接踵而来的是什么；让一个剧中人使我期待另一个剧中人；让一个事件把我转向与之有关的另一个事件；各场戏都很简洁，只包含剧情所必需的东西；这样我就会觉得兴致勃勃。

此外，我对戏剧艺术思考越深入，对那些戏剧批评家就越反感。他们根据一系列特定的法则，制定出普遍的教条。他们看见某些枝节产生了很好的效果；马上强迫诗人必须用同样的方法去达到同样的效果；可是如果他们再仔细观察一下，就会发觉相反的方法倒会产生更好的效果。就这样，规则充斥艺术世界，而作者由于奴颜婢膝地拘守这些规则，常常事倍功半。

假使人们设想，尽管剧本是为演出而创作，可还是让作者和演员忘却观众，使全部兴趣系于人物，那么，在戏剧理论中，人们经常读到的将不是：假使你做这个或那个，你会这样或那样地感动观众；而是：假使你做这个或那个，你的人物之间就会出现这样或那样的情况。

　　那些写戏剧理论的好比这样一个人，他千方百计使一个家庭充满混乱，但不是根据这个家庭的实际状况来斟酌他使用的方法，而是根据街坊们的议论，哎！把街坊丢在一边，让剧中人去烦恼吧；可以相信，别人一定会对他们所受的一切痛苦感同身受。

　　如果根据另外一些典范作品，人们又会定出另外一些规则。他们也许会说：把你的结局让人知道，早一点知道，使观众始终期待着那个闪光出现，来照亮全部人物的行动和场景。

　　如果说应该把一个剧本的兴趣集中在它的结尾，我看相反的方法也同样合适。不知情和困惑激发并保持观众的好奇心；但是那些已经知道而且一直在期待其发生的事物才使观众激动。这种方法能够使悲剧的因素在戏剧的整个过程中都暗暗显现出来。

　　假使诗人不深入到剧中人物，不按自己的意图控制观众的情绪，却脱离剧情而迎合观众，他就将妨碍自己的布局。他就是仿效这样一些蹩脚的画家，他们不是致力于严格地再现自然，而是忘掉了自然，他们苦心经营艺术的手段，不是想把他们所看到的自然如实地揭示出来，而是展示常规的技巧。

空间的各个点不是明暗不同吗？它们不是互相分离的吗？它们不是像在绚丽多彩的风景中一样在空无一物的平原上向后展开吗？假使遵照绘画的老一套办法，您的剧本就将和他的画一样。他的画有几处美的地方，您的剧本有几个美的时刻。可是问题不在这里，图画应该整个画面都是美的，剧本应该从头到尾都美。

假使您只照顾观众，那么，演员怎么办呢？您以为他会感觉不出您摆在这里那里的东西并不是为他设计的吗？您想的是观众，他也就面向观众。您要观众为您喝彩，他也要观众为他喝彩；这样我就不知道这戏剧幻象将会变成什么东西。

我注意到，凡是诗人存心为观众写的东西，演员就演不好；假使池座的观众能参加表演，他们会对剧中人说："你怨谁？这与我有什么相干？难道我会管你的闲事？去你的吧！"假使作者也参加演出，他会从幕后走出来，回答池座的观众："对不起，先生们，这是我的过错，下一次我会写得好一些，他也会演得好一些。"

所以，无论写作还是表演，不要去想观众，只当他们不存在好了。只当在舞台的边缘有一堵墙把您和池座的观众隔开，表演吧，只当幕布还没有拉开。

"可是那个丢失银箱的吝啬鬼明明对观众说：先生们，偷我银箱的贼有没有藏在你们中间？"

哎！别去管这个作家吧。一个天才的越轨行为并不能证明违反常理就是对的。我只请您告诉我，假使您跟观众说一会儿话，能使剧情不中断吗？也请您告诉我，在整个剧当中散布许多小停顿，从而延缓剧情的发展，不会是小小的缺点吗？

如果一个聪明的作者在他的作品中插进针对观众的俏皮话，我同意；让他提到流行的笑料、当前的弊端、群众性的事件，让他去教育人，去取悦于人，但是这一切都要做得毫不牵强。假使别人发现了他的目的，那也就达不到目的了，那时他就不是在对话而是在说教了。

十二　主题展示

据我们的批评家说，布局的第一部分就是主题的展示。

由于悲剧中的事迹已为人所知，只用一句话就能把主题展示出来：我的女儿一旦涉足奥利斯①，她就没命了。就喜剧而言，我敢说海报就是主题的展示。在《伪君子》里，主题展示在哪儿呢？我希望大家要求诗人把开头的几场戏这样安排，使整个剧本的提纲包括在其中。

我想剧情总有一个开始的时机，如果诗人对这个时机选择不当，它就会和结局或者离得太远，或者靠得太近。如果靠得

---

① 阿伽门农在此献祭了他的女儿伊菲革涅亚。

太近，材料就会嫌少，或许还不得不用一个穿插的情节去延长主题；如果离得太远，主题的发展就会显得松懈，每一幕过于冗长，充满不能引人入胜的突变和细节。

为了说得明白，就要把什么都说出来。而戏剧这个体裁又要求简洁。那么，如何能把什么都说出来而又展开得很快呢？

把所选定的第一个事件作为第一场的题材。它引出第二场，再由第二场引出第三场，一幕由此完成。主要是要使剧情的发展愈来愈快，同时又要保持明白清楚；这里倒是应该想到观众了。由此可以看出，主题的展示是随着剧本逐步完成的，观众直至幕布落下才知道全部，看到一切。

第一个事件留待下文分解的东西愈多，以后各幕的细节就愈多。诗人愈是要把剧情发展得快，所掌握的资料愈是充实，他就愈应该谨慎从事。他不可能把自己完全放在观众的位置上。因为他自己对剧情的线索是如此熟悉，所以他很容易误以为已经表达得很清楚，而实际却仍是晦涩的。这就要由他的批评者去告诉他了；不管一个诗人具备多大的天才，他还是需要一个批评者的。我的朋友，假使他能遇到一个名副其实的比他更有天才的批评者，该是何等幸福啊！正是从这位批评者那里，他领会到一个微不足道的遗漏就足以毁灭整个戏剧幻象；忽略一个小小的情景，或者把它表现得不适当，谎言就会被揭穿；他同时又领会到剧本是为大众写的，不要把大众看得太愚昧，也不要把他们看得太聪明。

一切必须说明的东西都要说明白，但不要过分。

对某些琐屑的事，观众是不求甚解的，他们事后自会找到解答。一个枝节是否只有一个原因，这个原因是否立刻就在观众脑中闪现？这是一个待解的谜。枝节难道不能以简单而自然的方式出现吗？你解说它，就要在一个细节上耗费口舌，而这个细节并不引起我的好奇心。

任何东西，假使不是浑然一体，就不美；正是第一个枝节决定了整个作品的基调。

假使以一个动人的紧张场面开始，剧本余下的部分就必须全部同样动人，否则就会虎头蛇尾。多少戏剧就是毁在开头上啊！诗人怕一开场就显得冰冷，因此把开头写得如此动人，结果终于无法把他给我的最初印象维持下去。

十三　人物性格

假使作品布局得好，诗人把开场的时机选得好，由剧情的中心单刀直入，把人物性格刻画得好，他怎么可能不成功？可是，人物性格要根据剧情来决定。

剧本的布局可能已经完成并且完成得很好，但诗人还不知道应该赋予他的人物以什么性格。每天都有许多不同性格的人遇到同样的事。把女儿当作牺牲品的可能是个野心家，也可能是柔弱的或者残暴的人。丢失钱财的可能是个财主，也可能是个穷人。为情妇担心的人，可能是市民或英雄、温柔的或嫉妒的人、亲王或随从。

人物的境遇愈棘手、愈不幸，他们的性格就愈容易确定。考虑到您的人物所要度过的二十四小时是他们一生中最动荡、最严酷的时刻，您就可以把他们安置在尽可能大的困境之中。情境要有力，并使之与人物的性格发生冲突，同时使人物的利益相互冲突。应该使一个人不破坏别人的意图就不能达到自己的目的；或者使大家关心同一件事，然而每个人都希望这件事按照他自己的打算发展。

真正的对比是人物性格和情境之间的对比，是不同的利害之间的对比。假使您写阿尔赛斯特恋爱，就让他爱上一个风流的女子，如果是阿尔巴贡，就让他爱上一个贫苦的女子。

"但是为什么不在这两种对比之外再加上性格之间的对比呢？这个方法对诗人是多么方便啊！"

您还可以说，画家常把作为衬托的东西放在前景，这种手法也是很普遍的。

我希望人物的性格各有不同；但是我坦白告诉您，我并不喜欢性格之间的对比。且听我申述理由，然后再下评断吧。

首先我发觉对比的使用对风格无益。您想使伟大的、高贵的、简朴的思想化为乌有吗？那么只要让这些思想相互对比，或者在表达上进行对比就行了。

您想叫您的乐曲毫无美感和才华吗？只要把对比加进去，

那您就只有一连串强弱高低相互交替的声音。

您想叫一幅画变成惹人讨厌、矫揉造作的东西吗？那就蔑视拉斐尔的智慧，把您要画的景象互相对比吧。

建筑学崇尚宏伟和简洁；我不应该说建筑学拒绝对比，而是说它根本不容许对比。

您倒是说说看，既然在一切模仿性的艺术中，对比是如此不高明的手法，怎么唯独在戏剧艺术中会是例外呢？

如果说有什么最可靠的方法来损害剧本，使它在一切有高尚趣味的人心目中成为不堪入目的东西，那就是在其中大量加入对比。

我不知道人们怎样评论《一家之主》；不过，倘若它现在还只是不高明而已，那么，假使我把骑士和父亲，热尔梅耶和塞西尔，圣阿尔班和苏菲，仆妇和一个听差一一对比，那么我就会使这部戏惹人讨厌。请看从这种"正反对照"中会产生怎样的结果。我之所以说"正反对照"，是因为剧本中的性格对照跟修辞中的反衬法是一码事。正反对照效果是显著的，但不可滥用，而文风高雅的人则总是避免使用。

在戏剧艺术中最重要的也是最困难的部分之一，岂不就是使技巧隐而不现吗？可是，有什么东西比对比更显露技巧呢？它不显得是矫揉造作吗？这难道不是用腻了的手法吗？哪一部喜剧没有用这个手法？当人们看到在戏里出现一个焦躁粗暴的人物的时候，哪一个躲在池座角落里的逃学青年心里能不这么想："平静温和的人物马上就要上场了。"

由于戏剧必然要通过一些异常事件的组合来描绘事物的一般秩序，因而不幸带有传奇色彩。难道有了这种与戏剧幻象如此对立的传奇小说色彩尚且不够，还要平添一些几乎绝不会同时凑在一起的性格？社会的一般情况是怎样的呢？人们的性格是各有不同，还是截然对立？生活中也许有那么一回，性格的对比表现得如人们要求于诗人的那样分明，可是有千万回，性格只是有所不同而已。

性格和情境间的对比，利害和利害间的对比，却是随时都存在的。

人们为什么想要把一个性格和另一个性格相对比？也许是为了把其中的一个表现得更突出；但是人们只能在具有这些性格的人物同时出现时才获得这种效果：如果这样的话，对白将何等单调！剧情的开展将何等不自然！如果我处心积虑地把一个剧中人和另一个剧中人拽在一起，我怎能把许多事件自然而然地连贯起来，怎能在各场之间建立恰当的联系？十有八九，对比要求这样一场戏，而故事的真实性却要求另一场戏。

再说，假使用同样的笔力描写两个相对比的人物，那就会使戏剧的主题暧昧不清。

假定《恨世者》在演出之前没有贴出海报，上演时也没有说明，又假定费南特和阿尔赛斯特一样，也有他特有的性格，那将出现怎样的情况呢？至少在第一场，当还没有任何根据把主角辨认出来的时候，观众不会问到底演的是《博爱者》还是《恨世者》吗？那些戏剧作家是怎样避免这个缺点的呢？他们只好牺牲两者之一。他们让第一个人说出一切对他有利的话，而把第二个人写成一个傻瓜或笨蛋。但是，观众不会觉察这一点吗，尤其是像我刚才所举的例子那样，当主角是坏人的时候？

"然而《恨世者》的第一场是一部杰作。"

是的，但是让一位天才来处理这一场，让他赋予费南特一样多的冷静、坚决、辩才、诚恳、对人类的爱、对人们缺点的容忍、对他们的弱点的真正朋友式的同情，这样的话，用不着改动阿尔赛斯特的台词，您将忽然看到剧本的主题变得不明确了。为什么事实不是这样呢？是因为阿尔赛斯特有理，还是费南特没有理呢？不是的，那是因为这一个为他的主张辩护得好，而那一个对他的主张维护得不够。

我的朋友，您愿意对我这个见解深信不疑吗？请您翻开泰伦提乌斯的《两兄弟》，您将看到两个性格相反的父亲，而这两个人都是以同样的笔力刻画出来的；您可以向最敏锐的批评家提出挑战，要他告诉您，主角到底是米西翁还是德梅亚？假使他胆敢在最后一场之前就下断语，最后会出乎意料地发现，自己在五幕戏的过程中认为通情达理的那个人原来是个疯子；而他认为是疯子的人竟会是一个通情达理的人。

人们在这出戏第五幕开始时可能认为作者被他自己建立的对比难倒了，以至于被迫放弃了原来的目的，把剧本的兴趣颠倒过来。结果怎样呢？人们再也不知道应该对谁发生兴趣；在既已同情米西翁而反对德梅亚以后，结果倒不知道该同情谁才好了。人们几乎要希望有居于这两个人物之间的第三个父亲出现，把那两位的缺点暴露出来。

假使有人以为一个没有人物性格对比的剧本比较容易写，那就错了。当诗人只能用不同的性格来突出他的角色的时候，他描绘他们、给他们涂上色彩的时候需要多么准确啊！假使他不愿平淡到像把白色的景物放在白色的背景前的画家那样，就只好时刻注意身份、年龄、地位及利害的不同；他绝不会削弱一个人物的性格而着力于另一个性格，他的工作是把所有的性格都加强起来。

愈是严肃的体裁，我认为就愈不宜容许对比。对比在悲剧里很少见。假使有人用对比法，那也只是在配角之间。主角是独一无二的。在《布里塔尼居斯》《安德洛玛克》《西拿》《伊菲革涅亚》《查伊尔》《伪君子》里，都没有对比。

在性格喜剧里，对比并非必需；在别的体裁里，它至少是多余的。

在高乃依的一部悲剧里，我记得是《尼科梅德》，慷慨是所有人物的主要品质。人们对这一广泛的品质给予了何等高的评价，而且是多么中肯！

泰伦提乌斯很少用对比；普劳图斯①用得更少；莫里哀比较常用。但是，就莫里哀而言，对比有时是一种天才的手法，难道有理由把它推荐给别的诗人吗？相反，这不正是禁止他们使用的理由吗？

对比性人物之间的对话会变成什么样呢？一连串琐屑的意见，一连串正反对比的台词；因为您必须在他们的话语中安排与性格对比同样的对比，可是我请您作证，也请一切趣味高雅的人作证，两个有不同利害、感情和年龄的人之间的坦率自然的谈话不更使您觉得愉快吗？

我不能容忍史诗中的对比，除非只用于情感和形象方面。在悲剧中它会使我不快。在严肃喜剧中它是多余的。在轻松的喜剧中它也可以不用。因此我只把它留给闹剧。在这种体裁里，人们只要高兴，尽可以大量使用这种手法，把对比硬加在作品中，好在这里没有什么了不起的东西会被破坏。

至于在史诗、抒情短诗，以及其他儿种高级的诗歌体裁中，这种情感或形象的对比，我则乐于看到，假使有人问我这到底是怎么回事，我将这样回答：那是天才的最明显的特性之一；那是在心灵中同时怀有极端的和相反的感觉的艺术，也可以说是从相反的方向去扣动心弦，在心灵中激起交织着痛苦和快乐、苦涩和甜蜜、温柔和恐怖的颤动。

---

① Plautus（约前254—前184），古罗马喜剧作家。

这正是《伊利亚特》当中那一处所产生的效果。在这里，诗人让我看到朱庇特坐在伊达山上；山脚下特洛伊人和希腊人在他撒下的夜幕里互相残杀；而神不经心的、沉静的目光却转向以乳类为生的埃塞俄比亚人和平的原野。① 这样，他使我同时看到悲惨与幸福、和平与混乱、无辜与罪恶、人的宿命与神的伟大的景象。在伊达山脚下我所看到的只是一群蚂蚁而已。

这同一位诗人是不是许给战斗者某种奖品呢？他把武器、一头挺起角来咄咄逼人的牛、美妇人和铁器放在他们面前。②

当卢克莱修要描写狂放无度的爱情的时候，他是深知将恐怖和淫乐加以对比的力量的。他利用感官作用，使我想起这样一幅景象：一头雄狮，腹部被一支致命的箭洞穿，狂怒地冲向伤害它的猎人，把他扑倒，想要压在他的身上咽气，将他淹没在自己的血泊之中。③

死亡的形象和享乐的形象并列在贺拉斯最辛辣的抒情短诗和阿那克里翁④最美的歌谣中。

还有卡图卢斯，当他写下这节诗的时候，难道不懂得对比

---

① 参见《伊利亚特》，第十三篇。
② 同上，第二十三篇。
③ 参见卢克莱修《物性论》，第四卷。
④ Anacreon（前560—前478），古希腊抒情诗人。

的魔力吗？

> 我的莱丝比亚，让我们活着，让我们相爱，
> 那些古板的老朽们的胡言乱语，
> 我们看得不值一钱。
> 他们自寻烦恼，但也总会有觉醒的一天；
> 而我们，只求电光一闪，
> 愿夜是一个亘古不变的长眠。
> 给我一千个吻。①

　　还有《自然史》的作者，当他描写一只幼小的动物，这个森林里安静的居民，被一个突如其来的、从未听到过的声音吓坏之后，就以柔和与崇高的描绘作对比："可是倘使声音没有起什么作用，平息了下来，那只动物便首先重新体验到大自然往常的宁静；于是它安定下来，停止前奔，以平稳的脚步回到它安静的巢穴。"②

　　还有《精神论》的作者，他把淫乐和残暴的思想混在一起，借一个垂死狂人的口喊出："多么新鲜的乐趣把我俘虏了啊！……我就要死了：我听见奥丁呼唤我的声音；他的宫殿门已经敞开；我看见几个半裸的女子走出来；她们裹着蓝色的披

① Catulus（前84—前54），古罗马诗人。这里的诗句参见《诗集》，第五首。
② 参见布丰《自然史》，第四卷。

肩，映衬着洁白的胸部；她们朝我走来，用我仇敌的血淋淋的颅骨，给我盛来美味的啤酒。"①

　　普桑②有一幅风景画，描绘一群牧羊人正随着笛子的曲调跳舞；旁边有一座坟墓，上面有这样的碑铭："我也在阿卡迪亚。"我们所说的笔法的感染力有时就把我的视线从主题上转移到一个单词上，它像普桑的风景画一样，让我往一旁观看，使我看到空间、时间、生、死，或是贯穿在欢乐的形象之中的另外一种崇高而令人抑郁的思想。

　　这样一类对比才是唯一让我满意的。性格当中有三种对比。一种是道德的对比，一种是恶习的对比。如果一个人物是吝啬鬼，另外一个人物可以用节俭或挥霍来和他对比；恶习或道德的对比可以是真实的，也可以是生造的。我还找不到后一种的范例。我对戏剧真是所知不多。我认为在轻松的喜剧里，对比能产生相当可喜的效果，但以只用一次为度。这种性格在第一个表现它的剧本里就用旧了。我倒希望看到一个人，并不真的具有和另一个人相反的性格，而是装成这样子。这种性格才是独创的；由于它是新的，所以我对它也缺乏了解。

　　由此得出结论：使性格形成对比只有一个理由，而把性格表现为千差万别却有许多理由。

---

① 参见爱尔维修《精神论》，第三讲，第二十五章。
② Nicolas Poussin（1594—1665），法国古典画派大师，这里所说的是他的名作《阿卡迪亚的牧羊人》。

希望人们去读读《诗学》，在那里找不出一个字是关于对比的。所以我以为这条关于对比的规律也和其他许多规律一样，是根据某一部天才作品制定出来的。在这部作品中，人们也许发现了对比产生的巨大效果，于是就断言：这里对比得很好，因此其他人不用对比就写不好。这就是大部分胆敢在自己从未学习过的艺术里筑起藩篱的人的逻辑。这也是没有经验的批评家的逻辑，他们根据那些权威来评论我们。

我不知道，我的朋友，我会不会被哲学研究拉回去，也不知道《一家之主》是不是我最后一部剧作[①]，但是我深信我不会在任何剧本中采用性格对比这种手法。

十四　剧情安排和分幕

当提纲完成、人物性格确定以后，就进入剧情安排。

幕是剧本的部分，场是幕的部分。

一幕是剧本的整个剧情的一部分，它包括一个或几个事件。

我已经说过比较喜欢简单的剧本，不喜欢复杂的剧本，奇怪的是，在一幕之中我却觉得充满事件比只有一个事件要好得多。

———————————

① 狄德罗之后唯一完成的戏剧是《他是好人？还是恶人？》。

人们要求主要人物在第一幕就出现或者被人提起；我不大明白这是为什么。在有些剧情里这两种做法都是行不通的。

人们要求同一个人物不要在同一幕中屡次出现。为什么要提这样的要求呢？如果他这时出场说的东西，不能在刚才出场的时候说出来；如果促使他出场的事情是当他不在场上的时候发生的；如果他刚才把他要找的人撇在舞台上，而这时候他要找的这个人正在舞台上；如果这个人不在那里，而他又不知道到别的地方去找；如果时机要求这样做；如果他重复出现会提高兴趣；简而言之，如果他重新出场，像我们在社交场上每天碰到的那样自然，那么，就让他再上来吧，我完全愿意再看见他，听他说话。让批评家随他的意思指责作家吧，观众对我的意见是一定会同意的。

有人要求每一幕的长短大致相等。而如果人们要求按照各幕所包括的剧情范围的比例来决定它有多长，这将更为合理。

如果内容空虚而台词满满，这一幕总是会嫌太长的；如果台词和事件使观众忘记了时间，那么它就很短了。难道会有人手上拿着表看戏吗？主要在于观众的感觉，而他们却计算页数和行数。

《阉奴》的第一幕只有两场和一段短短的独白，最后一幕倒有十场。这两幕显得同样短，因为观众对这两幕都不觉得倦。

一个剧本的第一幕也许是最困难的一部分。要由它开端，要使它能够发展，有时要由它展示主题，而且总是要它起到提示之后各幕的作用。

假使所谓主题的展示不是由一个重要事件引出来的，或者后面不是紧接着有一个重要事件出现，那么，这第一幕就会显得冷清。请看《安德罗斯女子》或《阉奴》的第一幕的差别，还有《婆母》的第一幕。

十五　幕间休息

所谓幕间休息就是上一幕和下一幕之间的一段时间。这段时间可长可短；但是，既然剧情并未中断，那么当活动在舞台上停止的时候，必须使它在幕后继续。绝无休息，没有停顿。假使人物重新出场时剧情并未比他们下场时有所进展，那么，他们不是都休息了，就是被不相干的事情分了心。这两种假定情况即使不违反真实性，至少也会削弱兴致。

假使诗人使我期待某些重大事件发生，假使那个应当充实幕间休息的剧情激起我的好奇并加强了我已经感受的印象，他就可以算是完成了任务。因为，问题不在于在我的心灵中激起不同的感触，而是把一时在心灵中占统治地位的感触保留下来并且不断增强。这是一支投枪，必须把整支枪从头到尾都插进去。这样的效果是绝不可能从一个复杂的剧本取得的，除非把所有的事件都集中在一个人物身上，把他压得喘不过气。这样，这个人物就真正陷入戏剧性的场面了。他呻吟不已，消极被动；他只有说话的份儿，而行动的却是别人。

在幕间休息里总会发生一些诗人要瞒住观众的事件，而在全剧过程中也时常会发生这种情况，例如人物在家里彼此之间的谈话等等。我并不要求诗人处理这些场面，并不要求他如同我了解其内容时那么细心地去处理。可是假使他根据这些事件做一个提纲，这个提纲就会使幕间休息的题材和人物性格得以充实。如果把这个提纲交给演员，那么，演员对他所演的角色的体会就会加深，做动作的劲头就更足了。这是一项额外工作，有时候我是乐意去做的。

所以，当狠毒的骑士去找热尔梅耶，要把他拖下水，逼迫他参与禁闭苏菲的密谋时，我仿佛亲眼看见他装腔作势地走过来，一脸奸诈和装出来的和气，我仿佛又听见他虚情假意地拐着弯说话：

　　骑士　热尔梅耶，我正在找你。

　　热尔梅耶　找我？骑士先生。

　　骑士　正是你。

　　热尔梅耶　很难得呀。

　　骑士　是的，可是像你热尔梅耶这样的人迟早总会受人赏识的。我考虑过你的品性；我想起了你对这个家庭所做的所有好事，当我独自一个人的时候，常常自问，在你我之间，怎么会有这种长期不和的情绪，使得咱们两个正派人彼此疏远。我发觉我以前是错了，所以立刻前来求你，是的，求你把过去的事情忘掉，并且问你是不是愿意和我交个朋友。

热尔梅耶　先生，您问我愿意不愿意？那有什么可怀疑的呢？

骑士　热尔梅耶，当我恨的时候，我可恨得厉害哩。

热尔梅耶　这我知道。

骑士　当我爱的时候，也是如此，你瞧吧。

说到这里，骑士让热尔梅耶体会到，热尔梅耶对他外甥女的意图是瞒不过他的。骑士表示同意，并且自告奋勇要帮助他："你追求我的外甥女；你是不会承认的，我知道你的个性。不过，用不着你明说，我还是会在她跟前，在她父亲跟前，助你一臂之力。等需要我的时机到来，你就会来找我的。"

热尔梅耶对骑士太了解了，绝不会上他的当。他毫不怀疑这个善意的开场白一定是为某种诡计做引子，他对骑士说：

热尔梅耶　这究竟是为了什么，骑士先生？

骑士　首先，请相信我的真诚，我的确是一片真心。

热尔梅耶　这倒可能。

骑士　其次，请向我表明，对于我重新和好的要求以及我对你的一片好心，你并不是无动于衷。

热尔梅耶　我准备这么办。

于是，骑士稍稍静默了一会儿，然后好像心不在焉，搭讪着说："你看见我的外甥没有。"

热尔梅耶　他刚从这里出去。

骑士　你不知道人家说些什么吗？

热尔梅耶　人家说了什么？

骑士　说你在鼓励他的狂热；可是事实绝不是这样吧。

热尔梅耶　没有的事，先生。

骑士　你对那个姑娘丝毫不感兴趣吗？

热尔梅耶　一点也没有。

骑士　真心话吗？

热尔梅耶　我已经对您说过了。

骑士　那么，假使我建议你和我合作，把这个家庭的一切乱子赶快结束，你肯干吗？

热尔梅耶　当然。

骑士　那么，我能向你实说吗？

热尔梅耶　假使您认为合适的话。

骑士　你能为我保守秘密吗？

热尔梅耶　假使您这样要求。

骑士　热尔梅耶……是谁在阻碍……你还没有猜到吗？

热尔梅耶　我怎么能猜中您的心事呢？

骑士向他透露了他的计划。热尔梅耶这才看出了这次密谈的危险；他心里很乱。他企图劝骑士别这么做，但没有结果。于是他大声反对迫害无辜少女的非人道行为……同情心哪里去了？公道哪里去了？"同情心吗？正是为此；至于公道，就是要把这些生在世上专为引诱年轻人着迷的、专为使他们的父母伤心失望的东西给禁闭起来。""您的外甥会……""他一开始肯定会有些悲伤的；可是一个新的念头会把原有的念头打消。两天以后，他的悲伤也就过去了，这样，我们就为他做了一件天大的好事。""盖有国王封印的监禁证，您以为能够弄到手吗？""我正在等着，一两小时后，我们就可以行动。""骑士先生，您这是在叫我干什么呢！""他让步了；他已经落在我的手心里了。去向我的兄弟献媚吧，并让我们两个人永远合作。""圣阿尔班！""对呀！圣阿尔班，圣阿尔班！他是你的朋友，可不是你自己呀。热尔梅耶，人人为自己，首先是自己；然后，如果有可能考虑别人的话，再考虑别人。""先生！""再见。我要去看看监禁证到了没有，我马上再来找你。""请容许我再说一句话。""一切都说好了，没什么可说的了：我的财产

79

和我的外甥女都归你。"

骑士怀着难以掩盖的愉快心情急急忙忙地走开了；他相信热尔梅耶已经骑虎难下、毫无办法，他怕给他反悔的时间。热尔梅耶喊他；他还是直往前走，一直走到下场门才回过头来，说："我的财产和我的外甥女都归你。"

如果我想得不错的话，这样草拟的场面，其用处足够补偿作者为编写这些场面费的一点心思。

假使诗人仔细地考虑了他的主题并且好好地安排了剧情，他就可以给每一幕一个专门的标题；如同史诗里人的"入地狱""葬礼""部队的点名""魔影的出现"一样，在戏剧里，人们可以说：这一幕是"见疑"，那一幕是"暴怒"，这一幕是"相认"，那一幕是"牺牲"。我好奇的是古人竟然没有想到这一层，这本来是很合他们口味的。假使他们按幕写标题的话，就大大地帮助了现代作家，因为现代作家是不会放过摹仿古人的机会的；每一幕的特性一经确定，作者就只好尽力去充实了。

十六　场面

当诗人给予他的人物以最适当的性格——也就是说和他们所处的情境最对立的性格——以后，假使他有一点想象力的话，就不能不在脑子里设想出这些人物的形象。如果我们听别人讲起一个人，听多了，就能设想出这个人的形象，这种情况是每天都会碰到的。我不知道在面貌和行动之间是否存在某种类似，可是我知道，一个人的感情、言论和行动一旦为我们所知晓，我们就会立刻想象出他的面貌，并将感情、言论、行动等等添加在这面貌上。

假如我们遇见这个人，而他的面貌不像我们所想象的那样，那么，虽然我们从来没有见过他，却几乎要脱口说出：我们认不出你了。每一个画家、每一个戏剧诗人都应当善于研究相貌。

这些依照性格塑造的形象也影响台词和舞台上的活动；而当诗人想起这些形象，看见这些形象，把它们留在眼前久久凝视，并观察它们的变化的时候，尤其如此。对我说来，我设想不出，如果诗人没有想象好那个被他带上场的人物的动作和行动，没有捉摸透这个人物的举止和面貌，怎么能开始写这场戏。正是这种事先的模拟启发第一句台词，而第一句台词产生其余的一切。

假使诗人在开始工作的时候就得到这些理想面貌的帮助，他就可以充分利用那些使面貌在全剧，甚至只在一场戏中发生变化的突然的、一刹那的表情……你的脸发白了……你发抖了……你欺骗我……在实际生活中，有人说这样的话吗？人们不过看他一眼，设法从他的眼神里、动作里、面部线条里、话音里探出他心底想的东西；在戏剧里却很少这样做。为什么？

因为我们离真实还远呢。

假使从舞台上人物的真实情境出发，那么人物必然是有生气的、动人的。

给您的人物配上一副相貌，但千万不要配上演员的相貌。应该让演员去适应他所扮演的角色，而不是让角色去适应演员。切不可让人家以为，您不按照情境去决定您的人物的性格，却按照演员的性格和才能安排情境。

您觉得奇怪吗，我的朋友，古人有时候也会犯这种幼稚病？在那时，人们把桂冠献给诗人和演员。逢到有一个为群众所喜爱的演员时，爱讨好人的诗人就在剧本里为他加上一段插曲，但结果往往使戏剧减色，只是让被捧的演员多出场一次而已。

我所说的复杂场面，是这样的场面：其中有好些人物忙着一件事情，而其他好些人物则忙着另一件事情，或者虽然是忙着同一件事情，却是在另外一个地方进行的。

在一个简单的场面里，对话衔接而不间断。复杂的场面则或是有对白，或是哑场和对白相结合，或是全部只有哑场而没有对白。

在哑场和对白相结合的复杂场面中，对白被安排在哑场的间隔中，一切进行得井然有序。这可就需要用艺术去安排。

这正是我在《一家之主》的第二幕第一场里所尝试着去做的，这也是我在同一幕第三场里想做而没做到的。艾贝尔夫人是个只有表情而没有台词的哑角，本来有时也可以插进几句话而不致于破坏效果，可是也得要找出这些话呀。同样的情况发生于第四幕圣阿尔班在热尔梅耶和塞西尔面前和情人相会这一场。在这里，一个比我聪明的人可能写成两个同时进行的场面：一个场面在台口表演圣阿尔班和苏菲，一个场面靠里一些表演塞西尔和热尔梅耶。后面两个人也许比前面两个人要难以描写一些；可是聪明的演员一定知道如何去创造这个场面。

假使我有胆量，或者有能力把写作的才能和想象的才能结合起来的话，我将还有多少画面可以展示啊！

对诗人来说，把同时进行的几个场面同时写出来是有些困难的；但是既然这些场面有不同的目标，他就应该先写主要场面。我所谓的主要场面，就是特别能够吸引观众注意力的场面，不管是有对白的场面，还是没有对白的哑场。

我把第二幕开头塞西尔那个场面和与之同时发生的父亲的那个场面分开，以便分两栏并列排印，使读者可以看到这一栏的哑场和那一栏的对白相对应，而那一栏的对白又反过来和这一栏的哑场相对应。这样的分法对阅读倒是方便的，可是遇到对白和动作混在一起的时候就不适用了。

另有一种插曲性的场面，我们的诗人们提供的范例不多，可是我看倒很自然。那就是这样一些人物，这种人在社会上、在家庭里比比皆是，他们不请自来，到处乱钻，也许出于善意，也许出于恶意，也许是为了利益、好奇或是某种类似的原因，干预我们的事情，不管我们自己是否愿意，就来把这些事情了结或者搅乱。这些场面如果安排得好，绝对不会使兴趣中断，并且不会割断剧情，而只会使它更紧凑。这样的干预者，您给他怎么样的性格都可以，甚至没有任何东西阻碍我们在他们之间进行对比。他们在舞台上停留的时间很短，因而不会使人生厌。但他们会把相对比的人物突出起来。《伪君子》中的白尔奈耳太太和《阉奴》中的昂蒂封就是这样的人物。昂蒂封寻找奉命布置夜宴的杰莱亚，碰见他穿着阉奴的袍褂，正从妓女家里出来，正在叫一个朋友，要对他倾吐满腔罪恶的快乐。昂蒂封被很自然、很及时地引了进来，过后，观众就再也没有见到他了。

利用这种人物的方法对我们说来是很必要的，尤其是自从古代剧本里面代表民众的合唱队被取消了之后，我们的戏剧被限制在屋宇内进行，因而缺少这些人物的广阔背景。①

十七　格调

在戏剧里跟在社交场一样，每一种性格都有一种与之相适应的格调。心灵卑下、恶意找茬、头脑简单，这些性格一般具有小市民的平庸格调。

---

① 古希腊的戏剧有合唱队，合唱代表的是戏剧之外的全体人的声音。合唱队取消之后，这个声音就没有了，狄德罗这里说的意思是，这种人物在某种程度上可以代表戏剧外部的所有人对于戏剧的看法，而剧中人实际上也是这所有人中的一部分。

戏剧里的嘲谑和社交场的嘲谑不同。社交场的嘲谑一搬到戏剧里就会显得软弱无力，丝毫没有效果。戏剧里的嘲讽如果用之于社交场上就会得罪人。在社交中令人憎恶和不快的冷嘲热讽，在戏剧里却是一种很好的东西。

诗里的真实是一回事，哲学里的真实又是一回事。为了真实，哲学家说的话应该符合事物的本质，诗人说的话则要求和他所塑造的人物性格一致。

写出情欲和利益，这就是诗人的才华。

从这一点出发，诗人有必要随时把最神圣的东西践踏在脚下而鼓吹残暴。

对诗人说来，根本无所谓神圣的东西，连道德也不例外。如果人物和时机要求这样做的话，他可以用讪笑来对待道德。当他对上天怒目而视，对神祇口出恶言，您不能说他亵渎神明；当他匍匐在祭坛前向神泣血祈祷的时候，您也不能说他是虔诚的人。

假如他引入的是一个坏人呢？这个坏人惹人厌恶，他的一些优点——假使他有优点的话——没能蒙蔽您，使您看不出他的坏处；您不会见到他或听到他而不毛骨悚然；可是当您步出戏院的时候，却深深地为这个人的命运感到不寒而栗。

为什么要到剧中人身上去找寻作者呢？拉辛和《阿达莉》，莫里哀和《伪君子》，有什么共同之处？这些有天才的人善于搜索我们的内心，从这里拔出那支射中我们的利箭。我们可以评论剧本，但是把作者放在一边吧。①

我们都不会把活着、思维着、工作着和活动于人群中的人，同那些执笔的、拉弓弦的、拿画笔的、粉墨登场的狂热的人混为一谈。当他神游物外的时候，完全接受艺术的支配，可是一旦灵感消逝，他又回复为原来那个人，有时候还是一个普普通通的人。② 这就是思想和天才的不同之处；前者是几乎随时存在的，而后者却时常会逃得无影无踪。

不能把一场戏和一段对话等量齐观。一个有思想的人能够写出一段孤立的对话，而一场戏却永远是天才的作品。每一场戏都有它的情节起伏，都要占一段时间。没有想象力的作用，绝不会找到真实的情节起伏。没有经验和品味，也就不能正确地估量这一场戏应该持续多久。

戏剧对话艺术是如此艰深，恐怕从没有人能够像高乃依那么高明。他的人物纷至沓来而不显露巧妙安排的痕迹；他们一面刺击，一面招架；这是一场搏斗。答话并不是针对对方的最后一句话，它接触到事物的深处。爱在哪里停顿就在哪里停顿，您总觉得说话的人头头是道。

当我潜心从事文学研究的时候，我研读高乃依的著作，常常在读到一场戏的正中间时把书合上，试图自己找出答案，不用说，我的努力一般只会让我对这位诗人的逻辑和思维力量惊

---

① 狄德罗在这里提前反对了十九世纪之后出现的传记批评。
② 人们就是这样说高乃依的，他沉迷于上流社会的交际。

奇不已。我能举出成千的例子，这里就是我所记得的一个，是他的悲剧《西拿》。爱米莉说服西拿去谋杀奥古斯都。西拿发誓接受这个任务，去了。可是他后来把杀死仇人的匕首刺进了自己的胸膛。那时爱米莉和她的心腹在一起，她在激动中喊道：

> …快追上他，斐尔维……
> 要对他说些什么呢？……
>
> 对他说……让他收回誓言，
> 让他选择是要死还是要我。①

他就这样保持了人物的性格，只用一句话就表达了罗马人的尊贵、复仇心、野心和爱情。西拿、马克西姆和奥古斯都的这一场戏整个是不可思议的。

但是，那些自命高雅的人士都非要说这种对话方式太生硬，说它到处显出说理的神气，说它给人的震惊甚于感动。他们喜欢另一种场面，其中的谈话不那么严肃，而是加入了较多的情感，较少的辩才。有人以为这班人是醉心于拉辛的，可是我得声明，我也是醉心于拉辛的。

---

① 参见《西拿》，第三卷，第五幕。

如果对话当中所问和所答的联系只凭如此细微的感情，如此难以捉摸的思想，如此瞬息万变的心灵活动，如此无关紧要的道理，以致问答之间好像毫不连贯，特别是使那些生来就不能在这种境况中产生这种感受的人觉得毫不连贯的话，我觉得再也没有什么比这样的对话更难写的了。

他们将永不重逢……

……他们将永远相爱！[①]

你一定要去，我的女儿……[②]

还有克莱芒丁精神错乱时的那段独白："我的母亲是一个好母亲；可是她走了，也许是我走了，我不知道应该怎样说才对。"[③]

还有巴维尔对他朋友的告别。

巴维尔 你不知道我对她热爱到什么程度！……激情在我的心中把善恶之心都扑灭了！……听着……如果她要我把你也杀掉……我不知道我是不是会不照她的话去做。

---

① 参见拉辛《费德尔》，第四幕，第六场。
② 参见拉辛《伊菲革涅亚在奥利斯》，第二幕，第二场。
③ 参见理查逊《查尔斯·葛兰底森爵士传》，狄德罗在这里从戏剧跳到了小说。

朋友 我的朋友，千万不要夸大你的弱点。

巴维尔 是的，我毫不怀疑……我可能把你杀死。

朋友 我们还没有拥抱呢。过来。

"我们还没有拥抱呢"对"我可能把你杀死"来说，是一句怎样的回答啊！

假使我有一个儿子无法理解这里的联系，我宁愿没有这么个儿子。是的，我对他会比那个谋杀叔父的凶手巴维尔更加厌恶。

还有"费德尔的谚语"这一场。

还有"克莱芒丁"这段情节。

在各种激情当中，最容易假装的也就是最容易描绘的。伟大的胸怀就是其中之一；它总是包含着我所难以名状的虚伪的、过火的东西。人们可以把胸怀假装得像卡东那么高尚，可以说出崇高的话来，而诗人却让费德尔说道：

天哪我怎么不坐在丛林的浓荫下！……

何时我才能，透过高高扬起的尘埃，

目送一辆双轮马车向竞技场驰去？[①]

[①] 参见拉辛《费德尔》，第一幕，第三场。

诗人在没有吟成这段诗句之前，他自己也不敢存此奢望；至于我，我以能够领会这段诗的深意而自豪，甚至超过为自己毕生写出的东西的自豪感。

我能够设想一个并非生而为高乃依的人，如何通过勤学苦练，写出高乃依的一场戏；但是我从来没有设想过，如果不是生而为拉辛，如何能写出拉辛的一场戏来。

莫里哀一般来说是无法模仿的。他写了一些四五个人同时吞吞吐吐地说话的场面，每个人只管说自己的话；可是所说的话符合他的性格，刻画了他的性格。《女学者》里有些地方会使您掷笔兴叹。即便您有一些才华，也会相形见绌，只能整整几天不敢提笔，自怨自艾。直到您把读过的东西忘掉，所感受的印象消散，勇气才逐步恢复过来。

这个怪杰，即使在不努力发挥他的全部天才的时候，他的天才仍会自然而然地流露出来。否则艾耳密尔就会巴结达尔杜弗，而达尔杜弗也会像个傻瓜似的，堕入一个并非精心设置的圈套之中；但是，请看他是怎样避免的吧。艾耳密尔毫不生气地听达尔杜弗吐露衷情，她叫儿子保持缄默。她自己也觉察到一个动了情感的人是容易受诱骗的。诗人也就这样欺骗了观众，回避了如果没有这些处理就需要更多艺术技巧的一场戏。可是在同一部剧本里，尽管道丽娜比她的任何一位主人都有更多的机智、更多的头脑、更精细的见解，甚至更高贵的口吻，可是当她说：

把别人的行为，抹上他们自己的色彩，

想叫自己的事儿也在社会上混过关；

因为他们的举止和别人有些相像，

便来妄想他们的丑事能干干净净；

公众对他们群起攻击，

他们还想把矛头移向他方。①

我绝不相信说这话的是一个侍女。

尤其是在叙述方面，泰伦提乌斯堪称独一无二。如同一股纯洁晶莹的细流，永远平稳地流淌着，只是当遇到斜坡，受地势的影响，才湍急流淌，潺潺作响。他不卖弄聪明，也不炫耀情感，没有一句话含有警句的意味，从来也没有那些只见之于尼科尔②或拉罗什富科③的作品中的话。当他要推广一句格言时，他所采取的方式是如此单纯和平易，使您以为他是在引用一句流传已久的民间谚语，没有一点题外的东西。今天我们都变成高谈阔论的人了，我们把泰伦提乌斯的多少场面说成是空洞的啊？

我聚精会神地把这位诗人的作品读了又读；绝没有一场多

---

① 参见莫里哀《伪君子》，第一幕，第一场。
② Pierre Nicole（1625—1695），法国神学家。
③ François de la Rochefoucauld（1613—1680），法国散文家，以《箴言录》闻名。

余的戏，在每一场戏里也绝没有多余的东西。我认为只有《阉奴》第二幕第一场或许可能应该批评。特拉松队长把一名少女送给妓女泰绮丝。领进的人是门客格那通。格那通和这少女走在路上的时候，把自己的职业向观众作了一番吹嘘。可是这里是不是一个恰当的地点呢？还不如让格那通在舞台上等候他要领送的少女，这时他爱自言自语些什么就可以说些什么，我都不反对。

泰伦提乌斯在把各场戏联系起来这方面也毫不感到为难。他让舞台上一连空场三次之多，而这并不使我生厌，尤其在最后几幕。

倒是那些川流不息地上场、只是顺便说上一言半语的人物，使我产生一团混乱的感觉。

短小、简捷、孤立的场面，有些是哑场，有些有台词，我以为这样在悲剧里会产生更大的效果。在每一出戏的开头，我就怕那些场面使剧情发展太快而引起模糊不清的感觉。

主题愈是复杂，对话就愈容易写。事件多了，每一场戏就各有一个不同的既定目标；至于在简单的剧本里，一个事件要供好几场利用，因而每一场的目标就难免不够明确，一个平凡的作家对此束手无策；但正是在这里，天才有了大显身手的机会。

把一场戏和主题联系起来的线索愈是松弛，诗人的困难就愈大。把这些不明确的场次让一百个人去写，写出来一定是各有不同，可是只有一个是好的。

平庸的读者只从那些最使他感动的片段去欣赏一位诗人的才华。起义领导者登高一呼的演讲、一家骨肉的重逢，都会使他们欢呼。可是问一下作者对自己作品的看法，他们才发现，作者本人拍案叫绝的地方，自己却忽略了。

《私生子》的每一场戏几乎都属于目标不够明确，使作者感到棘手。多华尔背地里自怨自艾，却把心事瞒着他的朋友，瞒着罗萨丽和贡斯丹丝；罗萨丽和贡斯丹丝的处境大致相同，她们都不能提供任何可以处理得更好些或更糟些的细节。

这种场面在《一家之主》里就比较少，因为这里有较多的曲折。

在戏剧艺术中，普遍的规律是很少的。可是这里有一条我从未见过有例外的规律。那就是独白对剧情来说是一个停顿的时刻，而对人物来说则是一个混乱的时刻。即使是在戏剧开场时的独白也是如此。如果说话的人心平气和，这就违反了真实，因为人们在困惑的时候才会自言自语。如果独白太长，就会伤害剧情的自然性，使它停顿得过久。

对性格的漫画式夸张，无论是过分美化还是过分丑化，我都不能容忍。善与恶同样可能被刻画得过分；而当我们对这一种缺点不及对另一种缺点那么敏感的时候，那是我们爱面子的心理在作祟。

在戏剧里，人们要求一切性格始终如一。这是一个错误，只是被剧本的短促过程掩盖住罢了：因为在生活中，人们违背原有的性格的场合是多么多啊！

懦弱是暴躁的反面。我觉得《安德罗斯女子》里的潘菲卢斯好像是懦弱了些。达夫迫使他接受他所诅咒的婚姻。他的情妇刚跟别人生了孩子。他有一百个理由发脾气。然而他老老实实地接受了这一切。他的朋友卡里努斯和《自责者》里的克里尼亚就不一样。克里尼亚从远方归来，他一面脱靴子，一面就打发他的达夫去把他的情妇找来。在这种风尚里是很不风雅的；可是这种风尚和我们的风尚比较起来，具有另外一种力量，同时也为诗人提供了另外一种手法。这是人性的放纵。如果我们那些喃喃情话出自克里尼亚或杰莱亚这类人物之口，那该多么迷人！我们戏剧中的情人太不热情了！

十八　风尚

在古代戏剧里，我最喜欢的是那些情郎和父亲。至于达夫这一类人物，我是不喜欢的；我深信，除非题材是写古代风尚，或者是写现代风尚败坏的一面，否则我们不再看得到这类人物。

任何一个民族总有些偏见有待摒弃，有些恶习需要谴责，有些可笑的事情有待贬斥。任何一个民族都需要适合于他们的戏剧。假使政府在准备修改某项法律或者取缔某项习俗的时候善于利用戏剧，那将是多么有效的移风易俗的手段啊！

因为演员表现了不良的风尚而对他们施以攻击，那就是迁怒于所有的行业。

因为戏剧有被滥用之处而加以攻击，这等于起而反对各种公众教育制度；至今人们在这方面所谈论的都是关于事物现在和过去的实况，而不是关于事物可能的情况，这些话既不公正又不真实。

一个民族并非同样擅长所有种类的戏剧体裁。我觉得悲剧更符合共和政体的精神；喜剧，尤其是轻松喜剧，比较更接近君主政体的性质。

在彼此不承担任何义务的人们中间，嘲讽是难以忍受的。嘲讽必须指向上层才能变得轻松愉快；一个国家像一座金字塔似的分成不同等级，压在底层的人背负着不堪忍受的重担，不得不竭力自制，连呻吟也不敢大声，就会发生这种情形。

有一个非常普遍的毛病，就是由于对某些身份地位可笑的盲目崇拜，不久人们就只限于去描写这些阶层的风尚；戏剧的效用缩小了，甚至可能成为一条狭窄的沟渠，上层人物的缺点通过这条沟渠传染给下层人物。

在被奴役的民族当中，一切趋于堕落。剧中用的口吻和姿态也得是格调低下的，才可以免遭现实的压迫和侮辱。于是诗人就和朝廷中插科打诨的小丑一样，人们以蔑视的目光看待他们，而他们正是利用这种蔑视才能畅所欲言。假使有人喜欢换一个比喻，我们就说他们类似某些罪犯，当他们被捉到法庭的时候，只因为善于装疯卖傻，才得以赦免回家。

我们法国有喜剧。英国人只有讽刺剧，却也充满着力量和欢乐，不过缺乏高尚的风习，没有高雅的趣味。意大利人则只有笑剧。

一般说来，一个民族越文明，越彬彬有礼，他们的风尚就越缺乏诗意；一切都由于温和化而失掉了力量。自然在什么时候为艺术提供范本呢？是在这样一些情景发生的时候：当儿女在垂死的父亲床边扯发哀号；当母亲敞开胸怀，指着哺育过他的双乳恳求她的儿子；当一个人剪下自己的头发，把它撒在朋友的尸体上；当他托着朋友尸体的头部，把尸体扛到柴堆上，然后搜集骨灰装进瓦罐，每逢祭日用自己的眼泪去祭奠；当披头散发的寡妇，因死神夺去她们的丈夫，用指甲抓破自己的脸；当人民的领袖在群众遭遇到灾难时伏地叩首，痛苦地解开衣襟以手捶胸；当父亲抱着他初生的儿子，高高地举向上天，指着婴儿起誓，向神祇祈祷；当儿子在长期离开父母又重新聚首时，他的第一个动作就是抱住他们的膝盖，匍匐在地上等候祝福；当人们把饮宴看作祭献，在筵席开始以前或席终以后在杯中注满酒浆祭奠土地；当人民可以和领袖交谈，领袖倾听他们并回答他们的问题；当人们看到一个人头缠布条跪在祭坛之前，一位女祭司把双手在他头上伸开，向天起誓，举行赎罪和受洗的仪式；当那些被魔鬼附体、受到魔鬼折磨的女预言者，口吐白沫，目光迷乱，坐在三足凳上，呼号着预言的咒语，从魔窟阴森森的底里发出悲鸣；当神祇欲饮人血，必待看到鲜血流淌才安定下来；当淫乱的女巫手持魔杖在森林里徜徉，引起了沿路遇到的异教徒的恐怖；当另一些淫妇无耻地脱光了衣服，看到随便哪个男人走来，就伸开两臂把他抱住，满足淫欲，等等。

我不说这些是好风尚，可我认为这些风尚是富有诗意的。

诗人需要的是什么？是未经雕琢的自然，还是加工过的自然？是平静的自然，还是动荡的自然？他喜欢纯净肃穆的白昼之美，还是狂风阵阵呼啸，远方不断传来低沉的雷声，或黑夜中闪电照亮天空的恐怖？他喜欢波平如镜的海景，还是汹涌的波涛？他喜欢宫殿的冷落寂静，还是漫步在废墟之中？喜欢人工建筑的大厦、人工栽种的园地，还是茂密的古森林和荒岩间无人的洞穴？喜欢平静的湖水、池塘、清泉，还是汹涌澎湃的瀑布，通过岩石折成数段，咆哮声远远传至在山上放牧的童子耳边？

诗需要的是巨大的、野蛮的、粗犷的气魄。

正是国内自相残杀的战争或对于宗教的狂热使人们揭竿而起、血流遍地的时候，阿波罗头上的桂冠才生气勃勃，碧绿青翠。它需要以鲜血滋润。在和平时期，在安闲时期，它就要萎谢了。黄金时代可能会产生歌曲或者哀歌。史诗和戏剧却需要别的风尚。

什么时代产生诗人？那是在经历了大灾难和大忧患以后，当困乏的人民开始喘息的时候。那时想象力被惊心动魄的景象所激动，就会描绘出那些未曾亲身经历的人所不了解的事物。难道我们没有在某些时候感受过一种陌生的恐怖吗？它为什么没有产生任何作品？难道我们都没有天才了吗？

天才是任何时代都有的，然而有天赋的人常常无所施展变得迟钝，除非有非常的事变振奋起群众的精神，使天才人物显现出来。这时，情感在胸中积聚酝酿，凡是有喉舌的人都感到有说话的迫切需要，必欲畅抒胸怀而后快。

如果一个民族的风尚萎靡、琐屑、造作，谈吐纯粹是鹦鹉学舌，只是一连串做作的、愚蠢的、低级的言辞；既不率直，又不纯朴，父亲称呼儿子为先生，母亲称呼女儿为小姐；公众仪典毫无庄重气概；家庭内的举止也不诚挚动人，老是一本正经，毫无真诚可言。在这种环境里诗人有什么办法？他只好尽力美化这些风尚，选择最适合他的艺术的情景，对其他的略去不谈，同时大胆假设一些情景。

一个诗人需要何等精细的审美力，来体会公众的或个人的风尚可以美化到什么地步啊！假使超过了这个限度，他的作品就会虚假，变成传奇。

假使他所设想的风尚往昔曾经存在过，而这个时期距今还不太远；假使一项习惯已经过时，可是在现代语言里还保留着与之有关的隐喻；假使这种隐喻还有正面意义；假使它标志着古人的虔敬之心，标志着人们今天依然留恋简朴；假使人们由此看到父亲更受儿女尊敬，母亲更受尊崇，帝王更得民心：这样，诗人尽管大胆地设想好了。人们不但根本不会责备他违背事实，还会以为这些古老、善良的风尚似乎还保留在这个民族之中。不过诗人要避免采用只在邻近民族的现行习俗中所存留的东西。

但是，请看一看那些文明民族的古怪地方吧。这里的人们有时会极端到这般地步，甚至禁止他们的诗人描写他们自己的现实的风尚，尽管这些风尚具有简单、美丽和真实性的情景。譬如，我们之中有谁敢在舞台上铺上干草，让一个初生的婴儿睡在上面？假使诗人在台上放一只摇篮，池座里准会有捣乱鬼装出婴儿的啼声，于是包厢和楼座里的观众就哄堂大笑，而戏也就垮台了。啊，逗笑而轻佻的人们，你们给艺术设下了什么样的藩篱！你们又给艺术家强加了什么样的限制！而这样的挑剔使你们丧失了多少乐趣！你们随时向舞台上的某些东西喝倒彩，这些东西在绘画里却正配你们的胃口，使你们感动。哪一个天才要是试图表演一幕适合自然而恰恰不符合你们偏见的戏剧，真是倒霉透顶了！

泰伦提乌斯把初生的婴儿搬上舞台①；他甚至让观众听到产妇在屋里发出的痛苦的呻吟②。这其实是美的，却不合你们

---

① 参见《安德罗斯女子》，第四幕，第五场。
② 参见《婆母》，第三幕，第一场。

的意。

如果一个民族容许在自然中存在某些东西，而禁止艺术家去模仿，或者他们在艺术中所欣赏的效果，在自然中却不屑一顾，那么他们的趣味真是太难以捉摸了。这情况就类似一个女人，她很像我们在杜伊勒里宫喜爱的某一座雕像，我们说她头部虽美，可是脚太大，腿太粗，腰身一点也没有。坐在沙发上被雕塑家认为美的女人，一进他的工作室就变丑了。我们就是充满了这些矛盾。

十九　布景

特别显得我们离开高尚趣味及真实还远的一点，就是我们的布景简陋失真，而服装则讲究奢华。①

您强迫诗人必须服从地点的统一律，却把舞台布置交给一个无知的、拙劣的布景师。

您要诗人无论在剧本的结构方面和对话方面都接近真实，要演员的表演和道白接近自然和实际吗？请您大声疾呼，要求人们把这场戏发生的地点如实地表现出来吧。

一旦戏剧中最细小的情景都是自然和真实的，那么您不久就会觉得一切和自然与真实相悖的东西都是可笑和可厌的。

———————————

① 每个演员穿得都合身，但总是很夸张。

最难以入耳的戏剧应该是被人们指责为半真半假的那种。这种戏是拙劣的谎言，其中某些情景显示出其余一切情景的虚假。我宁愿忍受一团乱麻似的剧本，至少它不虚伪。莎士比亚的缺点并不是诗人可能陷入的最大缺点，它只表明趣味不高而已。

当您认为您那位诗人的戏剧值得一看时，让他先去物色一位布景设计师，向他朗诵剧本。让布景师熟悉剧情发生的地点，把它描摹得恰如其分，尤其要让他记住，舞台图景应该比其他一切类型的图画更严格、更真实。

普通画容许的东西有许多是在舞台画中不容许的。如果在画室里的画家要表现一座乡村茅舍，他可以让它依傍一根折断的廊柱，还可以利用已毁的科林斯式廊柱顶饰，把它翻过来放在茅舍前做一个座位。事实上，这有什么不可能呢？从前在这里有一座巍峨的宫殿，到今天却只剩下一间茅舍。这个情景会使我格外感动，因为它向我指出了人事沧桑。但是在舞台画里，就不该如此。不应有分散注意力的东西。除了诗人有意激起的印象以外，也不应该有可能在我心中引起其他印象的端倪。

两位诗人不可能同时让他们的优点全都显现。次要才能应该部分地为主要才能牺牲。当一项才能单独发挥的时候，可以代表一个完整的东西，但假使它从属于另一项才能，就只能适合某种特殊情况之用了。试看韦尔内①的海景图，他凭想象画

_____

① Carle Vernet（1758—1836），法国画家，擅长画海。

出来的和他写生的，两者在气魄和效果方面存在着怎样的差别啊！舞台画家只能利用有助于戏剧幻象的情景。他不能利用那些对产生幻象不利的偶然因素。他只能有节制地使用那些足以美化而不致起破坏作用的因素，因为这些因素终究会起分散注意力的坏作用。

这就是为什么舞台上最好的布景画从来只能是第二流的图画。

就抒情诗来说，诗篇是为音乐家而作的，正如布景画是为戏剧诗人而作的一样：所以除非诗人享有全部自由，诗篇就永远不会完美无缺。

您要表现一间客厅吗？它应该是一个有高尚趣味的人的客厅。除非主题别有要求，千万不要琐碎的小摆设；不要金碧辉煌；只要简单的几件家具就够了。

二十 服装

豪华破坏一切。富丽堂皇未必就美。财富是个反复无常的东西；它可以使您眼花缭乱，但不会感动您的心。穿了缀满金饰的外衣，我就只能看到有钱的人，而我所要找的却是一个真正的人。谁对一个美人所戴的钻石发生兴趣，就不配欣赏美人。

喜剧要求人们穿便服表演。在舞台上应该跟平常在家里一样，既不更讲究也不要太随便。

如果你们为了观众而破费钱财去置办行头，演员们，你们未免太缺乏品味了；而且，难道你们忘了吗，对你们来说，观众是不存在的。

越是严肃的戏剧体裁，服装就越要简朴。

人们在心慌意乱之际竟会有工夫把自己打扮得跟上剧场或者过节一样，这是多么违反事实啊！

为了演出《中国孤儿》①，演员们花了多少钱啊！他们花了多么大的代价而结果反而使这部著作丧失了一部分效果。事实上，只有孩子们才会对着街上陈列的五彩缤纷的摆设目眩神驰、恋恋不舍，辉煌的戏装也只能使孩子们产生兴趣。啊，雅典人哪，他们真是一群孩子！②

服装简单美观，颜色朴素大方，这就够了，用不着那些花哨的东西。关于这方面，请你们再参考一下绘画吧。有没有哪位粗鄙的艺术家，竟把你们画得像在舞台上那么耀眼而惹人厌恶？

演员们啊，假使你们要学习究竟怎样选择服饰；假使你们情愿丢掉对于奢华的虚荣心，而追求宜于产生明显的效果，符合你们的经济条件和风尚的简单朴素，请多多参观我们的画廊吧！

---

① 在一七五五年上演这出戏剧的时候，伏尔泰要求演员尽可能穿上东方华服，造成了很强烈的视觉效果。狄德罗认为太过分。
② 此处引用的是柏拉图在《蒂迈欧篇》中的一句话。

假使有朝一日，居然有人尝试把《一家之主》搬上舞台，我相信扮演父亲的角色穿得怎么简朴也不为过。塞西尔也只应穿着一袭富家女儿的便服。假使人们同意的话，我倒可以给骑士挂上一条金丝绶带，手里拿一根乌鸦嘴柄的手杖。如果他在第一幕和第二幕之间换了农服，对于这样一个乖僻的人，我也不以为怪。但是，倘若苏菲穿的不是半丝半棉的衣服，艾贝尔夫人的穿着超过平民妇女在节日的打扮，那么，整个气氛就被破坏了。只有圣阿尔班一个人，由于年龄和身份，在第二幕里可以穿得华丽讲究些，在第一幕则只可穿一件粗布上衣，外面披一件毛呢礼服。

　　观众并不是永远懂得要求真实的。当他们认假作真的时候，可以几百年不觉察，可是他们对天然的事物还是敏感的；一旦他们从自然的事物中获得一个印象，就永远不会把它全部丢掉。

　　有一个勇敢的女演员最近已经不穿里面衬鲸骨圈的宽摆裙子了①，没有人觉得不好。她将来会做得更彻底，我敢保证。啊！假如有这么一天，她敢于穿适合自己所扮演的角色的既高雅又朴素的服装出现在舞台上，那该多好！让我们说得更清楚些：在诸如死了丈夫、失去儿子，以及其他类似的悲剧性变故势必产生的情绪不宁的状态中，一个披头散发的妇人身边站着

---

① 克莱蓉小姐在《中国孤儿》中正是这样做的。

几个涂脂抹粉、鬈发、艳装的洋娃娃，那像什么样子？她们迟早要协调一致。自然，自然！人们是无法违抗它的。要么把它赶走，要么就服从它。

啊，克莱蓉小姐，我要向您说几句话！切勿让日常习惯和偏见把您淹没。让您的趣味和天才指导您，把自然和真实表现给我们看。那些受到我们爱戴的人，你们的才华早就使我们准备接受你们一切勇敢的尝试，这就是你们的职责所在。

二十一　舞台提示[①]

有一种看来乖谬而实际可能并不错的说法，很少有人体会到它的正确之处，而绝大多数人听了就起反感（但是，这对我们又有什么关系呢？我们的信条首先就是要说实话）。这种说法认为在演出意大利戏剧的时候，意大利演员表演起来比我们法国演员自在得多。他们不那么把观众放在心上。在很多场合，他们干脆就把观众抛在脑后。从他们的动作里可以看到无法形容的独创和自然，我很喜欢这一点。如果没有那些乏味的台词和毫无意义的情节来糟蹋它的话，大家也会喜欢的。从他们狂热的表演中，我看到一些寻欢作乐、沉溺于热烈想象的心情愉快的人们，和僵硬、笨拙、做作的表演比起来，我倒是喜

---

① Pantomie，原指哑剧和舞台上的手势和动作。这里说的是剧本中对舞台动作的说明。

欢这种如醉如痴的状态。

"可是他们是在即兴演出呀：他们所扮演的角色并不是事先规定好的。"

这个，我看得很清楚。

"所以，如果您希望他们和别人一样四平八稳，甚至于更冷冰冰的话，那您给他们一个现成的脚本好了。"

我承认他们表演起来不再跟过去一样了：可这是谁妨碍了他们呢？当他们演到第四次的时候，他们对从剧本里学到的东西，难道不会跟自己想象出来的一样熟悉吗？

"不。即兴的东西总有一种特性，绝非预先安排好的东西所能具有的。"

我同意。然而，使他们循规蹈矩、做作僵化的，主要是因为他们在表演的时候模仿别人；他们的心中先有了另一个舞台和另一批演员。他们是怎么做的呢？他们围成一个圈，慢腾腾地迈着一定节奏的台步走上来，乞求喝彩，脱离了剧情。他们和池座观众打招呼，向他们说话。这样，他们就变得讨厌和虚伪。

我曾经观察到，我们乏味的配角往往比主角要甘心处于默默无闻的地位。照我看来，那是因为他们听命于他们之上的另一个角色，他们只对他说话，动作也完全以他为对象。如果主角也像配角那样，服从自己的地位，效果就比较好了。

在我们的诗学里，有很多学究气；在我们的戏剧作品里也不少；怎么可能唯独在演出中就没有呢？

这种学究气虽然到处都和法兰西民族随意的气质格格不入，却还要长期阻碍作为戏剧艺术一个如此重要部分的表演艺术的发展。

我曾经说过舞台提示是戏剧的一部分，戏剧作家必须认真处理；如果他对此不够熟悉，不能得心应手，他就不懂得在开始、展开、结束戏剧的时候符合真实。戏剧作家常常应该少写些台词，多写些舞台动作。

我还要补充一句：在整整一场戏里，人物如果只有动作，那要比说话不知自然多少。关于这一点我可以给出证明。

世上没有哪件事情不可以搬上舞台。假设有两个人，他们不知道彼此之间应该互相不满还是互相满意，正在等候第三者来指点他们。那么，在第三者未到以前，他们能说些什么呢？什么也没有。他们可以来回踱步，表现出不耐烦，可是他们应当哑口无言。他们都小心谨慎，不要讲出日后可能后悔的话。这样的场面完全就是，或者几乎是一个哑剧场面，而这样的场面真是举不胜举。

潘菲卢斯和赫勒墨斯及西蒙一同出场①。赫勒墨斯把他儿子所说的一切看成年轻浪子的一派胡言，只知道为某些傻事辩解。他的儿子要求提供一个证人。赫勒墨斯被儿子和西蒙再三

---

① 参见《安德罗斯女子》，第五幕，第三场。

107

敦促，才答应听一听证人的证词。潘菲卢斯就去找证人，西蒙和赫勒墨斯留了下来。我要问：当潘菲卢斯在格兰克里乌姆家里和克里顿谈话，向他说明来意，并对他提出要求，终于说服他去和父亲赫勒墨斯谈一谈的时候，西蒙和赫勒墨斯两个人应该做些什么事情呢？应该让他们一动不动，一言不发，或者让西蒙继续和赫勒墨斯说话，而后者低垂着头，以手支颐，听他讲话，时而耐心，时而恼怒，在这两人之间展开一场十足的哑剧。

在这位诗人的作品中，这并不是独一无二的例子。当那两个老人中的一个去告诉另一个的儿子，说他父亲已经什么都知道了，要取消他的继承权，把财产都给女儿，这时那个待在舞台上的老人，除了一言不发以外，还能做些什么呢？①

如果泰伦提乌斯把舞台提示特别写了出来，我们对此自不会有任何怀疑。不过在这里既然只需要略作思考，就可以假定这是哑场，他有没有特别写明也就无关紧要。然而事情也不是一成不变的。谁能在《吝啬鬼》里体会出这个手法？阿尔巴贡随着福洛席娜向他哭穷或向他吹嘘玛丽雅娜的温柔而忽忧忽喜。② 这里，对话变成一方说，而另一方做动作。

当表情动作构成一个画面，当它使台词更有力或更清楚，使对白前后连贯，使人物的性格突出，或者当它非常微妙，难

---

① 参见《自责者》，第五幕，第一、二场。
② 参见《吝啬鬼》，第二幕，第五场。

以猜度，或起着回答前面的台词的作用时，就必须把舞台提示写下来。而在每一场的开始几乎都应该这么办。

舞台提示在剧本里占如此重要的地位，所以在两个剧本里，如果一个有舞台提示，一个没有，它们的演出就显然不同。如果舞台提示被看作剧本的一部分，演出时就不得不按照提示表演，而没有舞台提示的剧本，演出时就没有合适的姿势动作。总之，如果是剧本里原有的，人们不能在演出时把它删掉；如果是剧本里原来没有的，人们也绝不能把它勉强插进去。是它决定一场戏的长度，决定整个剧本的色调。

莫里哀不屑于把舞台提示写下来。无须赘言。

但是，就算是莫里哀没有把它写下来，别人想写就错了吗？啊，批评家们啊！你们这些狭隘的头脑，缺乏理智的人们，到何时你们才会实事求是地评判，而不只是按照已有的成规提出赞成或反对的意见！

有多少地方，正是由于普劳图斯、阿里斯托芬和泰伦提乌斯没有把舞台上的动作写清楚，而使得最聪明的演员感到为难啊！泰伦提乌斯的《两兄弟》是这样开头的："斯多拉克斯……埃斯基努斯昨晚没有回来。"这应当作何解释？弥克奥是对斯多拉克斯说话吗？不是的。这时候，台上并没有斯多拉克斯，甚至剧本里根本就没有这个人物。那么，这句话是什么意思呢？原来是这样的：斯多拉克斯是埃斯基努斯的一个随从。弥克奥叫他，斯多拉克斯没有应声，所以他就断定埃斯基努斯没有回来。只要有一句舞台提示，就可以把这个地方完全弄清楚了。

对动作的描绘使作品增添魅力，在家庭小说当中尤其如此。请看《帕米拉》《查尔斯·葛兰底森爵士传》《克拉丽莎》的作者[①]，他充分注意到这点，那是多么亲切。您看对动作的描绘给台词以何等的力量，何等的意义，还有何等的感染力！无论人物是在说话还是沉默不语，我总觉得他就在我眼前；而他的动作比他的语言更打动我的心。

如果诗人让俄瑞斯忒斯和皮拉得斯这两个人物上了场，互相争着去牺牲，又让复仇三女神到这个时刻才出现，那他将把我投入何等巨大的恐怖中啊！如果随着俄瑞斯忒斯和他朋友的争论，他的思想也渐渐混乱，他的眼神迷惘起来，四面八方寻找些什么；如果他时而住口，时而继续说话，时而又停住；他的动作和语言越来越混乱；如果复仇女神勾住了他的魂，折磨他；他在残酷的折磨中晕过去了，倒在地上，皮拉得斯把他扶起，一手把他托住，另一只手擦拭他的脸和嘴；[②] 如果克吕泰涅斯特拉的这个不幸的儿子[③]经过了一阵昏迷，慢慢地微微睁开眼睑，仿佛刚刚从深沉的昏迷中觉醒过来，感觉到朋友的手臂把他支住，把他紧抱着，就回头向着朋友，低声说；"皮拉

---

① 指理查逊。
② 参见欧里庇得斯《伊菲革涅亚在陶洛人里》。
③ 俄瑞斯忒斯的母亲是克吕泰涅斯特拉，父亲是阿伽门农。

得斯，难道还是该你去死吗？"如果这样表演，还有什么效果不能产生出来？世上难道还有什么言词比皮拉得斯抱起被击倒的俄瑞斯忒斯，用一只手擦拭他的脸和嘴这一动作更加令人动容吗？在这里，如果把姿势动作和台词割裂，就把两者都伤害了。创造这个场面的诗人如果把俄瑞斯忒斯的狂乱状态保留到这个时刻再出现，就更显出他的天才。至于俄瑞斯忒斯从自己的处境出发向朋友提出的问话，则无需回答。

我忽然心血来潮，想向您描绘一下苏格拉底临死时的情景。这是一连串的画面，比我能做出的任何解释更能说明舞台表演的意义。我几乎完全忠实于历史记载。对一个诗人来说，这是一个多么好的提纲啊！

他的门徒们一点也没有坐在一个临死的朋友床榻边的那种怜悯。他们觉得这个人显得如此悠闲自在；而他们之所以受到感动，乃是交织在一起的异常情感：他的言词的温柔亲切和他们不久就要失去他的那种痛苦心情。

当门徒们进来的时候，狱卒刚好把他的锁链解开。他的妻子赞西佩坐在他身旁，怀中抱着孩子。

哲学家对他的妻子没有多说话，可是一个贤明正直的人，尽管视死如归，但关于自己的孩子，该有多少动人心弦的话要说啊！

门徒们进来了。赞西佩一看到他们就放声大哭，这正是女人在这种情况下的常态，她喊道："苏格拉底，你的朋友们今天是最后一次同你说话了；这是你最后一次拥抱你的妻子，也是最后一次见你的孩子了。"

苏格拉底转过脸朝向克里托，对他说："朋友，把这个妇人送回家吧。"人们照办了。

人们要把赞西佩带走，她却向苏格拉底那边扑过去，向他张开手臂，呼唤他，用双手抓破自己的脸，监牢里充满着她的叫喊声。

苏格拉底对正被人们带出去的孩子又说了一句话。

于是哲学家的脸上又显得十分宁静，他在床沿坐了下来，曲着刚刚去掉锁链的一条腿，轻轻地抚摸，说道：

"乐和苦是多么接近啊！假使伊索想到了这一点，他会编出何等美妙的寓言！……雅典人要我离开，我就走……请转告埃文努斯，如果他是个聪明人的话，应当跟我一起走。"

这一段话使这一场戏接触到灵魂不朽这个话题。

谁敢尝试写这场戏，就让他去尝试吧；我是急于要达到我的目标的。假使您见过一个父亲在自己的孩子们的环视之下死去，那么苏格拉底这时在一群门徒的围绕之中离开人间，正是这样一幅景象。

他说完话，沉默了片刻，接着克里托对他说："你有什么话要吩咐我们吗？"

苏格拉底 我愿你们勤修德业，做到和神媲美，其余的事情听凭神去安排。

克里托　你死后，要我们如何处置你的遗体？

苏格拉底　克里托，一切随你们的便，假使你们能再见到我的话。

随后，他微笑着看看那群哲学家，又说："我再说也是白搭，我永远无法说服我们的朋友把苏格拉底本人和他的躯壳分开。"

这时，十一卫士之一走进监狱，一言不发地走到苏格拉底身边。苏格拉底问他："有什么事？"

卫士　奉司法官之命，通知你……

苏格拉底　……是死的时候了。我的朋友，如果毒药已经碾好了，请拿来吧，我欢迎你。

卫士（转过头，哭了）别人咒骂我，他却为我祝福。

克里托　太阳的光辉还照耀着群山呢。

苏格拉底　那些贪生怕死之徒以为一死就什么都完了；我呢，却认为这样好处更多。

这时，狱卒端着那杯毒药进来了。苏格拉底接过杯子，对他说："好心的人，我应当怎么做呢？你当然是懂得的。"

狱卒　喝下去，来回地走，直到觉得两腿麻木为止。

苏格拉底　能不能洒掉一滴来祭奠神祇呢？

狱卒　我们碾的刚够用。

苏格拉底　好了……我们至少可以向神祇做个祷告吧。

他一手执杯，仰面朝天，说：

"啊，召唤我的神啊，赐我幸福的旅程吧！"

然后他沉默片刻，把药饮下。到这时为止，他的朋友们还有力量抑制悲痛，但是当他把杯子放到嘴边时，他们就再也不能控制自己了。

有些人用大氅紧紧裹住身体。克里托已经站了起来，一面徘徊，一面喊叫。其余的人木然站着，在默默无言之中望向苏格拉底，让眼泪在脸上流淌。阿波罗多洛斯坐在席脚，背向苏格拉底，用手捂住嘴，抑制着哽咽。

可是苏格拉底还在按照狱卒的指点踱步，他一面走，一面向每个人说话，安慰他们。

他对这一个说："坚贞、哲理、道德都到哪里去了？"对那一个说："正因为这个，我先把女人打发走了……"又对大家说："哈！难道阿尼特和梅里特真的能够伤害我吗！……朋友们，我们还会再见……如果你们这样悲痛，就是不相信有这回事了。"

然而他的两腿开始麻木，他在床上躺了下来。这时，他把身后的名誉托付给朋友们，用渐渐微弱的声音向他们说："过一会儿，我就不在人间了……他们会根据你们的为人来评判我……望你们只用你们圣洁的生活去指责雅典人处死我。"

　　他的朋友们要想回答他，可是都哽咽得说不出话，他们哭了，然后沉默下来。

　　站在床脚边的狱卒握住苏格拉底的脚，用力按，苏格拉底看着他，对他说："我的脚已经没有知觉了。"

　　片刻以后，狱卒又握住苏格拉底的两腿，用力按，苏格拉底仍然看着他，对他说："我的腿已经没有知觉了。"

　　于是，他的目光渐渐黯淡，嘴唇和鼻孔开始凹陷，四肢瘫软，死亡的阴影笼罩了他的全身。他呼吸困难，几乎发不出声音了。他对站在他身后的克里托说：

　　"克里托，把我稍微扶起来一点。"

　　克里托把他扶起一点。他的眼睛又恢复了生气，于是，脸上露出庄严的神色，一心向往着上天，说道：

　　"我这时正处在人世和天堂彼岸之间。"

　　又过了一会儿，他的双眼重新合上，他对朋友们说：

　　"我再也看不见你们了……告诉我……这是不是阿波罗多洛斯的手？"

　　人们告诉他这正是阿波罗多洛斯的手，他就紧紧地握住了。

　　然后经过一阵痉挛，又听得他发出一声长叹，呼唤克里托。克里托俯下身，苏格拉底对他说，而这就是他最后的遗言了：

　　"克里托……向医疗之神致谢……我快痊愈了。"

　　西比斯站在苏格拉底的对面，苏格拉底最后的一瞥正落在他身上。克里托把苏格拉底的嘴和眼合上。

　　这些情景是应该加以利用的。您爱怎么处理就怎么处理，可是请把这些情景保留下来。如果您想改变这些情景，那么您用以替代的一切将是虚伪的，毫无效果的。应该使台词少而动作多。

　　假使群众在剧院里看戏，就像看一幅幅连续的油画，那么坐在苏格拉底的床脚边、看到他就要死去而深感恐惧的那位哲学家，在舞台上怎么会不如普桑画①中的欧达米达斯的妻女令人动容呢？

　　把绘画的规律用于舞台表演，您会看出这原是同样一些规律。

　　在一个许多人同时参与的现实行动中，一切都以最真实的方式进行；不过对描绘这件事的人来说，这个方式未必就是最有利的，而对观察它的人来说，也未必就是最动人的。因此画

――――――――

① 指普桑的作品《欧达米达斯的遗嘱》。

家有必要把自然状态改变一下，使之成为一种加工后的状态。难道戏剧不是一样吗？

假使是这样，那么带表情的朗诵是怎样的一种艺术啊！当每个演员都熟悉了他所担任的角色，那还几乎算不上完成了什么工作。必须把那些人物放在一起，使他们靠拢或分散，使他们孤立或聚集，由此得出一连串全都是卓越而真实的画面。

演员从画家那里，画家从演员那里，有什么样的帮助不能得到？互相帮助是使两种重要才能更趋完善的方法。不过，我提出这些看法只不过是图自己痛快和使您高兴。我并不认为我们对戏剧已经热爱到要实践这些主张。

家庭题材的小说和戏剧之间的主要区别之一，就是小说可以把人物姿势动作的一切细微末节都描写出来；小说家可以用主要力量来描绘动作和印象，而戏剧诗人不过顺便说上一言半语而已。

"但这句话把对白割裂，使它发生顿挫，把它搅乱了。"

是的，如果话说得时机不合适，或者说得不得当的话。

但是，我认为，如果演员的演技已经达到高度完善的境地，一般就不必再把舞台动作写下来：也许正是由于这个缘故，古人不写舞台提示。可是目前在我们当中，一个读者，尽管他对戏剧并非一无所知，但是在见到实际演出之前，如何能在阅读之际自动地把这些补充进去？难道他能比一个职业演员更懂得演戏吗？

舞台提示将来总要在我们的剧本里占据它的位置，否则如果一个戏剧诗人写了剧本而不上演，那么人家在读他的剧本时，由于他没有把舞台提示写进去，就会产生乏味的感觉，有时竟会认为他不知所云。对读者来说，如果能够如同作者所构思的那样，知道剧本是怎样表演的，岂不是一种意外的乐趣？况且，像我们现在这样习惯于那种造作的、四平八稳的、如此远离实际的表情朗读，不需要舞台提示的人还多吗？

舞台提示是诗人在写作时存在于想象中的一幅图画，他希望在演出时，舞台上时时刻刻都把这幅图展示出来。这是一个最简单的手段，可以告诉观众，使他们知道有权利向演员要求什么。诗人告诉您：请把我写下的舞台提示和演员们的表演比较一下，然后评判吧。

此外，当我把舞台提示写下来的时候，那就像在对演员们这样说：我是这样说话，这样做表情的，当我构思的时候，在我想象中就是这么个样子。但是我既不会狂妄到认为别人不能表演得比我更好，也不会愚蠢到强制一个有天才的人做机械的动作。

如果有人向好几个艺术家提出一个同样的题材去作画；每个艺术家按照自己的方式去思考，去绘制，结果从他们的画室里拿出来的图画各不相同。人们在每一幅画里都可以发现一些特殊的美。

我再说个比喻。请您去参观一下我们的画廊，让人家给您看一些由外行要求艺术家按照自己的形象定制的作品。在一大堆作品中间，外行的意见和艺术家的才能配合得很好，使作品不受到一点伤害的，恐怕连两三幅都难以找到。

演员们，请尽量运用你们的权利吧；按照时机和自己的天才的启发去做吧。假使你们有血有肉，假使你们有易感的心肠，会一切顺利，用不着我来干预；相反，假使你们是泥塑木雕，那么，即使我尽量干预，事情仍然会搞砸。

不管诗人有没有把舞台提示写下来，我一眼望去，就可以看出他写作时是不是有它作为依据。有或没有，剧本的结构将有所不同；各个场面也将是另一番模样，对白也将显出区别。如果这是设计画面的艺术，那么，我们能假设所有的人都有这种才能吗？能假设我们所有的戏剧诗人都掌握了这种艺术吗？

可以做一个实验。先编写一个剧本，然后让认为写舞台提示是多此一举的人去写舞台提示。看看吧，他们会做出多少傻事来！

要批评得公正是容易的；而讲到实践，即使写出平庸的东西也不易。所以要求我们的批评家写出一部像样的作品来表示他们所懂得的至少不亚于我们，难道就那么不合理吗？

二十二　作家和批评家

旅行家们说有一种野蛮人，他们对过路人喷射毒针。这就是我们的批评家的形象。

您以为这个比喻有些过分吗？那么至少您应该承认，他很像在四面被山峦环绕的山谷里隐居的修士。这个有限的空间就是他的整个宇宙。他转了个身，环顾了一下狭窄的天地，就高声喊叫："我什么都知道，我什么都见过。"可是有一天他忽然想走动一下，去接触以前没有摆在他眼前的事物，就爬上了一座山峰。当他看到一片广阔无垠的空间在他头上和眼前展开的时候，他惊讶到何等地步啊！于是，他改变论调，说："我什么也不知道。我什么也没有见过。"

我刚才说我们的批评家类似这个人物，其实我错了，他们依然蛰居在他们的巢穴里，始终不肯放弃对自己的高度评价。

作家的任务是一种狂妄的任务，他自以为有资格教训群众。而批评家的任务呢，那就更狂妄了，他自以为有资格教训那些自信能教训群众的人。

作家说："先生们，你们要听我的话，因为我是你们的老师。"批评家说："先生们，你们应该听我的，因为我是你们的老师的老师。"

对群众来说，他们有自己的主张。假使作家的作品不高明，他们嗤之以鼻；如果批评家的意见是错误的，他们也同样对待。

这样一来，批评家发出了叹息："啊，世风不古！道德风尚败坏了！趣味丧失了！"一阵叹息之后，他们就得到了自我安慰。

作家呢，他谴责观众、演员和群众。他向上演之前曾听他朗读剧本的朋友们呼吁："我的作品应该被排到九天之上。"可是那些盲目的或者胆小的朋友没有敢于告诉他这部作品结构不行，缺乏个性，没有风格；请相信我，群众是不大会看错的。他的作品垮台了，因为它是一部糟糕的作品。

"但是，《恨世者》不是也经过一番挫折吗？"

这倒是真的。啊，在受到挫折之后，找这个例子，倒是一个安慰！假使我有朝一日登上舞台而被观众嘘下来，也一定会想起这个例子的。

批评家用完全不同的方式对付在世的和已故的作家。作家如果死了，批评家会竭力宣扬他的优点，掩盖他的缺点。如果他还在世，那就反其道而行之，他的缺点要突出而他的优点要遗忘。这里面是有一些道理的：人们可以纠正在世的人的错误，而已死的人无药可救。

但是，一部作品最严格的评判者应该是作者自己。他私底下下过多少苦功啊！只有他自己才认识暗藏的缺点，而批评家却几乎不可能指出。这常常使我回忆起一位哲学家的话："他们说我的坏话吗？唉！假使他们对我的认识能跟我对自己的认识一样深刻就好了！"①

---

① 参见爱比克泰德《手册》，第十三卷。

古代的作家和批评家都从潜心自学开始，他们总是在学完各派哲学以后才从事文艺事业。作家总是把他的作品留在身边很久才公之于世。他的作品通过向别人征求意见，长时间修改润饰，最后精益求精。

我们现在太急于露脸了，我们执笔的时候可能学识不丰富，道德方面的修养也不足。

如果道德败坏了，趣味也必然会堕落。

真理和美德是艺术的两个朋友，您想当作家吗？您想当批评家吗？那就请首先做一个有德行的人。如果一个人没有深刻的感情，别人对他还能有什么指望？而我们除了被真理和美德深深地感动以外，还能被什么感动呢？它们是世上两样最有力的东西。

假使有人让我确信，某人是个吝啬鬼，我就很难相信他会写出什么伟大的作品来。吝啬这个毛病使人头脑闭塞，心胸狭窄。吝啬鬼对大众的不幸无动于衷。有时候他甚至会幸灾乐祸。他铁石心肠。既然他经常匍匐在银箱上，怎么会上升到高尚的思想境界？他不懂得时光的易逝和生命的短促。他一心只想着自己，不知仁慈为何物。在他的目光中，同一小块黄澄澄的金属相比，人的幸福分文不值，以物质帮助一个困乏的人，减轻一个正在受苦的人的痛苦，以及和一个正在痛哭的人同声一哭的那种境界，他从来没有体会过。他是一个坏父亲、坏儿子、坏朋友、坏公民。为了原谅自己的罪恶，他杜撰了一个理论体系，按照这个理论，一切职责都可以为自己的欲望而牺牲。假使他想去描写同情、慷慨、好客、对国家和对人类的爱这一切高尚的情操，他从哪儿去找到这些颜料呢？在他心目中，这些美德仅仅是变态和疯狂而已。

吝啬鬼的一切手段都是卑鄙的、琐屑的，他连为了把钱弄到手而去犯一桩大罪的勇气都没有。除他以外，思想最狭窄，最容易做坏事，对于真、善、美最无感的人就是迷信者了。

迷信者之后，便是伪君子。迷信者不能明辨是非，伪君子则是一副假心肠。

假使您出身好，自然赋予您真正的头脑和同情心，您还是暂时离开人群，闭门读书吧。如果乐器不先调好音，怎能发出正确的和声？您应对事物形成正确的概念，用您的行为去对照您的职责；把自己培养成为一个善良的人，不要以为学习为人之道而付出的劳动和光阴对于一个作家来说是白费的。在性格和作风中建立高尚的道德品质，它将散发出一种伟大正义的光彩，它会笼罩您的一切作品。假使您要描写罪恶，只要您认识到这是何等违反公共秩序和群众的、个人的幸福，描写就会深入有力。假使您要描写德行，而自己对此并不热衷，那么能用什么方法来谈论它，以使别人对它产生热爱呢？等您回到人群之中，还望多多听取持论公平者的意见，并且常常反躬自省吧。

我的朋友，您认识阿里斯特①吗？以下我要对您讲的一切都是从他那里听来的。他那时四十岁。对哲学研究特别下过功夫。人们称他为哲学家，因为他生来就没有野心，心地正直，没有任何欲望影响他的温和宁静。此外，他态度严肃，生活谨严，谈吐简洁，他所缺少的东西只是一件古代哲学家的大氅；因为他贫困，然而他安于贫困。

　　有一天，他忽然想去找朋友消磨几个钟头，谈谈文学和道德问题，因为他向来不喜欢谈论公共事务；不巧他的朋友们都不在家，于是他就决定独自去散一会儿步。

　　他不大喜欢到人多的地方去。僻静的地点更合他的心意。他边走边想，以下就是他所想的：

　　我如今四十岁了。读过很多书，人们称我为哲学家。但是假使这里有一个人来对我说：阿里斯特，什么是真、善、美？我有现成的答案吗？没有。怎么，阿里斯特，你连真、善、美都不知道，而你竟敢毫无愧色地让人称你为哲学家！

　　对这种人们由于无知而谬奖、另一方却也厚颜接受的赞美的虚荣略加思考之后，他开始去探索有关我们的行为和判断力这几个基本概念的由来，然后继续思辨。以下就是他思辨的结果：

---

① Ariste，狄德罗在这个虚构人物的名下，构建出的一位高尚的唯物主义哲学家。在文学传统中，亚理士德是作家虚构的理想的自己（例如高乃依的《原谅阿里斯特》）。

在整个人类中或许就找不出近似的两个人。总的身体组织、感官、外貌、内脏各有不同。纤维、肌肉、骨骼、血液各有不同。智力、想象、记忆、意念、真知、成见、营养、训练、知识、职业、教育、兴趣、财产、才能各有不同。所属的物品、气候、风俗、法律、习惯、成规、政府、宗教也各有不同。怎么可能使两个人具有完全一样的爱好，对真、善、美具有完全一样的概念呢？不同的生活和相异的经历就足以产生不同的判断了。

这还不算。就算是同一个人，无论就生理或精神方面来看，也是一切都在不断地相互交替之中；乐极生悲，否极泰来；健康之后有疾病，疾病之后又恢复健康。只有在记忆之中，我们才觉得自己是同一个人，才被人家认为是同一个人。在我现在的年龄，身体中与生俱来的细胞也许连一个都没有了。我不知此生能有多久，但到把我的躯壳还给泥土的时候，或许体内现有的细胞又一个都不存在了。在生命的各个不同阶段中，灵魂也不是前后一致的。我在孩提时期口舌不灵；现在我自以为会思考了；但我在思考的时候，岁月流逝，我不觉又回到口舌不灵的阶段。这是我的遭遇，也是所有人的遭遇。所以我们之中怎么可能有人在整个生命的过程中保持始终不变的爱好，对真、善、美下同一的判断？由人类的忧患及恶念所引起的历次变动就足以让人无从判断。

那么人对于他唯一最应该懂得的东西，即真、善、美，难道就注定既不和旁人一致，自己又不能前后一贯吗？是不是这些都是局部、临时或武断的东西，或者是空洞无意义的字眼？是不是没有任何一件东西是真、善、美的？一件东西是不是当它对我显得是真、善、美，就算真、善、美了呢？如果说你和我，我们是两个不同的生命，而我自己，在某一个时期的我又和在另一时期的我不同；有关爱好的一切争论是不是由这么一句话就得到了解决呢？

到这里，阿里斯特停了一下，然后又继续：

如果只拿自己当作范例或者当作评判者，我们的争论自然会没完没了。有多少人就有多少不同的衡量标准，而且同一个人在他一生之中有多少显然不同的时期，就有多少不同的尺度。

我觉得，这就足以显出在自我范围之外找出一个衡量标准，一个尺度的必要性了。只要还没有找到，大多数的判断就会是错误的，而所有的判断都会是不可靠的。

但是到哪里去找这个我遍寻不得的不变的标准呢？……是不是在我所设想的理想人物中呢？我向他提出问题，他做判断，我只需当他的应声虫。可是，这个人物依然是我自己的产物……没关系，只要根据固定不变的要素把他创造出来就是了……那么，这些固定不变的要素在哪里呢？……在自然界里吗？……就算是吧，可是怎样把它们集合起来呢？……事情是困难的，然而就一定不可能吗？……如果我不能期望制成一个完美的典范，难道连试都不试试吗？……不……那么，让我们试试吧……但是古代的雕塑家对于他们所依据的那个美的范本曾经做过如此多的观察、研究和劳动，而我能做些什么呢？……可是总该做点什么，否则人家老是称你哲学家阿里斯特，你就只好脸红了。

到这里，阿里斯特作了比第一次更长的停顿，然后又继续：

我第一眼就看到，我所寻找的理想的人既然像我一样是个复合体，古时的雕塑家在决定他们视为最美的比例时已经把我的典范部分地制成了……是的。就用这座雕像，使它活起来吧……把人类所能具备的最完美的感官给它，把一个人所能获得的一切优秀品质赋予它，我们的理想典范就完成了……毫无疑问……可是这要经过多么浩繁的研究工作、多么艰巨的劳动啊！我们需要掌握多少物理、自然和伦理知识啊！任何一项科学，任何一项艺术，我都需要深入钻研才能掌握……这样，我才会有真、善、美的理想典范……但是这个理想的普遍典范究竟是难以制成的，除非神祇把他们的智慧赐予我，允许我和他一样长生不老：正当我试图摆脱不确定性的时候，却又陷了进去。

阿里斯特忧伤，沉思，在这里又停了一下。

一阵沉默之后，他又想了起来：那我为什么不去摹仿那些雕塑家呢？他们为自己那一行创造了一个典范，我也有我的典范……让搞文学的人选择一个最成熟的作家为理想典范，然后借他的口去判断别人和自己的作品。让哲学家也照此办理……被这个典范认为是善和美的，就都是善和美的。被他认为是假、恶、丑的，就都是假、恶、丑的……我成为他的代言人……随着人们把这个理想典范的知识拓宽到更广的领域，他就越伟大、越严格……然而没有一个人，也不可能有一个人能在一切领域中同样完善地判断真、善、美。没有。假使我们把一个品味高雅的人看作心目中拥有尽善尽美理想的普遍典范的人，这完全是妄想。

一旦我有了适合于哲学家身份（既然人家要称我为哲学家）的理想典范，我将如何加以利用呢？就跟画家和雕塑家利用他们的模特一样。我将按照情境来修改它。这是我需要进行的另一项研究工作。

文人因伏案工作而曲背。士兵因操练而步伐坚定、昂首阔步。挑夫由于经常负重而弯腰。孕妇的头朝后仰。驼背人的四肢和常人不同。正是通过这类反复无穷的观察，才培养出雕塑家，并且还教会他如何去改变、加强、减弱、修正或缩小他的理想范本，使它从自然状态改变为合他心意的状态。

对于激情、风尚、性格、习惯的研究，教导刻画人物的画家如何去变更他的范本，把它从自然人的状态转变为善人或恶人、宁静的人或恼怒的人的状态。

也正是这样，画家从仅有的一个模子，演变出无数不同的面貌，充实画布或舞台。如果是一个诗人，如果是一个在写诗的诗人；那就要看他写的是讽刺诗还是赞美诗。如果写的是讽刺诗，他就应该怒目而视，高耸双肩，闭嘴咬牙，呼吸短促而紧迫，因为他在发怒。如果写的是赞美诗，他就应该昂着头，嘴半开半闭，眼睛朝天，神色激动，呼吸急促，因为他热情高涨。这两个人在工作完成以后的喜悦不是各有不同吗？

经过这样一番自省之后，阿里斯特认识到自己还要好好学习。他回到家里，闭门读书十五载。他攻读历史、哲学、伦理学、自然科学和艺术；到了五十五岁，他成为一个善良的人，有学问的人，有高尚趣味的人，伟大的作家和卓越的批评家。

理查逊赞 [*]

钱翰/译

* 一七六一年发表于《外乡人报》，写给理查逊的悼念文。

直到现在，一部小说就是指一连串虚幻、轻薄的故事，对读者的趣味和品行是有害的。我很想给理查逊的作品另找一个名称，他的作品提高人的精神境界，扣人心弦，处处流露着对善良的爱，它们居然也被称为小说。

　　凡是蒙田、沙朗[①]，拉罗什富科和尼科尔写成格言的道理，理查逊都写成了小说。一个聪颖的人仔细体味理查逊的作品，就能领悟道德家们大部分格言的道理；反过来，知道所有这些格言的人，却写不出一页理查逊的小说。

　　一句格言是一条抽象概括的行为准则，如何应用这条准则在于我们自己。格言本身并没有在我们头脑里留下任何可感的形象，但那个行动的人，我们看见他，我们使自己处在他的地位或待在他身边，对他有强烈的好感或反感。假如他品行端正，我们就将他引为同道；假如他不公正和道德败坏，我们便厌恶而去。想到洛夫莱斯或覃林生②的行径，谁能不气得浑身发抖？覃林生那种忧伤和真挚的语气，那副憨直和尊严的神态，他的假仁假义装得那么到家，谁能不感到深深的恐惧？谁能不在心里说，如果真有人像他们那样奸诈，就不得不避开这个社会，非躲到森林里不可呢？

理查逊啊！人们不由得要置身在你的作品里面，一起谈话、赞同、指责、敬佩、生气、愤慨。多少次我发觉自己像头一次被领去看戏的小孩一样，高声喊道："别相信他，他欺骗你……要上那儿去的话，你就完了。"我的心神久久不能安定，我是多么善良！我是多么公正！我对自己感到多么满意！我读完你的作品之后，就如同一个人做了一天善事之后的心情一样。

我在几个小时之内经历了在漫长的一生中也不易遇到的许许多多情境。我听到了真正热情的言语；看见了利益和自尊心以千百种不同的方式蛊惑人心；变成了无数事件的目睹者，我感到增长了见识。

这位作者并没有写血溅金屋，没有把你们送到遥远的地方，没有使你们面临被野人吃掉的危险，没有那么多纵情酒色的隐秘场所，也从不流连于幻境仙乡。故事发生的地点就是我们生活的社会，他的悲剧，内容是真实的，他的人物具有最大

---

① Pierre Charron（1541—1603），法国伦理学家、神学家。
② 二者都是理查逊小说《克拉丽莎》中的人物。

的现实性，他刻画的性格取自社会，他叙述的事件在一切文明国家的风尚中都存在，他所描绘的热情正如我切身的体验，正是同样的事物使人感动，使之具有我所熟悉的力量，他的人物的困境和忧伤与我不断面临的困境和忧伤属于同一性质，他使我瞧见我周围事物的普遍进程。如果没有这样的艺术，我的灵魂很难接受虚幻的手法，幻象就只能是短暂的，印象微弱而且转瞬即逝。

德行是什么？不管我们从哪个角度考虑，德行总是自我牺牲。在思想上具有自我牺牲精神，等于事先准备好在现实中牺牲自己。

理查逊在人们心里撒下德行的种子，它们在那里起先是悠闲和安静的；它们悄悄躲在那里，直到出现一个机会触动它们，使它们绽开。这时候它们成长，我们感觉自己乐于为善，那种迫切的心情前所未见。看见不公正的行为，我们感到一种无法解释的愤慨。因为我们曾经常阅读理查逊的作品，因为我们曾和善良的人倾心交谈，在那时，无私的灵魂接触到了真理。

我还记得第一次拿到理查逊作品的情景：我当时在乡间。阅读这些作品令我感到多么惬意！时时刻刻，我觉得每读一页，幸福的时刻就缩短一分。不一会儿，我就产生了一种感觉，好像与这些人相处很久，非常亲近，而现在马上就要分手。最后，仿佛一下子只剩我一个人。

这位作者不断使你们想着人生的重要目标；他的作品你们越读越爱读。是他在岩洞里高举起火炬，是他教人识破那些以表面的正直动机作掩护的、不易察觉的不良动机。他向出现在洞口看起来崇高的幽灵吹一口气，这幽灵所掩蔽的丑恶的摩尔人就暴露出来了。

他善于表白激情，有时这激情的表现强烈得无法抑制；在其他地方有时又显得狡猾而克制。

他使各种行业、各种地位的人，在人生形形色色的情境中，讲出切合他们身分的话。假如他在人物心灵深处引入了一种秘密的感情，好好听，你们将听到一种不协调的语调将它暴露出来。因为理查逊知道，谎话永远不会和真理一模一样，因为真理是真理，谎话是谎话。

假如必须使人们相信不管他们对来世有些什么想法，若要幸福，莫如敦品励行，那么理查逊便给人类做出了最大的贡献。他不是对这个真理加以论证，而是让人感觉到真理，他的每字每句都教人喜爱受压迫的有德者的命运，不爱那个得志的恶徒的命运。虽然洛夫莱斯占了种种便宜，谁愿意当洛夫莱斯呢？即使克拉丽莎红颜薄命，谁不愿意作克拉丽莎呢？

读理查逊的作品时我常常说，假如我能像这个女子，我情愿舍弃自己的生命，而我宁死也不要当那个男人。

虽然利益可能使我失去判断力，但我还是能够不偏不倚、不失分寸地做出正确的评价，幸亏理查逊我才能做到这一点。

朋友们，再读一遍他的作品吧，你们就不会再夸大那些对你们有用的小小才情；也不会再贬低那些与你们意见相左或者使你们自愧不如的很有才能的人了。

人们啊！向他学习忍受人生的疾苦吧！来吧，让我们为他小说中不幸的人同声一哭，我们会说："即使命运压倒我们，至少正直的人也为我们洒下了同情的泪水。"理查逊之所以引人入胜，那是因为他为不幸的人而写作。在他的作品里，就像在人世间一样，人分为两类：享乐的人和受苦的人。他总使我和受苦的人站在一起，不知不觉间，同情心就在我的心中产生和加强了。

他的作品使我读后感到忧郁，我喜欢这种情绪继续留在我心里，有时别人注意到这种情况，便问我："您怎么啦？您平常不是这样的，出什么事啦？"他打听我的健康，我的财产，我的父母，我的朋友。朋友们啊！《帕米拉》《克拉丽莎》和《查尔斯·葛兰底森爵士传》是二部伟大的悲剧！正经事务使我放下书卷，却感到一种无法克制的厌烦；于是我把职责抛开，重新捧起理查逊的作品。在你们要完成什么任务的时候，千万别打开这些使人着迷的书。

有谁读了理查逊的作品而不想认识这个人，不想有这么一个兄弟或朋友呢？有谁不曾祈求上天降福给他呢？

理查逊啊，理查逊！我心目中独一无二的人，我将终生阅读你的作品！如果我有急需，或朋友手头拮据，或我的家产微薄，不足应付孩子的教育费用，我将出售我的书籍，但是你的作品将留下，和摩西、荷马、欧里庇得斯和索福克勒斯的作品摆在一起；我将轮流阅读你们的作品。

一个人的心灵愈高尚，鉴赏力愈精微纯净，对自然认识愈深，爱真理爱得愈切，他便愈加赞赏理查逊的作品。

我听到过有人责备这位作者，说他的细节冗长累赘；这种责备使我非常恼火。

越过习俗和时代给艺术作品设置的障碍、抛弃陈规的天才多么倒霉！他死后要经过多少岁月，才能获得应有的公正评价啊！

然而，让我们说句公道话吧。一个耽于千百种游乐的民族，一天花二十四小时用来娱乐还嫌过短，一定觉得理查逊的作品冗长。正是由于这个原因，这个民族已经没有歌剧院，在别的剧院里也只上演折子戏。

亲爱的同胞，要是你们觉得理查逊的小说冗长，为什么不将它们删节呢？你们要言行一致。你们去看悲剧不过是为了看最后一幕。你们马上就翻到《克拉丽莎》最后二十页好了。

理查逊作品中的细节使轻浮而喜好玩乐的人厌恶，也应该使他厌恶。可是他的作品不是写给这种人读的。他是写给安静和孤单的人读的，此种人识破世间的浮名和游乐的无聊，喜欢幽居独处，在寂静中修身养性。

你们责难理查逊的小说冗长！你们却忘记了，要办好一件很小的事，了结一场诉讼，做成一门亲事，使两个人和好，需要付出多少气力、多少心思、多少行动。你们对这些细节爱怎样想就怎样想；可是如果它们是真实的，如果它们能突出情感、表现出性格的话，对我来说，它们就是十分吸引人的。

你们说，这些细节是平凡的，是每天都见得到的。你们错了；这是每天在你们眼前发生，而你们从来都没有看见的事情。当心啊，你们表面上批评的是理查逊，其实是批评那些最伟大的诗人。你们看见过多少次日落和星辰升起，你们听见过野外百鸟齐鸣，可是你们有哪一个曾感觉到正是白昼的喧嚣使夜的寂静更加动人？好了！你们对于物质现象是这样，对于精神现象也是这样；热情迸发的声音时常冲进你们的耳朵，可是热情的语调和表情里蕴含的秘密，你们却很少觉察。每种热情都有它的表情，所有这些表情陆续在一张脸上出现，而脸始终是同一张脸，伟大诗人和伟大画家的艺术，就是使你们看见一个你们所忽略的瞬间的状况。

画家、诗人、有鉴赏力的人、善良的人，阅读理查逊的作品吧！不断阅读。

要知道幻象是从这无数的小事中产生的：想象出这些事情很困难，将它们表现出来就更加困难。手势有时和说话一样高妙，再说，正是这些细节的真实使心灵能够接受重大事件的强烈印象。这些暂时的延宕像堤坝一样抑制着你们冲动的感情，一旦诗人打开一个缺口，这种感情就像浪潮一样倾泻出来。那时你们悲痛欲绝或大喜若狂，你们无法阻止眼泪夺眶而出，并且在心里说："也许这不是真的吧。"这种想法逐渐从你脑中消失，然后消失得无影无踪。

玩味理查逊的作品，我有时会有这样一个想法，就是我买了一座古堡，有一天去看这古堡的房子，我在角落里发现一只许久没有打开过的橱柜，撬开橱门，看见里面乱七八糟地放着克拉丽莎和帕米拉的书信。读了几封信之后，我会多么热心地将它们按照日期加以整理啊！如果这些书信少了几封，我会多么难过啊。你们以为我会让一个冒失的人（我几乎要说亵渎神灵的人）将它们删掉一行吗？

你们只读过理查逊作品的高雅的法文译本便以为了解了这些作品，你们想错了。

你们不了解洛夫莱斯，不了解克莱芒丁，你们不了解薄命的克拉丽莎，你们不认识荷夫姑娘，她那亲爱的和温柔的朋友荷夫姑娘，因为你们没有看见她披头散发扑倒在她朋友的棺木上，两臂扭曲，两只热泪盈眶的眼睛仰望上苍，她尖锐的叫声充满了哈洛一家的住宅，咒骂着这个残酷的人家，你们低下的鉴赏力不懂得有些情境产生的效果，你们也许会把这些情境删掉，因为你们没有听到教堂凄厉的钟声，随风送到哈洛家的住宅上空，在这些铁石心肠里唤醒沉睡的悔恨；你们没有看见他们听到那运载他们的受害者的灵车的车轮声浑身发抖。就在这个时候，父亲和母亲的哭声打破了他们周围忧郁的寂静；就在这个时候，这些恶毒的人开始受到真正的折磨，蛇蝎在他们心里蠕动，撕咬着他们的心。能流泪的人真幸福啊！

我注意到，在一个团体内共同阅读或分别阅读理查逊的作品，谈话也因而变得更有意思和更加热烈。

我听到人们阅读这些作品的时候，讨论了道德和鉴赏力的问题，加深了对这些问题的理解。

我听到人们像对待真实的事件一样，对理查逊书中人物的行为产生争论；像对待那些他们可能认识并且十分关心的人一样，赞美或谴责帕米拉、克拉丽莎、葛兰底森。

一个不了解大家事先读过这些作品、并因作品的内容引起这次谈话的人，看见谈话的真切和热烈，会以为他们正在谈论一位邻居、一个亲人、朋友、兄弟或姊妹。

我该不该说呢？……我曾看到，由于对理查逊作品看法的分歧，使人产生一种憎恨、蔑视，如同一件非常严重的事情使原来和睦相处的人意见不和。于是我把理查逊的作品比作一部更加神圣的书，比作来到人世间把丈夫同妻子、父亲同儿子、女儿同母亲、兄弟同姊妹分开的福音书；而他的工作就这样成为万物之灵命运的一个因素。这些生灵都是由一只全能之手和最崇高的圣哲创造出来的，但他们中任何一个人都免不了在某个方面有些过失。眼前的利益可能酿成大祸，祸事却可能是导向大福的原因。

但有什么关系，如果多亏这位作者，我更爱我的同类，更爱我的职责；我对恶人只感到遗憾，对不幸者抱有更多的同情，对善良者怀有更大的敬意，利用眼前的东西更加审慎，更加不操心未来，不在意人生起伏，更加好德，这便是我们能向上苍祈求的唯一福祉，也是上苍能许给我们，而不致对我们冒昧的要求施加惩罚的唯一的东西！

我认识哈洛的房子如同认识我自己的一样，我对我父亲的住宅并不比对葛兰底森的住宅更加熟悉。作者笔下的人物在我心中构成了具体的形象，他们的容貌就在我的眼前；我在街上、在广场上、在人们家里认出他们；他们使我产生爱慕或憎恨。他的高明之处，就是在纵览一片广阔天地之后，我的眼前还不断显出他所描绘的图景的某个具体部分。只要有六个人聚在一起，我就能给他们安上他作品中几个人物的名字。他使我亲近正直的人，远离恶人；他教会我根据一闪而过的、微妙的迹象来识别他们。有时他引导着我，我却没有察觉出来。

在各个时代、各个地方，所有的人或多或少都会喜爱理查逊的作品；但是能够体会它们全部价值的读者，永远不会多：这需要一种极其严格的鉴赏力；而且，在作品里，事件变化多端，关系层出不穷，线索错综复杂，有多少事埋下伏笔，多少事后补叙，多少人物，多少性格！我只是翻阅《克拉丽莎》几页，算算已有十五六个人物；不久数目就增加了一倍。《查尔斯·葛兰底森爵士传》里面竟有五十个人物；但是使人惊诧不已的是每个人都有自己的思想、表情、语调，而且这些思想、表情和语调，都随着情境、利害和热情而变化，就像看见喜怒哀乐各种不同的表情在同一张脸上相继出现。一个有鉴赏力的人不会把诺顿太太的信当作克拉丽莎的一个姑母的信，把一个姑母的信看作另一个姑母或者荷夫太太的信，也不会将荷夫太太的便条当作哈洛太太的便条，虽然这些人物有时会处在同样的地位，怀着同样的感情，面对同样的对象。在这部不朽之作中，犹如在春天的大自然中，看不到同样翠绿的两片叶子。真是万紫千红，变化无穷！读者察觉到这些微细差异固然不容易，但作者找出这些差异，将它们描绘出来，就更难了。

啊，理查逊！我敢说最真实的历史是满纸谎言，而你的小说却字字真实。历史只描写几个人，你描写人类；历史把人们并未说过、并未做过的事情归在他们名下，你笔下的人物的一言一行，却都是他说过、做过的；历史只捕捉时光的一瞬间，地球表面的一个点儿，你却抓住了所有地方和所有时代。人的心灵在过去、现在和将来始终如一，它是你临摹的范本。假如要对最杰出的历史学家作一次严格的评断的话，有哪一个历史学家能像你一样经受得住呢？从这个观点来看，历史往往是一部坏的小说；而像你写的那种小说，才是一部好的历史。自然的画师啊！只有你从不说假话。

我赞叹你那惊人的广博，无法停下来，唯有如此广博，你才能编排出有四五十个人物的戏剧，而且这些人物都极其精确地保留着你赋予他们的性格；我钦佩你对法律、风俗、习惯、

143

道德、人心和生活的卓越知识，以及写这些人物所必具的对道德、经验、观察的无穷无尽的了解。

作品具有的趣味和魅力使那些本来最有能力发现理查逊的艺术的人也看不见这种艺术。有好几次我翻开《克拉丽莎》，想向理查逊学习，每次都是读到第二十页就把我的计划忘记了；我只是像所有的普通读者一样感到震惊，惊讶他有这等天才，竟能构思出一个驯良谨慎的女子，她每一步都要走错，人家却不能够责备她，因为她的父母丧尽天良，她的情人行若狗彘；这个腼腆的少女有一个最活泼、最疯狂的女朋友，而这个女友的一言一行全都合情合理，却并未因此有损真实；这位女友的情人为人正直，可是拘谨可笑，尽管有母亲的支持和庇护，她的情人仍然感到烦恼；他笔下的洛夫莱斯兼有最罕见的品德和最可恨的恶行，他既卑鄙又豪侠，既沉毅又轻佻，既暴躁又冷静，既明智又疯狂；他把他塑成一个恶棍，使人恨他，爱他，钦佩他，鄙视他，他不管以什么面貌出现，都使你感到惊讶，他每个瞬间都有一个不同的面貌：而这一群配角，他们的性格多么分明！数量又这么多！贝尔福和他的伙伴们，荷夫太太和她的希克曼，还有哈洛一家，父亲、母亲、兄弟、姊妹、叔伯、姑母，还有充斥在烟花巷的荡妇淫娃！利害和脾性对照分明！人人都在行动和说话！一个只身对付许多联合起来的敌人的少女，怎么会不失足呢？她又会堕落到怎样的田地？

在《查尔斯·葛兰底森爵士传》十分复杂的背景上，不是也有同样纷繁的性格，同样深刻有力的事实和情节吗？

《帕米拉》是一部比较简单、篇幅比较短、结构比较松散的作品，但是当中显露的才华难道有什么逊色吗？这三部作品，能写出一部就足以名垂千古，然而三部都是一个人写出来的。

自从我读过这些小说，它们就是我的试金石；那些不喜欢这些小说的人，我就已经对他们做出定论了。我每次对一个我所敬爱的人说话，总唯恐他的评语同我的不一样。我每遇到一个对我的热烈崇拜有同感的人，就恨不得将他拥抱在怀里亲吻。

理查逊去世了！这对文学和人类是多么大的损失！这个噩耗使我悲痛不已，他就像是我的亲兄弟一样。我没有见过他，我了解他只是通过他的作品，但是，我衷心热爱他。

我每遇见一个他的同胞或者到英国旅行过的法国人，总要问他："你见过诗人埋查逊吗？"接着又问："你见过哲学家休谟吗？"

有一天，一位有卓越鉴赏力和丰富感情的女士，非常关心她刚刚读过的葛兰底森的故事，她对一个动身去伦敦的朋友说："请你代我去看望爱米丽姑娘、贝尔福先生，特别是荷夫姑娘，假如她还在世的话。"

又有一次，一位我认识的女士，她和一个男人有书信往来，本不觉得有什么罪过，但克拉丽莎的遭遇使她触目惊心，便在开始阅读这部作品时中断了这种关系。

两个女朋友是闹翻了，我想尽办法都无法使她们和好，因为一个认为克拉丽莎的故事不值一顾，另一个却对它佩服得五体投地！

我给后者写了一封信，下面是她复信中的几段话：

"克拉丽莎的虔诚使她受不了！怎么！一个由有德行的和信奉基督教的父母教养大的十八岁少女，腼腆、命运多舛、只希望在来世改善她的命运，她竟要这样一个女子不信奉宗教和上帝吗？这种感情在这个女子身上是多么伟大、多么温柔、多么动人；她对宗教的想法是多么健全，多么纯洁；这种感情给她的性格添上一种悲怆的情调！不，您永远不能够使我相信一个禀赋善良的人会有这种想法！

"她笑，当她看见这个孩子被父亲诅咒而伤心绝望的时候。她笑，而她是母亲哪。我对您说，这个女人永远不能做我的朋友了：她做过我的朋友，我现在感到惭愧。被受尊敬的父亲诅咒，一种在好几个重要方面似乎已经应验了的诅咒，您会看到这诅咒对于具有这种性格的孩子是一件多么可怕的事情！而谁知道上帝会不会在来世批准父亲对她的判决呢？

"她觉得我读这部作品流泪很反常！而我感到奇怪的却是，当我读到这个天真无邪的少女弥留的时刻，那些石头、墙壁，那些我在上面行走的没有知觉的冰冷的方砖，竟然丝毫不为之感动，也不和我一起为她惋惜。当时我周围的一切都昏暗了；

我的心灵一片漆黑；大自然仿佛披上了一层厚密的黑纱。

"依她看，克拉丽莎的聪明在于能说会道，当她能说出几句动听的话，她就感到安慰。坦白对您说，这种感觉和这种想法是很大的不幸，的确很大，我刚才宁愿我的女儿在我的怀里死去，也不愿她遭到这种不幸。我的女儿！……是的，我考虑过，我不反悔。

"现在工作吧，卓越的人，工作吧，将您的生命消耗净尽：在别人事业刚开始的年龄就能看到您事业的成就，好使人家对您的杰作做出同样的判断！这个世界，几百年间才诞生一个理查逊；大自然，为了使他聪明睿智，耗尽你的精力吧；对别的子女少操点心，你只是为了像我这样的少数心灵才使他降生；而我的眼睛流下的泪水将是他工作到深夜的唯一报偿。"

在信的末尾，她附言说："遵嘱将克拉丽莎的埋葬和遗嘱两段文字寄上①；但是如果您把这件事告诉那个女人，我终生都不会宽恕。不，我收回我的话，您自己给她念这两段吧，您务必告诉我，她的笑声伴随着克拉丽莎直到她的归宿，好使我的憎恶达到最大的程度。"

大家看到，属于鉴赏力的事情，同属于宗教的事情一样，有一种不宽容的精神，我不赞成这种精神，但是我要运用理智才能够克服它。

---

① 《克拉丽莎》的法译本把这两段删节了，因此作者请女友把这两段寄给他一阅。

当人家把克拉丽莎的埋葬和遗嘱两段文字交给我的时候，我正和一个朋友在一起，不知道什么原因，法文译本把这两段文字删去了。这个朋友是我所见过的最善感的人，也是理查逊最狂热的崇拜者——几乎和我一样狂热。他将本子抢走，走到一个角落读起来。我仔细看着他：起先我看见他流下眼泪，停下来不读了，他哭泣；然后突然站起来，直往前走，却不知要走向哪里，他像一个悲伤的人大声呼喊，最严厉地抨击哈洛一家。

我曾打算将理查逊三部诗篇的美好段落抄录下来；但这可能吗？有多少美好的段落啊！

我只记得那第一百二十八封信——哈维太太给她侄女的信，真是杰作，没有文饰，没有明显的技巧，却有一种不可思议的真实。这封信使克拉丽莎失去一切与父母和好的希望，成全了那个想逼她成亲的人的意图，让她受到他的折磨，使她决定到伦敦一行，听到他向她求婚，等等。这封信有什么效果不能产生呢：它原谅这个家庭，其实是谴责它；它非难克拉丽莎，是要指出她出走的必要。这是许多美好的段落中的一段，读到这里我高呼：圣理查逊！但是要感到这种兴奋，必须从头读这部作品，一直读到这个地方。

我在我自己的书里用铅笔在第一百二十四封信上做了一个记号，认为这是一段精彩的文字，这是洛夫莱斯给他的合谋者的一封信；这个人物之狂热、快活、狡诈、机智在信中可以一览无余。我们不知道应该爱这个魔君还是恨他。看他怎样笼络他的仆人！又是"好里曼"，又是"正直的里曼"。看他怎样给里曼说即将得到的报酬！"你不久就是白熊客店的老板，人家要管你的妻子叫老板娘，"然后在信尾说，"你的朋友洛夫莱斯。"只要能把人弄到手，洛夫莱斯不计较这些小节：凡是有助于实现他的企图的人，都是他的朋友。

只有像理查逊那样的大师才能想到给洛夫莱斯周围安排这一群寡廉鲜耻和吃喝玩乐的人，这些卑鄙的家伙用嘲笑的话刺激他，怂恿他作恶。只有贝尔福反对他那作恶的朋友，而比起洛夫莱斯他显得多么逊色！写出许多对立的利益并使它们保持平衡，需要有多么大的天才啊！

作者设想他的主角具有这种热烈的想象力，这种对婚姻的恐惧，对阴谋和自由的漫无节制的爱好，这种极度的虚荣心，作家设计出这么多的优良品质和缺点，你以为是没有事先的规划吗？

诗人啊，你们要向理查逊学习，学习他给恶人配上几个心腹，使他们分担恶人们罪大恶极引起的憎恶，把憎恶减轻；又根据相反的理由，不让正直的人有心腹，使他们的善良赢得的称赞全归他们。

这洛夫莱斯的堕落和自救写得多么细腻啊！你们读一读第一百七十五封信吧。这是一个残酷的人的感情；这是一只猛兽的嚎叫，信末附言的四行字将他一下子改变为一个好人或者几乎是个好人。

《查尔斯·葛兰底森爵士传》和《帕米拉》也是两部美好的作品，可是我更喜欢《克拉丽莎》。在《克拉丽莎》里面没有一处不是天才的手笔。

然而，我们看见帕米拉的老父亲走了一整夜，走到爵爷的门口，听见他对宅子的下人说的话，心里一定感到剧烈的震动。

在《查尔斯·葛兰底森爵士传》里克莱芒丁的整段插曲是非常美妙的。

而什么是使克莱芒丁和克拉丽莎成为两个卓越人物的契机呢？就在一个失去贞操而另一个失去理性的时候。

我想起克莱芒丁走进她母亲屋里的情景就浑身哆嗦，她脸色苍白、两眼迷糊、胳膊用一条绷带缠住，鲜血沿着胳臂直流，从指尖滴下来，还有她的这句话："妈妈，您瞧；您的血。"这句话使人五内俱裂。

但是为什么精神失常的克莱芒丁这么吸引人呢？因为她再也控制不住脑子里的思想，也控制不住情感的起伏，即使发生什么羞耻的事情，她也感觉不到。但是她的每句话都表现出老实天真；而她的精神状态却使人无法怀疑她所说的话，

有人对我说理查逊曾在交际场中度过几年时光，几乎不怎么讲话。

他生前没有得到他应该得到的全部声望！嫉妒是多么可怕

的感情啊！这是欧墨尼得斯女神中最残忍的一个！她追逐有才德的人一直追到坟前，她在坟前消失之后；后世的正义才恢复其位置。

理查逊啊！你没有享受到你应得的全部声望，但到我们的子孙与你岁月的距离和我们与荷马相隔的岁月一样久远时，你将获得怎样的景仰啊！那时候谁敢删去你的作品的一字一句？你在我的祖国比在你的祖国有更多的崇拜者；我为此感到高兴。时间啊，你赶快消逝，把理查逊应得的荣誉带来吧！我请所有听我说话的人作证，我向你表示最高的钦佩，不用再等别的作家了。我现在在你的塑像前鞠躬；我崇拜你；我在心中搜寻足以表达我对你钦佩的词语，却怎么也找不到。你们浏览这些我随着感情的起伏信笔写就的既不连贯也无构思和层次的文字，如果你们从上苍那里得到一颗更敏感的心灵，就把这些文字抹掉吧。理查逊的天才使我的才力不能发展。他的人物的幻影在我的想象里不停地巡游，要是我想写作，我便听到克莱芒丁的呻吟，克拉丽莎在我眼前出现，葛兰底森在我面前行走，洛夫莱斯使我心神不宁，笔杆从我的指缝间落下来。而你们，比较温柔的幽灵，爱米丽、沙洛特、帕米拉、亲爱的荷夫姑娘，在我和你们谈话的时候，工作和功成名遂的岁月正在流逝；我正向着生命旅程的终点前进，却没有试图做出什么值得未来时代怀念我的事。

绘画论

周莽/译

第一章　素描之奇想

自然不会做任何不正确的事。任何形态，无论美丑，均有其理由；所有存在的生灵中，没有一个不是其应有的样子。

请看这位幼年失去双眼的女子。不再有眼球不断的生长来让她的眼睑松开；眼睑陷入因眼球缺失造成的空洞；眼睑缩小了。上眼睑把眉毛拉下来；下眼睑将脸颊微微提起，上唇也反映出这一运动，挑了起来。变形影响到面部所有部分，依据它们距意外发生的主要地方的远近而有所不同。但您认为变形仅限于椭圆型的面部吗？您认为颈部完全保住了？还有肩膀和胸部呢？好吧，在您和我的眼中看起来似乎如此。但请您把自然叫过来；让她看颈部、双肩、胸部，自然会说："这是一位在幼年失去双眼的女子的颈部、双肩和胸部。"

请您将视线转向这位男子，他的背部和胸部形成罗锅。颈部前面的软骨拉长，而后面的脊骨却塌陷；头部向后仰，双手在腕关节翻起来，肘部向后移，所有肢体都寻求共同的重心，这一重心最适合这个怪诞的系统；面部形成受约束和苦痛的样子。请您把这幅图盖住，只把双脚给自然看；而自然会毫不迟疑地说："这是一个驼背者的双脚。"

如果原因和后果对于我们是显而易见的，我们只要原封不动地再现出这些生灵便很好了。模仿越是完善，越是近似于原因，我们对之便越满意。

尽管人们对原因和后果是无知的，尽管无知导致那些约定俗成的规则，但我不怀疑一位敢于忽视这些约定规则的艺术家，想严格地模仿自然，他画出过于粗大的脚，短小的腿，肿胀的膝盖，沉重头颅，他对此给出的理据常来自我们在对现象的持续观察中所秉持的那种精细揣摩，它让我们感受到这些丑怪变形之间的某种隐秘联系，某种必然的连锁关系。

一只扭歪的鼻子，从自然的角度上看，丝毫不冒犯人，因为一切是合理的；走向这种畸形是通过一系列相继的微小变化，它们导致畸形，并保全畸形。您去把安提诺斯①的鼻子弄歪，而把其他部分原样不动，那这鼻子就不搭配了。为什么？因为那样的安提诺斯不会是歪鼻子的样子，而是鼻子被打碎的样子。

---

① Antinos（111—130），罗马皇帝哈德良的男宠。

一个人从街上走过，我们说他长得不匀称。是的，这是依照我们可怜的规则去说；然而按照自然的看法，是另一回事。对一尊塑像，我们说它按照最完美比例。是的，那是依据我们可怜的规则；然而依据自然的看法会是怎样的？

容许我将遮盖前面驼背人的盖布挪到美第奇别墅的维纳斯像①身上，只露出雕像的足尖。按照这个足尖，再把自然叫来，让她负责完成全像，您也许会吃惊地看到在她笔下只有某种丑恶畸形的怪物。要是事情不是这样，那才让我奇怪呢。

人像是个组合过于复杂的体系，系统原则上不可觉察的不一致性，所造成的后果会让最出色的艺术品距离自然的作品十万八千里。

如果我洞悉艺术的奥秘，也许能知道艺术家应该在何种程度上遵从为人所接受的比例，我会告诉您的。但我所知道的是这些比例并不反对自然的专制，年龄与境遇以各种方式导致对比例的取舍。当人像在其外部组织上很好地显示出年龄和习惯，或者显示出履行日常职责的便利，我从未听人指责这样的人像画得不好。是这些职责决定了人像整个的大小，每个肢体的真正比例，以及它们的整体：从中我们得到儿童、成年人、老人、野蛮人、文明人、法官、军人、脚夫。如果存在难以画出的人像，那会是二十五岁男子的肖像，他骤然从大地的黏土

---

① 现藏乌菲兹美术馆。

中诞生，尚未成就过什么；这个男子是一种空想。

孩童几乎就是漫画；我对老人也这么说。孩子是不定形的流动的一团，他在寻求发展自己；老人是不定形和干涩的另一团，他退缩着，倾向于将自己归结于无。在这两个年纪之间的部分，从完美的少年期的开端直到壮年结束，艺术家只对这个阶段尊奉纯粹，尊奉线条的严谨，增一分或减一分，线条进去或出来，便造成缺陷或成就美好。

您会对我说：不论年龄与职责何如，改变了形态，并不消灭器官。首先，要知道，我对此表示同意。这正是我们要研究人体解剖模型（去了皮的模型）的原因。

人体模型研究无疑有其优点，但是否应该担心人体模型会永久留在想象中呢？艺术家因此变得执着于卖弄学识的虚荣，他的眼力受到侵蚀，不再能驻目于表面，尽管有皮肤与脂肪，他却总是看到肌肉，看到肌肉的根部，看到韧带和结合部，艺术家把一切都过于强化地加以表现，他变得生硬而枯燥无味，以至于在他画的女像上，我也看到这该死的人体模型。既然我们只能展现出外在，我希望艺术家让我习惯于看到外部的东西，不必给我一种有害的知识，那是我要忘记的东西。

据说研究人体模型是为了学会观察自然，但经验告诉我们，在经过这种研究之后，便很难看到自然在解剖模型之外的样子了。

我的朋友，除了您之外，没有人会读我写下的这些东西，所以我可以写任何我喜欢写的东西。在学院中花了这七年时间去画模特，您认为这些时间使用得当吗？您想了解我的看法吗？在这艰苦而残酷的七年里，大家习得素描的定式的技法。所有这些学院派的、受约束的、做作的、规矩的姿势，还有由一个可怜虫冷漠而笨拙地表现出来的所有这些动作，而且这些动作总是让这同一个可怜虫来表现，他每星期必须来三次，脱光衣服，让一位教授摆好造型，这些动作和姿势与自然的动作和姿势有什么共同点？从您庭院的井里汲水的人和学院讲台上那个无需拽起同样重量却笨拙地模仿这动作，将双臂向上伸的人有何共同之处？学院里装死的人和在床上咽气的人或者当街被打死的人之间有何共同之处？学院里的打斗者和我在十字街头看到的打斗者有何共同之处？那个哀求、祷告、睡觉、思索、默默死去的人，与累得躺在地上的农夫，与炉火边静思的哲人，与人群中窒息昏倒的人有何共同之处？*丝毫没有，我的朋友，丝毫没有。*

为了让荒谬更进一步，出了学院，干脆把这些学生送到马塞尔或杜普雷那里，或者任何别的舞蹈教师那里去学习优雅的仪态。然而，自然的真实被人忘记；想象力被塞满了虚假、做作、可笑和冷淡的动作、姿态和人像。它们堆积在那里，从想象中走出去，固着在画布上。每当艺术家拿起铅笔或画笔，这些阴森的鬼魂便醒过来，对他现身，他无法摆脱，如果成功从头脑中驱逐它们，那真是奇迹。我认识一位很有品味的年轻人，在画布上落笔之前，他双膝跪地，说："我的上帝，让我摆脱模特吧。"如今很少见到哪一幅由几个人像构成的画作不让人在这里那里看到学院派的这类人物、位置、动作、姿势，这让那位有品味的年轻人深感厌恶，它们只能让那些与真实无缘的人服膺，对此您应该怪罪学院里无休止的对模特的习作。

对身体运动的整体协调的把握不是在学院中学会的，人们所感、所见的这种协调性从头到脚地延伸。让一位女子把头向后仰，那么她所有肢体均顺应这一重量，让她重新抬起头，保持端正，那么身体这部机器的其余部分同样顺应其变。

是的，确实，摆布模特，这是一门艺术，伟大的艺术，应该看看教授先生对此有多骄傲。您不用担心他会对雇来的可怜虫说："我的朋友，你自己摆姿势吧，按照你想做的那样做。"他更愿意让模特摆某种奇特的姿势，而非任由模特做一个简单自然的姿势，但其实是应该用简单自然的姿势的。

我曾千百次尝试告诉在去卢浮宫的路上遇到的夹着画夹的年轻学生们："朋友们，你们在那儿画了几年了？两年。好啊！已经绰绰有余。放弃这个卖定式的商铺吧。到查尔特勒修道院去，你们在那里会看到真正的虔敬和悔罪的姿态。今天是重要节日的前夜：去教区教堂里，在忏悔室周围走走，你们会看到真正的默想和悔过的姿态。明天，去酒馆里，你们会看到发怒的人真正动作。去寻找那些公众的场景，在街道、公园、市场、屋宅观察，你们会对人生各种行动中真实的动作取得正确的认识。正好，观察一下你们真正在争吵的那两位同学，请看正是争吵本身在不知不觉中摆布了他们四肢的位置。仔细看看这些，你们会怜悯你们平庸的教授，怜悯你们平庸的模特的模仿。我多么同情你们，朋友们，希望有一天，你们能用勒叙厄①的质朴与真实来代替你们所学的所有这些虚假的东西！必须这样做，如果你们想有所成就的话。

"一边是姿势，另一边则是行动。姿势是虚假而渺小的，行动则是美好而真实的。

"被人误解的反差是造成做作的一个最要命的原因。只有从行动或者多样性的基础上产生的反差才是真实的，要么是器官的多样性，要么是人的关注的多样性。你们看看拉斐尔、勒叙厄，他们有时让三个、四个、五个人彼此并立，其效果美妙至极。在查尔特勒修道院的弥撒或晚祷时，我们看到四五十个修士排成平行的两列，相同的祷告席，相同的职责，相同的服色，然而这些修士并没有两个是面貌相似的。不要去寻求能将他们区别开来的这种反差之外的反差。这便是真谛：此外的一切都是平庸而虚假的。"

如果这些学生多少愿意从我的建议中得益，我还要告诉他们："只观察事物中你们所摹写的那个部分，你们这样做的时间还不够长吗？朋友们，努力去假想整幅人像是透明的，把你

---

① Eustache Le Sueur（1617—1655），法国画家。

们的眼睛置于中心：从那里，观察这部机器的全部外在机制，你们将看到某些部分如何伸展，其他部分如何缩小，某些部分如何塌陷，另一些部分如何膨胀，通过始终关注整体和全部，你们将成功地用图画所展现的对象的一部分来展示与人们在画中看不见的部分之间适当的对应关系。仅仅对我展示一面，便能迫使我的想象力去看到相反的一面，此时我会惊呼你们是杰出的画家。"

然而，构成整体尚未足够，还要引入细节，同时不破坏整体。这是热情、天分、情感和精妙感觉的工作。

下面是我渴望的美术学院应有的样子。当学生能够依照版画和模型轻松绘图的时候，我让他画两年学院派的男女模特。然后，我把儿童、成年人、壮年人、老人，各个年龄，各个性别，各种社会处境，简言之各种性质的题材展示给他：如果工钱优厚，这些人会成群出现在我的学院门口；如果我是在一个奴隶制国家，我会让人把他们叫来。在这些各不相同的模特中，教授将让学生注意到日常行为、生活方式、处境和年龄给外形带来的变化。我的学生只需要每两周看一次学院派的模特。教授任由模特自己摆姿势。在素描课之后，一位有能力的解剖教授将向学生解释人体解剖模型，并在活人裸体上实际运用所学课程，在一年中最多只画十二次人体模型。这足够让学生感受到骨骼上的筋肉和没有依附的肉不是用一种方式来画的，感受到这里线条是圆的，那里是有棱角的。让他知道如果忽略了这些精细之处，整体看起来将像一个充气的膀胱或者一包棉花。

如果要精心模仿自然，那么在素描中，在色彩中，没有丝毫的定式。定式来自教授、学院、学校，甚至来自古代。

第二章　色彩之浅见

　　素描给人以形态；色彩则赋予他们生命。色彩是神的气息，让他们活起来。

　　唯有艺术行家才能正确评判素描，而所有人都能评判色彩。

　　优秀的素描画家不少，伟大的色彩画家却不多。在文学中的情况也一样：一百位没有热情的逻辑学家对一位伟大的演说家，十位伟大的演说家对一位绝妙的诗人。攸关的利益能让雄辩的人突然脱颖而出，但不管爱尔维修^①对此怎么说，即便以死要挟，也是做不出十句好诗的。

　　我的朋友，请您移步到一间画室，看看艺术家怎么工作。如果您看到他有条不紊地围绕着调色板安顿好主色和中间色，而工作了一刻钟的时间仍不打乱这次序，那您就可以大胆宣布这位艺术家没有热情，他画不出有价值的东西。好比一位呆板迟钝的学究，他要找一段文字，便爬上梯子，拿出他需要的那位作者的书，打开来，走到书桌那里，抄写他需要的那一行，重新爬上梯子，把书放回原来的地方。这不是天才的举止。

对色彩具有强烈感受力的人，他的眼睛盯着画布，嘴半张着，喘息着，他的调色板上是混沌之相。他把画笔蘸在这片混沌里，从中得出创作，得出禽鸟和绘画它们羽毛的细腻色调，得出花卉和它们的丝柔肌理，得出树木和它们不同的绿色，得出天的湛蓝，得出翳遮水面的雾气，得出动物、长毛、皮毛上多样的斑点、眼中闪现的火。艺术家站起来，走开去，瞄一眼自己的作品，重新坐下。您将看到肉体、呢料、绒布、缎子、塔夫绸、平纹纱、帆布、盖布、粗厚织物诞生出来，您将看到黄澄澄的成熟的梨子从树上落下，看到枝蔓上挂着绿色的葡萄。

但是为何如此少的艺术家能够做到所有人都懂的事情？为何色彩在画家笔下多样，而在自然中色彩却是一个？器官的性质无疑有影响。柔弱的眼睛不会喜欢鲜明强烈的色彩。绘画者不愿意在画作中引入那些在自然中让他难受的效果。他既不会喜欢鲜红，也不会喜欢亮白。与他装饰房间墙壁的挂毯相似，他画布上是柔弱的色调。他用一切的调和来补足他拒绝展现的

① Claude Adrien Helvétius（1715—1771），法国作家、哲学家。

力度。但是为何人的性格、气质就不会影响他的色彩画法呢？如果他平时的思想是伤感、沉郁和阴暗的，如果在他阴郁的头脑中，在他凄凉的画室里总是黑暗的，如果他驱逐房间里的光亮，如果他追求孤独与黑暗，您难道没有理由料想到他作品中的场景也许算有力度，却是暗淡、阴沉的吗？如果他是黄疸病人，他看一切都是黄色的，如何能不在画面上蒙上一层黄色帷幕，就跟他病变的视觉器官蒙在自然事物上的一样？当他将想象中的绿色的树与眼前黄色的树作比较，这层帷幕让他伤心。

请您相信，画家在作品中所表现出的自我与文学家在自己作品中所表现的同样多，而且更甚。某一回，他有可能会摆脱自己的性格，战胜自己的器官的性质和倾向。就像少言寡语的人偶尔也会提高嗓门：爆发之后，他便重新落入他的自然状态，即沉默之中。忧郁的艺术家，或者生而具有柔弱器官的艺术家，他某一次会创作出一幅色彩鲜明的画，但不久就重归他天性的色彩画法。

更进一步，如果器官染病，不论什么感染，都会延及所有物体，在它与这些物体之间隔上一层雾气，这雾气让自然和对自然的模仿走样。

艺术家在调色板上取色，他并不总是知道会在画上产生什么效果。实际上，他将调色板上的色彩、色调与什么作对比呢？是与其他单独的色调，与一些原色作比较。他所做的更妙，在调色的地方他观察颜色，在意念中把颜色移至它应该被运用的地方。但是，有多少次，在这种估算中他会弄错啊！从调色板到构图的全景中，颜色被改变，被减弱，被加强，完全改变了效果。艺术家摸索着，摆布，再摆布，折磨着他的颜色。在这项工作中，他的色调变成一种多种物质的合成物，这些物质或多或少地彼此作用着，迟早会彼此失去和谐。

通常，画家越是确定自己笔下的效果，越是笔触大胆自由，越少重新修改和折磨色彩，越简单率直地运用颜色，画面的和谐就越持久。

我们看到一些今人画作在很短时间里就失去了和谐，而我们看到一些古人画作尽管时代久远却保持新鲜、协调和有力。这种优势在我看来更多是他们画法的功劳，而非颜料的品质。

在一幅画中，没有什么比真实的颜色更动人的，真实的颜色对愚人与智者有相同的效果。一知半解的人路过素描、表现和构图的杰作可以视而不见，但人的眼睛绝不会错过色彩画家。

然而，让真正的色彩画家如此少见的原因在于他选择的老师。在无尽的时间里，学生摹写这位老师的画，却不观察自然，也就是说他惯于用他人的眼睛去看东西，失去了自己眼睛的功用。渐渐地，他形成了一套禁锢自己的技法，他无法从中解放和脱离，那是一条他加在自己眼睛上的锁链，就像奴隶脚上的锁链一样。这便是那么多虚假的色彩画法的起源，摹写拉格勒内的人会因袭华美而牢固的色彩，摹写勒普兰斯的会因袭淡红色和砖红色，摹写格勒兹的会因袭灰色和紫色，而学习夏尔丹的会追求真实。对素描和色彩的多种不同评价都源于此，即使在艺术家之中也是如此。某个人会告诉你说普桑是枯燥乏味的，另一个会说鲁本斯是夸大的，而我嘛，我是小人国人，我会轻拍他们的肩膀，提醒他们说了蠢话。

据说世上最美的颜色是那种可爱的红色，它的天真、青春、健康、谦让和羞涩染红了少女的面颊。据说有一件东西不仅仅是精细、感人和微妙的，而且是真实的，那便是难于表现的肉体。那便是这种白色，它是有油光的，均匀而不苍白暗哑，它是红与蓝的混合，蓝色不易觉察地透出来。那便是血液、生命，它们让色彩画家感到绝望。习得了肉体感的画家已经取得一大进步，与此相比，其他的都不足论。过去有万千画家到死都没有对肉体产生感觉，将来还会有万千画家到死都不会对肉体产生感觉。

我们的布料和呢料的多种多样对色彩画家艺术的精进不无帮助。有一种声名是难以确保的，那便是伟大的色彩调和家的声名。我不知如何说明我的想法。这里有一幅画，上面是一个穿白缎的女子，请您遮去画面其他部分，只看服装。可能您觉得这绸缎肮脏、暗哑，不太真实，但是请把女子放回到周围的物件中去，绸缎及其颜色随即重新恢复了效果。这是因为整体色调太弱了，而如果每个物件都成比例地减弱，那它们各自的欠缺便不为人觉察：整体色调靠着色彩调和而保住了。这便是落日时分所看到的自然。

整体色调可能是弱的，却并不虚假。整体色调可能是弱的，却并不失去和谐。相反，难以跟色彩调和相容的是色彩的鲜明强烈。

画白色和画光线，这是极不相同的两件事。两幅画构图相同，更亮的一副肯定更让你喜欢，这是日与夜的区别。

对我来说，何为真正伟大的色彩画家呢？那是采用了自然与合理照明的物体的色调，懂得调和画面的人。

存在一些彩色和素描的漫画，而任何漫画都是品味低下的。

人们说有一些友好的颜色和一些敌对的颜色。这样说是对的，如果所说的意思是一些颜色难以协调，它们彼此反差如此大，以至于空气与光线这两位万能的调和家都几乎无法让我们把这些颜色靠近而让人觉得可以接受。我无意在艺术中去颠覆彩虹的次序。在绘画中，彩虹相当于音乐中的基础低音。我怀疑画家对此并不比有点爱俏的女子或懂行的卖花女懂得更多。但是恐怕那些怯懦的画家会由此约束艺术的界限，自囿于一套浅易而局限的技法，即我们称作定式的东西。确实，在绘画中存在这样的定式套路画家，他谨守彩虹的次序，我们几乎总是能看出这种套路的。如果他给了某个物件某个颜色，我们可以肯定邻近的物件将是什么颜色。因此，有了他们画面一角的颜色，我们就知道了所有剩余的部分。终其一生，他们所做的只是把这一角移植到别处。这是个移动的点，它在画布上走动，在喜欢的地方停下来，但它总是带着同一班人马。它就像一位大领主，只有一套衣服，而它的侍从们也总穿着同一套制服。韦尔内和夏尔丹可不是这样运用颜色的，他们果断的画笔乐于以最大胆、最大的多样性和最讲究的调和方法来混合自然中的所有颜色，连同它们所有的浓淡层次。然而，他们拥有一套干净利落而有节制的技法。我对此毫不怀疑，如果我花心思去做，我会发现这技法的。因为人非上帝，因为艺术家的画室并非自然。

您可能认为，要想在色彩上加强，对禽鸟和花卉做些习作是没有害处的。不是的，我的朋友，这种模仿绝不会给人对肉体的感觉。看看巴契利尔在没有他惯常所画的玫瑰、黄水仙和欧石楠的时候变成了什么样子。请您向维思夫人提议画一幅肖像，然后把这肖像拿去给德·拉图尔看。还是不要吧，别拿去给他看。这个狡猾的人不会尊重同业者而对后者讲真话的。您还是提议让他画一幅肖像的好，他善于画筋肉，画布料、天空、欧石楠，画带着水雾的李子，画带着绒毛的桃子，您将看到他画得高明得多。那位夏尔丹，为何大家把他对无生命体的模仿当作自然本身呢？那是因为只要他愿意，他能画出筋肉。

然而，终于将伟大的色彩画家逼疯的是肉体的多变，它一时活跃起来，一转眼又委顿了。这是因为艺术家的眼睛固定在画布上，他的画笔在忙着画出我来，而我却走了过去。当他转过头，已经找不着我了。当我脑中所想的是勒布朗修士，我无聊得打哈欠。当脑中浮现的是图布列修士，我面带嘲讽。当脑中显现出我的朋友格里姆或亲爱的索菲时，我的心悸动起来，柔情与安宁弥漫在我的脸上，喜悦从我皮肤的毛孔中透出，心脏扩张，储存的血液变化了，从心脏输出的血液不可觉察的色调从各方面注入到肉色与生命中去。在德·拉图尔和巴契利尔仔细的观察下，水果、花卉在变化。对于他们而言，人的面部会是多么让人煎熬啊？人脸这幅画在活跃，移动，伸展，放松，着色，黯淡，按照我们称作灵魂的这种轻微而多变的气息无限多样地变化着！

然而，我都要忘记跟您谈激情的颜色了，对此我是持反对态度的。难道每次激情不具有自己的颜色吗？在一次激情的每个时刻颜色是同一种吗？颜色在愤怒中是具有它各种浓淡层次的。如果它点燃了面庞，那么双眼是燃烧的。如果愤怒到极点，它会揪紧心脏，而不是让它松弛，双眼会迷茫，苍白弥漫在前额和双颊，双唇变得颤抖而发白。在对快乐的期待中，在快乐的双臂中，在脱离快乐的怀抱之后，一个女子是保持着同一种面色的吗？啊！我的朋友，绘画的艺术是怎样的艺术啊！画家用一个星期的时间刚刚起草的东西，我用一句话就道尽了。画家的不幸，在于他同我一样了解、看到和感受到，而他却无法表达出来，让自己满意。这是因为感受力把他推向前，让他误以为他能做到，让他毁掉了一幅杰作：毋庸置疑，画家是处在艺术的最终极限上。

第三章　明暗法之我见

　　明暗法是影与光的恰当分配。如果仅有一个规则物体，或仅有一个光源，问题简单容易。但问题随着物体形状的多样化而变得困难。随着场景的延展、人物的增多、光线来自多个地点、光源的多样，问题更加困难。啊！我的朋友，在略微复杂构图的画面中有着多少虚假的光和影啊！有着多少破格的手笔！在多少地方真实被牺牲给效果呀！

　　在绘画中，人们将您在《高尔索斯和卡丽荷耶》这幅画里看到的光与影的真实、强烈和刺激的混合效果称作光的效果：这是诗意的时刻，让您驻足，让您惊叹。无疑，这是困难的事，但或许不如光影逐级配分法那么困难，逐级配分法用一种扩散而宽广的方式对画面场景用光，光源的数量与画布上每个光亮点相配，考虑到每个点真实的光照情况和它距离发光体的真实距离：周边物体以千百种方式让光变化多端，或多或少可以被人感受到，依照它们受到遮挡而损失光和得到反射而增加光有所不同。

在构图中，光源单一是至为罕见的，主要是在风景画中。此处是日光，彼处是月光，别处是灯、火把或其他燃烧物体。这是种通病，但是人们难以认识到。

还有些影与光的漫画，任何漫画都是品味低下的。

如果在一幅画里，光的真实辅以色彩的真实，那么一切均可原谅，至少是在初看之下。素描的不正确、表情的缺乏、个性的贫乏、布置的缺陷，人们会忘记这一切，人们依旧会出神、赞叹、不舍、着迷。

如果我们去杜伊勒里宫，去布洛涅森林，或者去偏离香榭丽舍大道的某个地方，去为了修建蓬巴杜夫人公馆的花坛和前景而砍掉其他树之后幸存下的几棵老树下，在晴朗日子的傍晚，太阳将斜射光穿过树木浓荫的时刻，交错的树枝阻拦、反射、打碎、折断光线，把它们漫射到主干上，地面上，树叶间，在我们周围产生无限多变的深影、浅影、暗部、浅暗部、亮部、更亮部、耀眼部：从暗部过渡到影，从影到光，从光到强光，这过渡是如此柔和，如此感人，如此神奇，一枝一叶的样貌让人驻目，在最神妙的时刻暂停了谈话。我们的脚步不自觉地停下来，我们的目光游移在这神奇的画布上，我们惊呼："多美的画！噢！这可真美！"我们似乎将自然看作艺术的成果了。与此相对，有时画家在画布上为我们重复同样神奇的事，我们似乎将艺术的成果当成自然的作为了。卢戴尔布格和韦尔内的伟大，不是在美术沙龙，而是在密林深处，在阳光明暗变化的山间。

天空将一种整体色调散布到所有物体。大气中的水汽从远处可以看到，在靠近我们的地方，效果就没那么明显了。在我周围，物体保留着它们颜色的全部力量和全部多样性，它们较少受到大气和天空色调的影响。从远处看，物体模糊、黯淡，所有颜色都混淆起来。距离产生这种混淆、这种单调，距离用一种暗哑的或者多少有点亮度的白色让它们看起来全是灰兮兮的，依据光源的位置和太阳光的效果而有所不同。我们转动一个有各色斑点的球，当速度足够快，那些斑点便连起来，它们各自红色、白色、黑色、蓝色、绿色的观感就缩减为一种唯一的和同时的感受，这种速度造成的效果与距离的效果是相同的。

没有研究和感受过田野、深林、村居房顶、城市屋顶、白昼、黑夜的光影效果的人，请放下画笔，尤其别指望成为风景画家。月光的美好不仅仅是在自然中，而且是在树上，在韦尔内画的水面上，在卢戴尔布格画的山丘上。

一个景点可能是迷人的。肯定，崇高的山岭、古老的森林、巨大的废墟必然让人有此感受，它们所唤醒的连带的想法是伟大的。如果我喜欢，我会让摩西或努马·庞皮里乌斯从那里走下来。看到急流喧闹地穿过陡峭的岩石，溪流的泡沫让石头变白，这景象让我战栗。如果我没有看到它，而是从远处听到它的嘈杂声，我会想："那些历史上著名的灾祸就是这样过去的：世界留了下来，而其所有伟绩仅剩下让我赏玩的一阵失落虚无的声音。"如果我看到一片绿色草地，长着柔嫩的草，有一条溪水浇灌着它，森林边上的一隅可让我得到宁静、清凉和奥义，那么我的灵魂将充满温情，我会忆起我所爱的人，我会大呼："她在哪里？为何我独自在此？"但是，拿走或给予整个画面以魅力的是影与光的变化多端的配分法。如果一团雾气升起让天空惨淡，在空间里弥漫一种灰分分的单调的色调，一切变得喑哑，没有什么给我灵感，没有什么让我驻足，我便会走回到我的住所去。

我知道一幅勒叙厄创作的肖像画，您会赌誓说右手伸到了画面外，放在了框边上。王宫所藏的拉斐尔的《施洗者圣约翰》的腿和脚尤其受到人们的这般吹嘘。这些艺术手法在各个时代和各个民族都是常有的。我看到过吉洛特笔下的丑角，灯笼距身体半尺远。德·拉图尔的哪一幅头像不是眼波四下流连的？夏尔丹的，甚至罗兰·德拉波特的哪一幅画，不是如同空气在酒杯、水果和瓶子间流动？阿佩莱斯的《释放雷电的朱庇特》，朱庇特的手臂像从画布里伸出来，威胁着不虔敬者、通奸者，伸向亵渎神灵者的头。或许只有一位伟大画师才能撕破包裹着埃涅阿斯的云雾，向我揭示他现身在轻信而顺从的迦太基女王面前的样子：

> 云雾突然分开，
>
> 消失，变成澄澈的空气。①

这一切，还不是明暗法最重要、最困难的部分。下面才是：

如同在卡瓦列里的微分几何学中一样，请您想象画布的全部纵深在各个方向上切分为无限多无限小的平面。困难之处在于在每个小平面上，在占据这个平面的物体的每个无限小的纵切薄片上，光与影的恰当分配。那是些回声效果，是所有这些光线彼此反射的效果。当这种效果产生（但是在何处与何时呢），人的眼睛便停驻、流连。眼睛对各处都感到满足，目光停流连于各处。它向前，深入，原路回来。一切都关联着，一切都成其一体。艺术家和艺术被人忘记了。这不再是一幅画，这是自然，是人们所面对的宇宙的一部分。

通往对明暗法的理解的第一步是对透视法规则的研习。透视法将物体的各部分拉近，或者让它们远离，仅仅通过物体大小的递减法，仅仅通过对物体各部分的投影，即透过置于眼睛和物体之间的平面去看物体的各部分，要么把它们置于这个平

---

① 参见《埃涅阿斯纪》，第一卷，第586—587行。

面上，要么把它们置于假想中比物体更远的平面上。

画家们，请花些时间研习透视法，得到的回报将是艺术实践中的便易与可靠。请思考一下，你们能想得到，一位先知的身体裹在肥大的长袍里，他的胡须浓密，额头上的头发竖直，别致的头巾赋予他的头以某种神性，这一切在各个方面都服从与画多面体相同的原则。假以时日，你们不会觉得两者哪个更棘手。你们越是增加假想的平面，就越正确、越真实。在各位的技法中增加的条件多一个或少一个，不用担心你们的作品会缺少生气。

因此，同一幅画的整体色彩一样，整体用光也有它的调子。光越是强烈明快，影就越轮廓分明和黑暗。请将光源从一个物体渐渐远离，您便会渐渐减弱物体的亮部和暗影。再把光源放远些，您便会看到物体的颜色变得单调，它的影变细，这样说吧，影子变得让人分不清轮廓。请拉近光源，物体亮起来，它的影变得更明确。黄昏时分，几乎不再有显著的光的效果，几乎不太能分辨出任何影子。请把白昼明亮阳光下的自然景色与多云天空下的同一处景色加以比较。在明亮的阳光下，光与影鲜明强烈，在多云的天空下一切变得弱和灰。但是，您多次见到，当广袤田野中有一片乌云被大气上层的风吹过时，这两种景色在转瞬间交替，尽管您周围的一切不动而平静，但这片乌云在不知不觉中挡在太阳与大地之间了。突然，一切失去光辉。一层纱幕，一种凄凉、晦暗和单调的色调快速罩在景色上。连飞鸟都吃了一惊，停止歌唱。云飘过去，一切恢复了光辉，飞鸟重新开始鸣叫。

让景色的整体调子变强或变弱，凄凉或生动的，是日间不同的时刻，是季节、气候、地点，是天空的状态，是光源的位置。正在熄灭光源的人，必然要赋予空气本身以形体，教会我的眼睛利用并列的逐渐黯淡的物体去测量空间。如果一个人可以不需要光这个重要元素，在没有光的帮助下产生不凡的效果，这会是多了不起的人呢！

请蔑视那些蹩脚的色彩浓重的部分，它们的处理和位置是如此拙劣和愚蠢，以至于它们的意图太过于明显了。人们说在建筑学中必须让各主要部分用装饰来收尾。在绘画中，则必须让重要对象用浓墨重彩收尾。在构图中，必须让人物关联起来，向前，退后，而无需那些画蛇添足的中间媒介，我称之为拼凑或者补丁。特尼尔斯则别有一套魔法。

我的朋友，影也有它们的颜色。仔细看一个白色物体的阴影轮廓乃至阴影本体，看得出交错的无数黑白点。一个红色物体的阴影则染上红色，好像光线照在鲜红色上的时候，从上面剥离带走了一些粒子。一个有皮肤和血肉的身体的阴影，具有浅黄的色调。一个蓝色物体的阴影具有得某种蓝色调。阴影与物体彼此反射。正是影与物的这些无尽的反射，造成了您书桌上的色彩调和，在那桌上，工作与才智将小册子放在书的旁边，将书放在墨水壶的旁边，将墨水壶放在一些性质、形状和颜色各异的物件中间。谁在观察？谁在认知？谁在执行？谁将所有这些效果混合在一起？谁了解其必然的结果？而此中的法则很简单，您拿某个颜色有细微差别的布料样本给随便哪个印染工，他会把白布投进大锅，他懂得把它染成您想要的颜色。而画家在调色的时候，在调色板上也遵循这个法则。并没有一个关于色彩的法则、一个关于光的法则、一个关于影的法则，全是同一个法则。

要是在画廊里流连的人也了解这些原理，那画家们就惨了！要是这些原则被大众了解就好了！民众整体的启蒙会阻碍君主、部长和艺术家去做蠢事。噢，民众对神圣的敬畏啊！那时艺术家中没有一个人会想要喊："恶棍，我付出了这么多辛苦，才得到你的一个赞许！"

没有一个艺术家不会告诉您他比我更懂这一切。代我回答他，他画的所有人像都在斥责他撒谎。

有些物体的阴影突显物体，另外一些物体则在光下变得更突出。棕发女子的头在中间色调中更美，而金发女子的头在光下更美。

存在一种画背景的技术，尤其是在肖像画中。比较普遍的法则是背景中的任何色彩，与主体所用的色调相比，不能强烈到盖过主体或者吸引全部视线。

续前章　明暗法的研究

如果一个人像在阴影里，阴影过浓或过淡，如果把它跟照明更好的人像加以比较，设想着把它挪向它们的位置，这人像不会让我们强烈而肯定地预感到它会跟后者一样亮。举例说，两个人从一个地窖上来，其中一个被光照到，另一个在后面。如果后面那个人有适当的光影量，你会觉得如果把他挪向前面那人的那级台阶，这个人将会逐级被照亮，等他走到这一级台阶，两个人会同样亮。

确保画面上的人像的阴影量与自然中一样，技术手段是把画布的平面设定在一个平面上，在画面上布置对象，它们或者与那个平面上的对象等距离，或者与其有相对的距离，将那个平面上的对象的光量与所画对象的光量加以对比。彼此的光量必须相同，或者按照相同的比例。

画家描绘的景物想有多宽广都可以，但是他无法随处布置对象。有一些远景，那里的各个对象的形状不再看得清楚，把它们放在那里是可笑的，因为在画布上安排一个对象是为了让人看到和辨清。因此，当距离太远，而不再有区别特征，比如可以把狼当成狗或者把狗当成狼的距离，那就不需要在那个距离安排任何东西。也许这种情况下就不再需要描写自然。

在优秀的绘画中（在优秀的文学作品中也一样），并非所有可能的东西都必须出现，因为事件的某种组合的可能性虽然无可否定，但事件的组合如此乖张，以至于我们明白那些事件从未发生过，也许永远不会发生。我们所利用的可能性，是看着真实的可能性、逼真的可能性，是胜算更大的可能性，在行动限定的某段时间里，它们已经从可能状态过渡到存在状态。比如，一个女人可能在田野中突然感到临产的阵痛，她有可能在那里找到一个马槽，这个马槽可能靠着某个古建筑的废墟。但是，遇到这座古建筑的可能性与真正遇到它之间的比率相当于这片田野中有个马槽的可能性与这片田野上有古建筑的可能性之间的比率。而这个几率是无限小的，所以不应该加以考虑。这种情境是荒谬的，除非历史上已经发生过，行动的其他情境也同样如此。而牧羊人、犬只、村落、羊群、旅人、树木、溪流、山脉及散布于乡间并构成乡村的所有其他对象则不然了。为何要把它们放在画中，放在画中的田野里？因为在我们想要模仿的自然景色中，它们出现的情况比它们不出现的情况更多。一座古建筑在附近，这与在行动的时刻有一位皇帝路过同样可笑。路过是有可能的，但是过于罕见，没办法加以采用。普通的旅行者路过也是有可能的，但这种可能性很寻常，加以采用是再自然不过的。有皇帝路过，或者有柱子出现，必须是历史上有过的才行。

有两类绘画：一类将眼睛尽可能贴近画面，在仍能看清楚的情况下，呈现出眼睛在这个距离下看到的物体的所有细节，对这些细节的呈现与对主要形态的呈现同样精心，以至于观者逐渐远离画面，他逐渐失去这些细节，直到最后他达到一个距离，在那里一切都消失。从这个一切都混淆起来的距离走近，形状开始逐渐被分清，细节逐次开始恢复，直到眼睛重新被放到最初最近的位置，眼睛在画面的对象中看出最轻微和最细密的多样性。这便是美的绘画，是对自然的真正的模仿。面对这幅画，我如同面对画家在其中摹写的自然本身。随着眼睛接近，我看得更清楚，随着眼睛远离，我看到的更少。

但是，还存在另一类绘画，它同样符合自然，但仅仅在某个距离上完美地模仿自然。这样说吧，它仅仅在一个点上模仿自然。在这类绘画中，画家仅仅生动鲜明地呈现他所选定的点上所看出的对象的细节。越过这个点，就什么都看不清，比这个点更近的地方则更糟。画的画面根本不是画面，从画布到画的观察点，这段距离里不知道画的是什么。然而，不应指责这类绘画，著名的伦勃朗便是这类的。单单是这个名字就足以颂赞这一类别了。

从中我们看出，将一切画得完全的法则有某种限制：我在前面谈到的第一类绘画严守这一法则，在第二类中却无此必要。在第二类中，比他所选的视点更接近画布的那些点上才能看清的细节，画家是加以忽略的。

伦勃朗高超绘画思想的一个例证：伦勃朗画了一幅《拉撒路的复活》，他笔下的基督面带愁容，跪在坟墓的边缘，祈祷着，而我们看到两只手臂从坟墓深处抬起来。

另一类的例子：没有什么比把人画得像穿着新衣从裁缝店里出来更可笑的了，哪怕这位裁缝是当时最有才华的。衣着越是贴合身体，人像就越是像个木头人。画家的损失不仅是在旧衣服的皱褶产生的形与光的多样性上，影响我们的还有另一个原因，是我们不会觉察的，那便是一件衣服只能在几天里是崭新的，在很长时间里它是旧的，必须选择画事物最持久的状态。而且，在旧衣服上有着无限多的有趣的小偶然性：沾了假发扑粉、缺了扣子，所有因为磨损而产生的痕迹。所有这些偶然性让人有种种联想，它们有助于将着装的各部分联系起来：必须由假发扑粉把假发和服装联系起来。

家里人问一个年轻人，他想怎样让人来为他父亲画像。他的父亲是位铁匠，他说："让他穿上工作服，戴着铁匠的帽子，系着围裙，画他在操作台前的样子，手里拿着柳叶刀或其他制品，让他检验或者磨刀，尤其不要忘记让他把眼镜架到鼻子上。"这个方案并没有被采纳，他们给他送来一幅父亲的精美全身像，戴着漂亮的假发，穿着华丽的衣服、精美的长袜，手里拿着漂亮的鼻烟盒。这位年轻人有品味，而且个性诚实，他感谢家里人，对他们说："你们和画家都没画出什么有价值的东西，我跟你们要的是父亲日常的样子，你们却给我寄来父亲在礼拜日盛装的样子。"出于相同的原因，那么真实、那么杰出的画家德·拉图尔先生把卢梭先生的肖像仅仅画成一幅过得去的作品，却不是他能够画出的杰作。我原想从这幅肖像中看到文学批评家，当代的加图和布鲁图斯。我原想看到爱比克泰德，衣着不讲究，假发蓬乱，严厉的神情让文人、大贵族和上流社会畏惧，而我却看到这位《乡村占卜师》的作者衣着严整，头发丝毫不乱，扑着香粉，滑稽地坐在一把草编的椅子上。应该同意马蒙泰尔的诗句对卢梭把握得很准，是德·拉图尔先生的画中原本应该看到却遍寻不着的。在美术沙龙上展出过一幅《苏格拉底之死》，集这类构图可笑之大成。我们在画中看到这位全希腊最朴素、最贫穷的哲学家在一张富丽堂皇的床上死去。画家不曾想到画这位美德与无辜之人在监牢里，在一张草秸床上，在一张简陋的床上准备离世，会是多么悲怆和绝妙的再现。

第四章　关于表情的众所周知的东西和并非众所周知的一些内容

人间的不幸赢得同情的泪，打动凡人的心。

《埃涅阿斯纪》，第一卷，第四百六十二行

表情通常是情感的形象。

一位不能用绘画之术来认识自己的戏剧演员是蹩脚的演员，而一位不精通人的面相的画家是蹩脚的画家。

在世界的每个部分、每个国度，在同一国度的每个省份，在每个省份的每个城市，在城市里的每个家族，在家族中的每个个人，在每个个体身上的每个瞬间均具有自己的面相、自己的表情。

人生气，专注，好奇，爱恋，憎恨，蔑视，不屑，钦佩。人心的每个运动都以清楚、明白的特征描绘在他脸上，我们对此绝不会弄错。

在他脸上呢！我说的是什么？就是在他嘴上，脸颊上，眼睛里，在他面部的每个部分。眼睛亮起来，暗下去，丧失活力，茫然，凝视。画家伟大的想象力是所有这些表情的巨大集成。我们每个人都有自己的小储备，这是我们对美丑的判断基础。我的朋友，请您注意这一点，探究一个男人或女人的样貌，您会承认吸引您或让您反感的总是反映良好品质的形象或多少打着坏品质的印记的形象。

假设您面对安提诺斯的塑像。他的面部轮廓美好而端庄。他的双颊宽而圆满，表明他的健康。我们喜欢健康，这是幸福的基石。他是平静的，我们喜欢安宁。他看着审慎而睿智，我们喜欢审慎和睿智。我把人像的其他部分放下不谈，仅仅讨论头部。

请您把这张美丽面容的所有线条都原样保留，仅把一边嘴角挑起来，表情变成嘲讽，这张面容就不那么让您喜欢了。将嘴恢复到最初状态，把眉毛挑起来，个性变得傲慢，也不那么让您喜欢了。把两个嘴角同时挑起，请您注意看，您会得到一副玩世不恭的样貌，如果您是父亲，您不会让女儿跟他来往。把两个嘴角垂下去，把眼皮垂下一些，遮住一半虹膜，把眼瞳分成两半，您就得到一个虚假、阴险、深藏不露的人，避之唯恐不及。

每个年纪各有其趣味。轮廓鲜明的猩红嘴唇，半张开的带着笑意的嘴，漂亮的白牙齿，无拘束的举止，自信的眼神，袒露的胸部，丰满美丽的面颊，微微上翘的鼻子，这会让十八岁的我欢欣鼓舞。如今，放纵已经不适合我，我也不适合放纵，让我驻足和迷恋的会是一位看起来端装谦和，举止稳重，目光羞怯，安静地走在母亲身旁的少女。

谁拥有良好趣味呢？是十八岁的我？是五十岁的我？这个问题很快可以得到解答。如果在十八岁时有人问我："我的孩子，邪恶的形象和美德的形象，哪个更美？"我会回答："这是什么问题！当然是美德的形象！"

要想让人说出实话，必须随时借用一些普遍而抽象的词来蒙骗激情。因为在十八岁的年纪，让我渴望的并非美的形象，而是带来欢愉的面容。

如果表情让人对于情感不确定，那表情就是弱而虚假的。

不论人的性格如何，如果他平时的面相符合您对于美德的观念，那么他就会吸引您。如果他平时的面相符合您对丁邪恶的观念，他就让您疏远。

有时，我们自己造就自己的面相。面容习惯于取得占主导地位的激情的特征，并且把它保留下来。有时，我们是从自然那里接受我们的面相，必须按照接受时的原样保留下来。自然乐于把我们造成善人，却给我们恶人的面容，或者把我们造成恶人，却给我们一张善良的脸。

我在圣马索住过很长时间，在那里见过一些面孔迷人的孩子。在十二三岁的年纪，这些充满温和的眼睛变得大胆热烈，可爱的小嘴巴的轮廓变得古怪，那么圆顺的脖颈膨胀起肌肉，平滑丰满的脸颊布满坚硬的凸起。他们是在中央菜场和市场里取得这副面相的。由于不断生气、辱骂、殴斗、叫喊，为了一丁点钱就向人卑躬屈膝，他们终身便成了这副斤斤计较、寡廉鲜耻和怒气冲冲的样子。

如果一个人的心灵或天性给予他的面容善意、公正和自由的表情，您会感觉到，因为您自己身上具有这些美德的形象，您会欢迎向您显示出这些美德的人。这张脸就是用所有人共同的语言书写的一封推荐信。

每种生活状态均有其特有的性格和表情。

野蛮人的面部线条坚定、有力而显著，头发直立，胡须浓密，四肢比例严格。有什么职能可以破坏这种比例呢？他狩猎，奔跑，与凶狠的动物搏斗，操练自己。他保全自己，生育子女，这是仅有的两项自然的职责。他没有任何让人感到厚颜无耻的东西。这是骄傲混杂着凶蛮的样貌。他的头颈挺拔，目光专注。他是他自己的森林的主宰。我越是打量他，他越让我想到他的住所的孤立和自由。他说话的时候，动作果决，言语简短有力。他既无法律，也无成见。他的心容易激怒。他处于永久的战斗状态。他灵活敏捷，然而很强壮。

他的伴侣的面部特征、眼神、身姿与文明女性迥然不同。她赤裸却不以为意。她追随丈夫到平原、高山、密林，与他共同做事。她的怀里抱着他的孩子。没有任何衣物来支撑她的乳房。她的长发散开。她身体比例协调。她丈夫的嗓音如雷鸣，她的声音也响亮。她的目光不如丈夫那么专注，她更容易设想到可怕的事。她动作敏捷。

在社会中，手艺人、贵族、平民、文士、教士、法官、军人，每个公民阶级都有其性格和表情。

在手艺人中，有一些身体习惯，一些属于店铺和作坊的面相。

每个社会都有其政体，每种政体都有其占主导的性质，不管是真实的还是假定的，这种性质是政体的灵魂、支撑和原动力。

共和制是一种平等状态。每个国民当将自己看作一个小君主。共和国国民的神情是尊严、严厉和骄傲的。

在君主制中，有人号令，有人遵从，性格、表情属于和蔼、优雅、温和、有名誉心、对女性殷勤有礼。

在专制政体中，美即奴隶的美。请给我展示一些柔和、顺从、怯懦、谨慎、哀求和谦恭的面容。奴隶低着头走路，似乎永远伸着头，等着一把要砍过来的剑。

同感是什么？我理解为那种看见第一眼，第一个眼光，第一次见面就让两个人彼此亲近的即刻的、突然的、不假思索的冲动。即便从这层意义上看，同感也绝非虚幻。这是某种美德的即时的相互吸引。由美而生赞叹，由赞叹而生器重、占有欲和爱情。

上述内容是关于性格及其不同面相，但并不全面：应该在此知识之上补充对人生种种场景的深刻体察。我解释一下我的意思。必须从各个方面研究人的幸福与苦难，研究战争、饥馑、瘟疫、洪水、雷雨、风暴，研究有感受的自然、无生命的自然，研究它的骚动。必须浏览历史学家的著作，从诗人那里充实自己，关注他们的意象。当诗人说："女神的步履也表明她是真神下凡"①，应该在心中探求这形象。当诗人说："他把安详的头伸出海面"②，必须为这头部塑形。要感知必须取舍的东西。要了解柔和与强烈的激情，表现出来，却不怪异。拉奥孔在受苦，他并不露出夸张的表情，强烈的痛苦却从他的脚尖蔓延到头顶。这痛苦深深打动人，却不让人产生恐惧。请您做到让我既不会停住目光，又无法把眼光从您的画布上移开。

不要把矫揉、怪样、翘起的嘴角、紧闭的嘴以及其他千百种孩子气的做作与优美混为一谈，更不要与表情混为一谈。

要让您画的头像首先有美的特征。在一副美的面容上更容易画出激情。而当这些激情是极端的，它们便会变得更加可怕。古人的复仇女神欧墨尼得斯是美貌的，她们因此更加令人生畏。当人们同时强烈地受到吸引和产生反感，人们最大程度地感受到不安，这便是保留着美丽面容的复仇女神造成的

---

① 参见《埃涅阿斯纪》，第一卷，第 405 行。
② 同上，第 127 行。

效果。

把男子的脸画成拉长的椭圆形，上部较宽，下部收窄：这是性格高贵的特征。

把女子、儿童的脸画成较圆的椭圆形：这是青春的特征，是优美的原则。

面部线条偏离一根头发粗的距离，则让美增色或者逊色。

所以，要明白优美是什么，或者说肢体与动作性质的这种严格精准的一致是什么。尤其不要把优美当作演员或舞蹈教师的优美。动作的优美和舞蹈教师马塞尔的优美正好相反。如果马塞尔遇到一个人姿势如安提诺斯雕像那样，他会一只手托起这人的下巴，另一只手按在他的肩上对他说："哎，大笨蛋，应该是这样的站姿吗？"接着，他会用膝盖顶那人的膝盖，从腋下把他往上托，接着说："您好像是蜡人，您要融化了。加油，笨蛋，把膝盖后面给我绷紧了，把脸给我放松，鼻子抬起一点。"当他把这人变成最平庸的公子哥，他开始对他微笑，为自己的作品鼓掌。

一个混在群体中的人和一个因利益攸关而行动的人，一个独处的人和一个在他人注视下的人，如果您丧失了对他们之间的区别的感觉，那么请把画笔投进火里吧。您大可以把所有人像都画成学院派的，把它们调教好，矫揉造作。

我的朋友，您想要感受到这种区别吗？您独自在家里。您正在等待我的来信，可信就是不来。您想君主们是要人及时侍奉的。于是您躺在椅子上，两臂放在膝盖上，睡帽垂下盖住眼睛，或者头发散开，凑合着用一把弯梳子挽起来，您的睡袍半敞，垂下来，两侧都有长长的皱褶：您这样子很美，可以入画。有人通报说卡斯特里侯爵来访，于是睡帽理正了，睡袍合起来，我面前这个人站得挺拔，四肢端正，拿着姿势，学马塞尔那样子，为来访者适意，却让画家不满。刚才您还是画家要画的那个人，如今却不再是了。

当我们端详拉斐尔、卡拉奇兄弟和其他人的某些人像、某些头部特征，我们想知道他们是在什么地方得到的。是否他们是从强大的想象力中，从文学作品中，从云中，从火焰的跳动中，从废墟中，从自然中，收集了最初的面容轮廓，随后用诗意加以夸大。

这些绝世之才具有敏感、独创性、创作情绪。他们阅读，尤其是诗人的作品。诗人是具有强大想象力的人，他为自己创作出的魅影感到爱怜，感到恐怖。

我无法抗拒。我的朋友，我现在必须对您谈谈诗人对于雕塑家或画家的作用和反作用，以及他们双方对于自然界的有生命和无生命的存在的作用与反作用。我上溯到两千年前，来向您展现在与古代那些艺术家如何相互影响，他们如何影响自然本身，赋予自然以神的印记。荷马曾说朱庇特的黑眉毛动一下就撼动奥林匹斯山。神学家这么说了，于是神庙里展示的大理石像就必须向跪拜的崇拜者展示出这样的头部。雕塑家绞尽脑汁，当他设想出符合神圣教义的形象之后才拿起黏土和刻刀。诗人肯定了忒提斯美丽的双足，于是群众便信仰这美丽的双足。诗人肯定了维纳斯诱人的胸部，于是群众便信仰这诱人的胸部。诗人肯定了阿波罗迷人的双肩，于是群众便信仰这迷人的双肩。诗人肯定了伽倪墨德斯浑圆的臀部，群众便信仰这浑圆的臀部。民众期待在祭坛上看到他们的神祇和女神具有教义中那些标志性的魅力。神学家或诗人指出这些魅力，雕塑家就不应该做不到。人们会嘲笑一尊胸膛不够雄浑的海神尼普顿、一尊没有神谱中的那种阔背的大力士赫拉克勒斯，离经叛道的大理石像会被埋没在工作室里。

结果如何呢？不管怎样，诗人所揭示并让人们相信的，画家和雕塑家所再现的，仅仅是从自然中借用来的品质。因为，当民众离开神庙，从一些个体身上辨识出这些品质时，他们会分外地感动。为忒提斯的双足，为维纳斯的胸部提供了样本的女子，女神会回报她们，让她们的双足和胸部被神圣化。为阿波罗的双肩，为海神尼普顿的胸膛，为战神玛尔斯的侧腹，为朱庇特高贵的头部，为伽倪墨德斯的臀部提供样本的男子，阿波罗、尼普顿、玛尔斯、朱庇特和伽倪墨德斯会回报给他被神圣化的双肩、胸膛、侧腹、头部、臀部。

某个恒定的情况，有时甚至是暂时的情况，将民众头脑中的某些想法联系在一起，于是这些想法彼此不再分开。虽然一个放荡者可能在维纳斯的祭坛上看到了自己的情人，因为那确实就是她，但一个虔敬的人并不因此拒绝从一个凡人的背部肌肉上崇敬他的神，不论这凡人是什么人。因此，我不由得认为，当聚集的民众乐于将浴室、体操馆、公共竞技场的裸体男子看作神，在不知不觉中，他们对美的崇拜中就有了一丝神圣与世俗混杂的色彩，说不好这是怎样的放纵与虔敬的古怪混合体。怀抱着情妇、爱好肉欲的男子称她为我的女王、我的君主、我的女神，这些言语在我们口中是俗套的，在这男子口中却有另一种意义。因为，这些话是真实的，实际上他如上九霄，置身于诸神之中，他真实地享有他崇拜的而且是国民崇拜的对象。

为何事情在民众头脑中与在诗人或神学家头脑中不一样呢？他们留给我们的作品，他们就所热爱的对象为我们留下的描写，充满着比喻，充满对所崇拜对象的暗示。这是美惠三女神的微笑；这是女神赫柏的青春；这是曙光女神的手指；这是维纳斯的胸部、手臂、肩膀、大腿、眼睛。"去德尔斐吧，你会见到我的巴蒂卢斯。拿这个姑娘当模特，把你的画拿到帕福斯①去。"经常，他们就差告诉我们在哪里能见到那个神或女神了，他们爱抚着神祇的活人原版，那些阅读诗人诗歌的民众也清楚地知道。

如今，这些神的模拟者没有存留下来，古代民众对神的爱

---

① Paphos，塞浦路斯海滨城市。传说为女神阿佛洛狄忒的诞生地。

恋就显得平淡无味。我的朋友，我可以向您证明这一点。您，精致的勒叙厄；您，激情澎湃的阿尔诺；您，不拘一格、博学、深邃而讨人喜欢的伽利阿尼，你们告诉我，难道你们不认为所有那些借用了神的属性的对凡人的颂扬、所有那些与半神与神祇不可分割的形容词都是来源于此的吗？有多少关于信仰的文章，就有多少由诗歌、绘画和雕塑所肯定的异教象征的诗篇。当我们看到这些形容词不断重复，它们之所以让我们感到疲倦和无聊，那是因为没有存留下来任何雕像、神庙、模特让我们把两者联系起来。相反，那些异教徒每当在诗人的作品中读到这些词，便在想象中进入一座神庙，看到画面，回想起提供了这些词句的雕像。

等等，我的朋友：到现在为止只是让您觉得像一个宜人的梦境，像一个巧妙的体系而让人觉得有趣的一些想法，在下文中也许会让您觉得有些真实可信。如果我们的宗教不是一种悲惨而平板的形而上学；如果我们的画家和雕塑家可以同占代画家和雕塑家媲美（我指的是那些出色的，因为似乎古代也有些蹩脚货，甚至比我们还多，就像意大利是产出最多好音乐和坏音乐的地方）；如果我们的神父不是愚蠢的狂信者；如果这丑恶的基督教没有通过杀戮和鲜血被确立起来；如果天堂的快乐不被归结为对某种大家不明所以的东西的一种不知所谓的至福直观；如果我们的地狱提供的是火的深渊、丑恶的哥特式恶魔、咆哮与磨牙声之外的别的东西；如果我们的画可以是残酷场面、被剥皮者、吊死者、被烤熟者、被烧焦者、恶心的屠场之外的别的东西；如果我们所有的圣徒和圣女不是用纱蒙起来直到鼻子；如果我们对羞耻和谦虚的理解没有禁止我们展现手臂、大腿、乳房、肩膀、任何裸体；如果禁欲的精神没有让乳房干瘪，让大腿衰弱，让双臂无肉，将肩膀撕裂；如果我们的艺术家不受禁锢，我们的诗人不对那些可怕的亵渎神圣的词却步；如果圣母马利亚是快乐之母，或者神之母；如果吸引圣灵降临于她的是她美丽的眼睛、美丽的乳房、美丽的臀部，而这些被记载入讲述她的故事的书籍；如果天使加百列因为他美丽的肩膀而被赞美；如果抹大拉的马利亚跟基督有过什么艳情；如果在迦拿的婚礼上，基督不同凡俗，在两杯酒之间，他看遍了花童的胸部和圣约翰的臀部，不肯定自己是否会依然忠于这位下颌有细软胡须的使徒；那么您将看到我们的画家、我们的诗人和我们的雕塑家会是怎样的光景，看到我们会以怎样的口吻来谈论在我们宗教和上帝的历史上起着如此重要而神奇的作用的这些魅惑，看到我们会以何种眼光来看我们因之而降生、令救世主道成肉身、令我们蒙受灵魂得救的恩宠的美丽。

然而，我们仍旧使用着对神的魅惑、神的美丽的表现：但如果没有因熟悉古代诗人作品而在我们诗意头脑中留下的些许异教信仰的残余，那么这些表现就会是乏味和空洞无物的。成百上千的多种样态的女性都可能接受同样的赞美，但是在古希腊人的作品中并非如此。在大理石雕塑或画布上，存在一个既定的模特。热情让人盲目，擅自将某个普通人像与克尼多斯或者帕福斯的维纳斯像相比较的人，他与我们当中斗胆将某个市民女子上翘的小鼻子与布里奥纳伯爵夫人的鼻子相提并论的人同样可笑：人们会耸起肩膀，当面笑话他。

我们拥有一些传统的人物特征，一些由绘画和雕塑给定的人物形态。没有人会认错基督、圣彼得、圣母、大多数的使徒。您认为当一个虔诚信徒在大街上的路人身上辨认出这些面容，他难道不会感到些许崇敬吗？如果他从未见过这些人像，没有这些人像来唤起一系列甜蜜、愉悦、宜人的想法，调动起感官和激情，那情况又会怎样呢？

多亏了拉斐尔、圭多、巴罗奇、提香和其他几位意大利画家，在某位女子向我们展现他们赋予圣母像的这种高贵、伟大、无辜而单纯的特征的时候，您会看到此时在您心灵中会发生什么。如果影响我们的那种情感并不具有某种传奇性，不属于崇拜、感动和尊敬，如果这种尊敬还没有持续多久，我们就了解到这位长得像圣母的女子其实是每天都在王宫广场附近卖淫的妓女，那又如何呢？您会觉得这如同向您提议去跟我们上帝的母亲睡觉。同样必须承认，这些美丽而高大的懒洋洋的女子并不会让人想到许多的快感，人们更喜欢把画像中的她们放在床头，而不是把有血有肉的她们放在床上。

关于表情还有多少更微妙的东西啊！您知道表情有时决定色彩吗？难道某种色调不是比别的色调更接近某些状态、某些情感？苍白的无血色的颜色契合诗人、音乐家、雕塑家、画家：这些人通常是胆汁质的。如果您愿意的话，在这苍白中加上一丝黄色调。黑色头发会给白色添加亮泽，会给目光添加神采。金色头发与倦怠、慵懒，与透明而细腻的皮肤，与潮湿、温柔和蓝色的双眼更相配。

表情会被这些附带的细节神奇地强化，它们还有助于画面的和谐。如果您给我画一座茅屋，您把一棵树安排在门口，我想要这棵是老的、摧折的、裂纹的、摇摇欲坠的，在这棵树与它在节日里为之遮蔽烈日的那个不幸的人之间需要有一种偶然性、不幸和苦难的协调一致。

画家们对类似的事情不会没有大概的认识，但如果他们了解其原因，便可以立刻有更多进步。我指的是那些具有格勒兹那样的直觉的人。其他人则不至于堕入令人怜悯的不和谐的状态，如果不是令人发笑的话。

我要用一个两个例子为您阐发我所破解的、指导画家们对附带细节的微妙选择的秘密原则。几乎所有画废墟的画家都会在他们人迹罕至的工厂、宫殿、城市、方尖碑或其他倾颓的建筑物周边向您展示一道吹拂着的狂风；一个旅行者背上扛着小行李，他正经过这里；一个女子被破布包裹的孩子压弯了腰，她从此经过；一些骑马的人交谈着，鼻子掩在披风里，他们正经过。向他们推荐这些附带细节的是谁呢？那便是观念的类似性。一切都会过去，人和人的住所都会成为过去。请您改变倾颓建筑的类型，用巨大的墓碑来代替城市的废墟，您会看到观念的类似性同样作用于艺术家，呼唤出与前面完全相反的附带细节。疲倦的旅人会把行李放在脚旁，他和他的狗会坐着，在坟墓的台阶上休息；女子停下来，坐着，给孩子哺乳；男人们从马上下来，让马自由吃草，他们躺在地上，继续谈话，或者悠闲地读着墓碑的铭文。这是因为废墟是个危难的场所，而墓碑则类似庇护所。因为人生是一次旅程，墓碑是安息之所。因为人会在人骨安息的地方坐下来。

如果让旅人从墓碑前走过，或者让他在废墟之间驻足，就会有意义的矛盾。如果墓碑周围有什么生灵在移动的话，那应该是一些鸟在高空盘旋，要么是其他一些鸟振翅飞过，或者一些终日劳作无尽期的劳动者在远处歌唱。我在此仅仅谈到废墟画家。历史画家、风景画家则随着他们领悟之中观念的多样、统一、强化、对立和对照而让附带细节变化、对照、多元。

有时，我纳罕为何古人开放而孤立的神庙是如此美，造成如此强的效果。那是因为他们装饰神庙的四个立面，却无损于简朴，因为神庙可以从各个方向到达：这是安全的形象。国王们用门来封闭他们的宫殿，他们的威严不足以确保他们免于人们的恶意。因为神庙被安置在偏僻的所在，周围森林的恐怖，加上迷信的观念，以极其强烈的感受撼动人心。因为在都市的喧闹中，神圣无言，神性喜爱寂静和孤独。因为人类的崇拜在那里以更加秘密和自由的方式献给神。那时没有固定的日子到神庙里聚集，如果有固定日子，在那些日子里人流和喧闹会让神庙有失威严，因为寂静与孤独不复存在。

如果由我来规划现在的路易十五广场，我会注意不砍伐森林。我会希望人们从一个回廊的柱列间看到森林的幽暗深邃。我们的建筑师毫无才华，他们不懂得由场址和周围事物所唤起的附带观念是什么，就如同我们的戏剧诗人们从未懂得利用舞台的场景一样。

这里到了论述对美的自然的选择的时候了。但是，只要了解一个身体所有部件和所有侧面并非同样美好就足够了。要知道并非所有的脸孔都同样适于表现出相同的情感，存在着迷人的赌气的女子，也存在让人不快的笑容。这是就特征而论。要知道并非所有个体都同样好地显示出年龄和处境，要知道当我们所选择的自然与我们所处理的主题之间建立起最强的契合的时候，我们便永远不会弄错。

我在此顺带谈及的内容，也许可以在关于构图的下一章之中更好地阐发。谁知道一环环的思想会把我带到何方？天哪，这可不像我了。

第五章　关于构图的章节，我希望就这个问题谈一谈

我们仅仅拥有一定程度的明敏。我们仅能做到一定时间长度内的专注。当我们创作一首诗、一幅画、一出喜剧、一部历史、一部小说、一出悲剧、一部大众作品，我们不应该模仿那些写作教育论的作者。在两千个孩童中，几乎只有两个是能够按照他们的教育原则来抚养的。如果他们对此做过思考，他们会想到雄鹰并非普遍教育的共同样板。一种构图，当必须展示给各类观者群体，如果它不是拥有普通常识的人能够明白的，那它便是糟糕的。

要让构图简单明了。所以，不要任何无用的人像，不要任何多余的附带细节。要让构图主题只有一个。普桑在同一幅画里，在前景展现朱庇特正在引诱林泽女仙卡利斯托，而在背景中却展现这位被诱惑的林泽女仙被天后朱诺拽着。这是这样一

位睿智的艺术家不应有的错误。

画家拥有的只有一瞬间，他不能兼顾两个瞬间，也不能兼顾两个行动。仅仅在几种情况下，回顾过去的一刻或者预告将来的一刻是不违逆真实，也不有碍专注力的。一场灾难突然降临于一个正在做事的人：他既身处灾难，同时又仍在做事。

难于演唱炫技华彩唱段的歌手，拙于应付小提琴的乐手，让我焦虑和伤心。我想要歌手拥有极大的自如和自由，我想要乐手的手指在琴弦上轻松飞舞，使我想不到这样做的困难。我要的是纯粹而无艰辛的快感，对于给我一个难于破解的象征和谜题的画家，我会置之不理。

如果场景是唯一的、明白的、简单而脉络分明的，我会一眼便把握整体，但这并不足够。场景还必须是多样的。如果艺术家是严谨观察自然的人，那这场景就能成为这样。

一个人把有趣的内容读给另一个人听。两个人彼此都不用去想，朗读者会采用最适合自己的姿势，而聆听者也会同样做。如果是罗贝在朗读，他看上去会像一个恶魔附身的人，他不看着纸本，他的眼睛迷茫地看着空中。如果是我在听他朗读，我会是严肃的样子。我的右手会去撑着下巴，支起垂下的头，我的左手会去托我的右肘，支起头部和右臂的重量。如果我是听伏尔泰朗读，则不会是这个样子。

在场景中加上第三个人物，他将顺应前两个人的法则，这是三重利益的组合系统。如果场景中是一百、两百、一千人，遵循的是相同的法则。无疑，会有一个嘈杂、动荡、骚动、叫喊、潮起、潮落、波涛涌动的时刻，那便是每个人都顾着自己，寻求为了自己而牺牲全体的时刻。但是，人们不久就会感到自己企图的荒谬，感到自己努力的无用。渐渐地，每个人会决定分出自己利益的一份，而群众整体会被构成。

看一眼处于骚动中的群众，每个人的精力都以全部的狂暴施展着，而没有一个人能施展到与他人相同的程度，他们就如同一棵树上的那些树叶：没有一片叶子与别的叶子同样绿，这些人中没有一个与他人有同样的行动和姿态。

接下来，您看看停息状态的群众，此时每个人都尽量牺牲自己的利益，同一个多样性存于各种牺牲之中，同一个行动与姿态的多样性。骚动的时刻与停息的时刻的共同点在于每个人都在其中展现其自我。

艺术家应该遵守精力与利益的这一法则，不管他的画布多宽，他的构图应该在各处都是真实的。在画面上，好品味能够同意的唯一反差，是精力与兴趣的多样性造成的反差，除此之外不能有别的反差。

习作、学院、流派、技巧的反差是虚假的。那不再是自然中发生的行动，而是一种在画布上演出的做作的、刻板的行动。画面不再是街道、广场、神庙，而是剧场。

人们还没有根据一个戏剧舞台画出任何让人可以接受的画，以后也绝不会有。我觉得，这是对我们的演员、我们的布景，或许还有我们的诗人的一种残酷讽刺。

另一件事不那么令人吃惊，那就是文明人的繁文缛节。礼貌这种上流社会如此可爱、温柔、可敬的品质，在模仿艺术中却是乏味的。像壁炉前小屏风上的装饰画里那样，女子不能曲膝，男子不能伸展手臂，不能碰头上的帽子，不能一只脚向后抬。我知道人们会用华托的画来反驳我，但我不在乎，我坚持这么说。

把华托的风景、色彩、人物与服饰的优美去掉，您只看场面，请做出判断。模仿艺术必须有某种野性、原始、印象强烈而巨大的东西。我同意一个波斯人可以手扶前额和鞠躬，但请看这个鞠躬者的特征，看看他的尊敬、崇拜，看看他袍子的宽大，他的动作的幅度。谁配得上如此深的敬礼？是他的上帝？还是他的父亲？

在我们礼貌的繁文缛节之上，还要加上我们服饰的俗常：我们卷起的衣袖，我们绷紧身体的短外裤，我们棱角分明的打褶的礼服燕尾，我们伸到膝盖下的袜带，我们横8字形的比翼结，我们的尖头鞋。我打赌绘画和雕塑的精神本身是无法从这种卑俗的系统中得到任何好处的。一个穿着带纽扣的紧身衣、佩着剑、戴着帽子的法国人，怎么可能成为大理石或青铜的美好之物！

让我们回到人物的配置、整体。我们可以，我们应该对技巧做出牺牲。牺牲到哪一步？我对此一无所知。但我不希望技巧对主题的表现和效果有丝毫妨害。感动我，让我吃惊，撕碎我的心，让我惊悚、哭泣、颤抖，首先让我愤怒吧，然后再让我的眼睛休息，如果您能够的话。

每个行动都有若干瞬间；但我说过，我再次说，艺术家只拥有一个瞬间，它的长短就是一眨眼的工夫。然而，如同在痛苦为主、透着一丝喜悦的一张脸上，我会看到当下的情感混在过去情感的残余之中，在画家所选择的那个时刻，在姿态、特征、行动中，同样可能残留着此前时刻的痕迹。

略微复杂些的生命体系统不会一下子改变，了解自然而且对真实有感觉的人不会不懂这个：但他同样感到这些两者参半的人像，这些不确定的人物仅仅对整体效果起到一半作用，他在多样性上所赢得的东西，在专注性上失去了。引导我的想象的是什么？是多元的协同。那么多人在邀请我，我无法拒绝。我的眼睛、手臂、心灵不由我做主，它们落在我看到的他们的眼睛、手臂、心灵的地方，受到吸引。所以，如果有可能，我更愿意推迟行动的时刻，以便画面活力充沛，摆脱那些怠惰的人。那些无所事事的人，我对他们一个都不要，除非他们构成绝好的反差，这种情况是绝少的。再者说，反差绝妙，场景就变了，无所事事者变成主题了。

我无法容忍将寓意性的人物与真实人物混合起来，除非是在神话题材或处于纯粹激情的其他主题中。从这话开始，我看到鲁本斯的所有崇拜者都颤抖起来。但我不在乎，只要好的品味和真理在向我微笑。

混合寓意性的人物和真实人物，会给历史带来童话色彩。简而言之，对我而言，这个缺陷破坏了鲁本斯的大部分构图。我不明白他的构图。寝室里，在产妇的床周围，这个手持鸟巢的人、墨丘利、彩虹、黄道十二宫、射手是什么意思？应该像我们在城堡里的古老挂毯上看到的那样，让这些人物每人口中吐出一个字框，告诉我们他们想说什么。

关于皮加勒建造的兰斯的纪念碑，我已经对您谈过我的看法，我所论的主题让我再次回到这个话题。在躺在包袱上的脚夫身旁的这位拽着狮子鬃毛的女子是什么意思？女子与动物走在熟睡的脚夫身边，我肯定一个孩子会叫起来："妈妈，这个女人要让她的野兽吃掉这个睡着的可怜人！"我不知道这是不是她的意图，但如果这个脚夫醒来，如果这个女人多走一步，这样的事情就会发生。皮加勒，我的朋友，拿起你的铁锤，给我砸掉这个古怪人物的组合。你想要塑造一位作为守护者的国王，保护农业、商业和民众。你的脚夫睡在包袱上，这是商业的意思。纪念碑底座另一侧，请你把一头公牛放倒，让居住在乡间的强壮的农夫在牛的两角之间休息，这样你就得到了农业。在脚夫和农夫之间放一位给孩子哺乳的胖女人，我就可以辨别出这是民众的意思。难道倒下的公牛不好看吗？难道赤裸着歇息的农夫不好看吗？难道面部轮廓鲜明、乳房丰腴的农妇不好看吗？难道这构图不提供给你的刻刀各种各样的自然？难道这不比你那些象征人物更加让我感动，更加让我感兴趣吗？你会向我展示出保护他手下各个阶层的君王，这是他的本分，因为是这些阶层构成群众和民族。

必须对自己的主题进行深刻思考。要精心在画布上安排人物！必须让这些人物如同在自然中一样自己占据位置。必须让人物协力以强烈、简单和明白的方式造成一个共同效果。若非如此，我会像丰特奈尔对奏鸣曲所说的那样讲："人物，你想对我做什么？"

绘画在这一点上与诗歌有共同之处，似乎大家尚未意识到，两者均必须有良好的风尚。布歇没有想到这一点，他始终是淫荡的，从不会让人怀恋。格勒兹始终是诚实的，群众拥挤在他的画作周围。我敢于对布歇说："如果你仅仅针对十八岁的小流氓，你是对的，我的朋友，继续画屁股和乳房吧。但是对于我和诚实的人们，尽管把你的画在美术沙龙最光耀的位置上展示，我们还是会离弃你，到一个阴暗的角落里寻找勒·普林斯那张迷人的《俄国洗礼》，还有那位站在婴儿身旁的年轻的、诚实的、纯真的教母。你不要弄错：比起你所有的淫邪画，这个形象更会让我在清晨胡思乱想。我不知道你从哪里画出的这些人像，但是人们不会对你的画驻足观看，如果还在乎自己的健康的话。"

我不是谨小慎微的人。我有时也读佩特罗尼乌斯的讽刺小说。贺拉斯的讽刺诗《女笛手乐班》跟别的作品一样让我喜欢。卡图卢斯无廉耻的小艳情诗，我能默诵出四分之三。跟朋友们去野餐的时候，头脑被白葡萄酒烧热，我会毫不脸红地背诵费朗的一首讽刺短诗。我原谅诗人、画家、雕塑家甚至哲学家有片刻的狂热，但我不希望他们总是将笔墨寄托于此，败坏了艺术的目的。维吉尔最佳的一句诗，模仿艺术最美的一条原则是这一句：

人间的不幸赢得同情的泪，打动凡人的心。①

应该把这句话写在画室的门上："不幸者在此找到了为他们哭泣的眼睛。"

让美德变得可爱，让邪恶变得丑恶，让可笑变得醒目，这是手持羽笔、画笔和雕刻刀的任何正直之士的计划。恶人置身社会，心里藏着某种无耻的东西，让他在作品中受到惩罚。在不知不觉中，善良的人们把他放在被告席上。他们审判他，叫他本人出庭。他徒劳无益地进退两难，面色惨白，支支吾吾。他不得不认同对自己的裁决。如果他走过美术沙龙，让他不敢注视那严厉的画面！艺术家，您应该称颂伟大的美好的行动，让之永垂不朽，颂扬不幸的受辱的美德，谴责幸运的得到荣誉的邪恶，让暴君们畏惧。请您展示给我看康茂德②被投给猛

---

① 参见《埃涅阿斯纪》，第一卷，第462行。
② Lucius Aurelius Commodus Antoninus（161—192），罗马帝国暴君。

兽，让我在您的画布上看到他被利爪撕碎。请让我听到在他的尸体周围人们混杂着愤怒与喜悦的叫喊。替善人向恶人、诸神和命运复仇吧。如果您敢，请您将后世的裁断提前说出来，如果您有勇气，至少请为我画出后世的裁断。加在教育民众、告诉他们真理的人身上的耻辱，请将它倒回到狂热的民众的头上。请向我陈列宗教狂热的血腥场面。请告诉君主与民众他们会从这些满口谎言的神圣预言者那里得到什么。您为何不愿置身于人类的导师、人生苦痛的安慰者、罪行的复仇者、美德的报偿者之列？因为您不懂得：

> 观者的精神较少被由耳朵传给它的东西触动，
> 更多由亲眼看到的未经中介的画面触动。①

好吧，你的人物是不说话的，但他们让我对自己说话，让我同自己交谈。

人们区别风景的构图与表现的构图。我担心艺术家安排自己的人像，以便取得最动人的光的效果，即便整体上并不触动我的心灵，即便画中人物就像公园步道上彼此忽视的个体，或者如同风景画家画在山脚下的动物。

任何表现的构图均可能同时是风景性的。当构图具有所有

---

① 参见贺拉斯《诗艺》，第 180 行。

可能的表现力，它就足够有风景性。我恭喜艺术家没有为了感官愉悦而牺牲常识。如果他反其道而行之，我会像听到能言善道的人歪曲道理时那样叫出声来："你说得很好，但你不知自己在说什么。"

无疑有些主题是费力不讨好的，但它们对于普通艺术家来说才是普通的。对于一个无创造力的头脑，一切都是费力不讨好的。依您看来，一位向秘书口述布道文的神父是个有趣的主题吗？但请看卡尔·凡·卢所作的这一主题的画。无可否认，这是最简单的主题，却是他草图中最美的。

有人声称布局与表现不可分割。我觉得可能有毫无表现力的布局，再平常不过了。不过说到不经过布局的表现，我觉得则比较少见，尤其是考虑到哪怕是最小的多余的附带细节都会损及表现，哪怕是一条狗、一匹马、一截柱子、一个罐子。

表现要求强大的想象力，燃烧的热情，催生幻影，激活它们，放大它们的艺术。在诗歌中与在绘画中一样，布局意味着判断力与灵感、热情与明智、沉醉与冷静的某种中和，其例子在自然中并不常见。没有这种严格的平衡，让热情或理智占据了主导，艺术家就会夸张怪诞或冷淡乏味。

精心设计的主要思想必须对其他想法施行专制。这是机器的驱动力，它类似让天体留在轨道里并引导它们的那种驱动力，它的作用是与距离成反比例的。

艺术家要想知道在他的画布上是否还留有什么模棱两可的

东西，让他找两个有文化的人来，让他们分别向他详细解释他的构图是什么。我几乎不知道有任何现代的构图经得住这种试验。五六个人像，几乎仅剩下两三个不需要涂掉的。您想要画中这个人做这件事，那个人做那件事，这还不足够，您的想法必须恰当和一贯，您必须明晰地把想法表现出来，让我和他人，让那些当今的人、那些今后的人都不会搞错。

在我们几乎全部画作中都有一种概念的薄弱、一种思想的贫乏，无法从中得到强烈冲击和深切感受。人们看看，转过头去，对所看到的东西回想不起任何东西。没有任何幻影挥之不去、追随着他们。我斗胆向我们艺术家中最无畏的人提议，请他用画笔来吓我们，如同我们被新闻记者的简单故事吓到，故事里讲由于一个印度总督的命令，一群英国人在一个过于狭小的牢房里喘不过气，活活闷死。您搅拌颜色，拿起画笔，竭尽画技，而给我的感受却不如一张报纸，那样有什么用呢？这些画家没有想象力，没有灵感，他们无法企及任何有力的伟大观念。

构图越是宏大，就越是要求进行写生习作。而这些画家中哪个有耐心来完成这构图呢？画作完成，有谁会付出应有的价钱？浏览大师们的作品，您会从很多地方注意到艺术家的贫乏与他们的才华形成反差，在对自然的一些真实表现中间，无数东西是照常规画出的。这些东西在其他东西旁边分外扎眼，由于真实的在场，谎言变得更加刺目。啊！如果牺牲、战斗、凯旋、公众生活场景能够同格勒兹和夏尔丹的室内生活场景表现出同样的所有细节的真实性就好了！

从这个角度看，历史画家的工作比风俗画家的工作更艰难。有无数的风俗画在挑战我们的批评。有哪一幅表现战争的画能够经得起普鲁士国王的法眼呢？风俗画家的场景一直在他眼前，历史画家要么从未见过，要么只看到过属于自己的那一瞬间。再者，风俗画家是单纯的模仿者，摹写普通的自然，历史画家是一种理想和诗意的自然的创造者。他走在一条难以保持的直线上。到这条线的一侧，他堕入卑俗，到这条线的另一侧，他堕入夸张。可以说前者多出于勤勉，少得自心智，而后者相反，少出于勤勉，多得自心智。

工作的浩繁让历史画家在细节上有所忽略。我们的画家中注重手和脚的人有几个？他说自己旨在整体效果，这些贫乏之处无足轻重。这远非保罗·委罗内塞的看法，但这是人们对他的画的看法。几乎所有重要的构成部分都是打过草图的。但是，在卫兵哨所中打牌的士兵的手和脚，与他在战斗中行进、在混战中出击时成了一个样子。

您想要我对服装说些什么呢？忽略服装到一定程度就让人惊奇了，相反，让服装严格服从规范却常常是学究气和趣味低下的。赤裸的人像在衣着习惯如此的某个世纪、某个民族、某个场景中，丝毫不会冒犯我们。那是因为肉体比最美的壁毯更美。男人的身体、胸膛、双臂、肩膀，女人的足、手、胸，比人们所能用来蔽体的最昂贵的布料还要美。画出肉体更加有学问，更加困难。距离会增加威望，在画裸体的时候，人们会使场景远离我们的时代，让人联想到一个更加纯真简朴，风俗更野蛮，与模仿艺术更相近的时代。由于人们对于当前时代不满，这种对古代的回归不会让人不快。因为虽然野蛮民族不知不觉文明起来，个人却不尽如此，我们看到一些人脱了衣服变成野蛮人，却很少见到野蛮人穿起衣服变成文明人。构图中，半裸的人像就像森林与田园被移植到我们房子周围。

希腊的做法是不遮盖任何东西。这是希腊人的习惯，他们是我们所有美术的老师。我们允许艺术家去除人像的服装，却不应野蛮地把他束缚于一种可笑的哥特式的着装。懂得欣赏的眼睛并非铭文学院里食俸院士的眼睛。布沙东给路易十五穿上罗马式的服装，他做得很对。不管怎样，不要把不拘一格变成规范，自由应当有所节制。

既然这些人是无知的，他们不懂得节制，您得给他们脖子上拴上缰绳，免得我要因为他们竟然给罗马士兵头上佩戴羽饰而感到绝望。

我不太了解有什么关于画人像衣服褶襞的法则。褶襞的法则在构思上要如同诗歌，在执行上则要严谨。绝不要有彼此叠起来的皱巴巴的小褶子。在一个人伸出的手臂上搭一块布，只要让这个人转动手臂，就会看到凸起的肌肉塌下去，而塌下的肌肉变得凸起，就会看到这块布描绘出这些动作，看到这些的画家会把他的人体模型拿起来，投进火里。我无法忍受画家向我展示皮肤下面的人体模型，但我对于衣褶覆盖下的裸体百看不厌。

对于古人给人物画褶襞的方式，有很多褒贬。我的看法无足轻重，但我认为这种方式通过小幅面的细长的光与影的对立将光延伸到大幅面上。另外一种着装方式主要是在雕塑中，它将大幅的光与大幅的光对立，用一些光来消除另一些光的效果。

我觉得绘画的类别与诗歌的类别同样多，但划分是多余的。肖像画和胸像艺术在共和制的民族中应当得到尊崇，在共和国里应该不断让公民们的目光落在他们权利与自由的捍卫者身上。在君主制国家就是另一回事了，那里只有上帝和国王。

如果对技艺的支持来自于催生它的最初原则，那么医术来自经验主义，画艺来自肖像，雕塑术来自胸像。对肖像与胸像的不屑预示着这两门艺术的颓败。没有不曾画过肖像的伟大画家：拉斐尔、鲁本斯、勒叙厄、凡·戴克就是明证。没有不懂得塑胸像的伟大雕塑家。任何学艺者的起步均如同艺术的开端。如同让-巴蒂斯塔·皮埃尔一天说的："您知道我们这些历史画家为何不画肖像吗？因为那太困难了。"

风俗画家与历史画家并不明白地承认他们对彼此的轻蔑，但我们能猜到。历史画家把风俗画家看作头脑狭隘的人，没有想法，没有诗意，没有伟大，没有崇高，没有天才，卑微地追随自然，不敢有片刻让自然离开视线。他们乐于把这些可怜的临摹者比作我们的戈布兰挂毯工厂的匠人，一根根选择羊毛线来构成他身后那幅高超人像的真实色调。照他们说来，风俗画家是些画卑俗的小主题的，画街角的居家场景的，除了职业技巧之外，不能称许他们什么了，如果技艺没达到最高级，他们就什么都不是。风俗画家则将历史画看作一个虚构故事的种类，其中既无逼真，也无真实，一切都是夸大的，与自然毫无共同之处，处处都暴露出虚假，这体现于子虚乌有的夸张性格、凭空臆造的事件、纯属艺术家一厢情愿的整个主题、不知根据何在的细节、那种所谓崇高却没有自然范本的风格、与真人相去甚远的人物的行为和动作。我的朋友，您看得很明白，这是散文体与韵文体、历史与史诗、英雄悲剧与市民悲剧、市民悲剧与轻喜剧的论争。

我觉得把绘画划分为风俗画与历史画是有道理的，但我希望大家从这一划分中更多探究事物的性质。对那些只顾画花卉、水果、动物、树林、山峰的人和那些从普通的家庭生活借鉴画面场景的人，人们不加区别地统称为风俗画家。特尼尔斯、沃夫曼、格勒兹、夏尔丹、卢戴尔布格，乃至韦尔内，都是风俗画家。但我要提出异议，格勒兹的《给家人读书的父亲》《忘恩负义的儿子》《乡村新娘》和韦尔内的《法国海港》为我提供了各种事件与场景，对我来说它们与普桑的《七圣事》、勒布朗的《大流士家族伏于亚历山大脚下》和凡·卢的

215

《苏珊娜和长老》同样是历史画。

事实是这样的。自然将存在物多种多样地分为冷的、不动的、无生命的、无感受的、无思想的与有生命的、有感受的、有思想的。界限是永恒的：应该把摹写原始的死的自然的人称作风俗画家，把摹写可感的活的自然的人称为历史画家，那么争论就平息了。

但即便保留这些词大家接受的意思，我看到风俗画具有历史画的几乎所有困难，它要求同样多的才气、想象力，甚至诗意，要求同样多的素描、透视、色彩、光影、性格、情感、表情、褶襞、构图的学问。它要求对自然更严格的模仿，要求更精心的细节。因为它向我们展示更加熟悉常见的事物，它会有更多和更好的裁判者。

当荷马将争斗的青蛙排列在池塘边缘，就不如用鲜血染红西摩伊斯河与克珊托斯河，用人的尸体塞住两条河的河床那样是伟大的诗人了吗？这里只不过对象更大，场面更可怖而已。有谁不会从莫里哀的作品中认出自己呢？而如果将我们悲剧中的主人公复活，他们则很难从我们的舞台上认出自己。让他们站在我们的历史画前，布鲁图斯、喀提林、恺撒、奥古斯都、加图肯定会问这些人是谁。这意味着历史画要求更多升华，也许要求更多想象，要求另一种更奇妙的诗意，此外还会是什么呢？风俗画要求更多真实？风俗画即便仅限于花瓶和花篮，无疑也不能毫无技巧和天才的火花吧，如果要用这画去装饰房间的人的品味与他们的金钱同样多的话？

为何要把乏味的日常用品放在银餐具橱上？这些鲜花放在尼维尔工厂生产的罐子里会比放在形状更好的花瓶里耀眼吗？为何在这个花瓶周围我看不到跳舞的孩童，看不到葡萄采摘季节的快乐，看不到纵酒狂欢？如果这花瓶有把手，为何把手不是两条蛇缠绕的形状？为何这两条蛇的尾巴不在尾端盘绕？为何倾向花瓶口的蛇头看起来不像要从中找水来解渴的样子？必须懂得让死的事物活起来，而懂得为有生命的东西保留住生命的人屈指可数。

在结束之前，关于肖像画家和雕塑家，我还要说一句话。

一幅肖像可能看着悲伤、阴郁、忧伤、平静，因为这些状态是常态。但一幅有笑容的肖像如果毫无高贵、性格，它通常毫无真实，结果是一副傻样子。笑容是转瞬即逝的。人们偶尔一笑，却不是保持笑的状态。

我不由得认为在雕塑中一个周正的人像并非周正，它不是从各个侧面都美。想要人像各个侧面都美，这是愚蠢的。在各个肢体中寻求纯粹技术性的反差，牺牲行动的严格的真实，这是对照法的狭隘风格的源头。任何场景都有一个侧面、视角比任何其他侧面更加有趣，应该从那里来看这个场景。为这个侧面，这个视角，牺牲掉其他所有次要的侧面、视角吧，这样更好。

有哪一组群像比《拉奥孔》中拉奥孔和他的孩子们更简

单、更美？但如果从左边看，从几乎看不到父亲头部的那个地方，从一个孩子挡住另一个孩子的地方看，这是多么乏味的一组群像啊？然而，《拉奥孔》是直到目前为止人们所知的最美的雕塑。

第六章　关于建筑的见解

我的朋友，我在此并非要考察各类建筑的特征，更不是要衡量希腊和罗马建筑的优点与哥特式建筑的好处。我不是要向您展示哥特建筑在内部通过高穹顶和轻灵的立柱来延展空间，在外部则通过多种毫无品味的装饰消解整体的庄严，突显出彩绘玻璃窗的幽暗同受崇拜者不可理解的属性和崇拜者阴郁的想法的相似。我是要说服您，如果没有建筑，便没有绘画，没有雕塑，这两种模仿自然的艺术的起源和发展是建筑，而建筑艺术是没有存于世上的样板的。

请到希腊去，到一根巨大木椽被两根处理成方形的树干支起的年代，它们构成阿伽门农营帐的雄伟入口。或者不要追溯到那么远的时代，立身七丘之间，丘陵上仅有茅屋，里面住着盗贼，他们是穷奢极欲的世界雄主的祖先。

您会相信在所有这些茅屋里不论好坏会有哪怕一幅画吗？当然您不信。

诸神也许从最伟大的大师的雕刻刀下呈现出来时才会被人更好地尊崇，您在茅屋中看到的他们是什么样呢？比我们乡村下人对着祈祷的，木匠大致做出鼻子、眼睛、嘴、手脚的木头还要逊色，雕刻得更差。

那么，我的朋友，让这些神庙、茅屋和诸神保持这种贫乏的状态，直到发生什么重大的公共灾难，一场战争、一次饥荒、一场瘟疫、一次公开祈福，结果您看到一座凯旋门为胜利者立起来，一座巨大的石头建筑献给了神。

最初，凯旋门和神庙只能通过体量来引人注目，我不认为那里安放的雕像除了更大之外比先前的雕像有什么优点。更大是肯定的，因为这与神灵的新居所是成比例的。

所有时代的君主都是神祇的效仿者。当神有了宽阔的居所，君主会扩大自己的。贵族们是君主的效仿者，他们跟着扩大自己的居所。重要的公民是贵族的效仿者，他们也会同样做。用不了一个世纪，就必须走出这七个丘陵的范围才能找到一间茅屋了。

但是，神庙、君主的宫殿、权贵的公馆、富裕市民的家宅会提供整片裸露的、有待覆盖的墙壁。

家里的粗陋神像不再匹配人们给他们的空间，必须另外雕刻一些。

人们尽可能好地雕刻神像，用相对粗糙的画盖住墙壁。

但是品味与财富和奢华一起成长，很快神庙、宫殿、家宅的建筑变得更好，雕塑与绘画跟着它们进步。

我现在请大家检验这些想法。

请为我举出一个民族，它拥有塑像和画，拥有画家和雕塑家，却没有宫殿和神庙，或者神庙中进行的崇拜的性质排斥彩色的画和石头雕塑。

虽然是建筑催生绘画与雕塑，但建筑的完美反过来也得自这两种艺术。我建议您对于不是好的素描师的建筑师要加以怀疑。这样的人从哪里锻炼眼力？他从何处取得对比例的精妙感觉？他从何处汲取对伟大、单纯、高贵、厚重、轻巧、灵动、庄重、高雅、严肃的认识？米开朗琪罗在构思罗马圣彼得教堂的立面和穹顶的图纸时是伟大的素描师。我们的佩罗在构思卢浮宫的柱廊时，他的素描更佳。

此处，我将结束关于建筑的章节。全部艺术都被包含在三个词里：坚固或安全、适合，以及对称。

我们可以从中总结说，维特鲁威①严格的世界秩序的量度体系似乎仅仅是为了导致单调乏味和压抑才华才被创造出来的。

然而，如果不向您提出一个有待解决的小问题，我是不会

---

① Marcus Vitruvius Pollio（约前 90—前 20），古罗马作家建筑师和工程师。

结束这一章节的。

对于罗马的圣彼得教堂，人们认为它保持的比例如此完美，以至于建筑在第一眼看去失去了宏大宽广的效果，以至于人们可能评论说：本来很大，却看着很小。

对于这个问题，下面是我的推想。所有这些可称叹的比例有什么用呢？让伟大之物变得小而普通？似乎不如抛弃这些比例，用更多才思产生相反的效果，赋予一件普通的东西以伟大。

我们对此解答说，确实，如果巧妙地牺牲比例，建筑第一眼会显得更大，但大家觉得哪一种更可取呢，是产生突然的大的赞叹，还是经由审慎而细致的考察而产生一种开始时小、逐渐增大、最后变得恒久伟大的赞叹呢？

我们同意，如果一切均等，一个纤细高挑的人会比一个比例协调的人显得更高。但我们还是想知道，在这两个人中，我们更欣赏哪个。我们想知道，第一个人会不会愿意被缩到古典的最严格的比例，因此损失一些他表面上的高大。

我们补充说，艺术让狭窄的建筑显得高大，它终归会被人识破原形。艺术和比例让高大建筑表面上看着普通，它最终会被人看出是高大的，由于观者自己必然会与建筑物的某些部分进行比较，比例造成的气派感的损失会消除。

我们的回答是，那个人同意损失表面的高大，接受严格的比例是不足为奇的，因为他知道从他四肢比例的这种严格的准确中，他会得到好处，尽可能完美地满足生活的各种功能之需。力量、尊严、优美，简言之，美，都来自这种严格的准确，美是以功利为基础的。然而，建筑物的情况与此不同，它只有一个对象，只有一个目标。

我们否认观者将自己与建筑物的某个部件进行比较会产生人们期待的效果，弥补第一眼不利的错觉。随着走近雕像，雕像突然变得巨大，我们无疑会吃惊：我们看出建筑物比我们最初估量的要大得多，但从这雕像转过身去，建筑物所有其他部分的整体力量重新占优势，使本身高大的建筑物恢复了普通的外观。以至于，一方面，每个细节看起来都很大，而整体依旧小而普通。相反，在不规则性构成的体系中，每个细节显得小，而整体仍旧非凡、高大和有压迫感。

用艺术的魔力来让东西变大的才能，用比例的智慧来让东西的巨大不被看出的才华，肯定是两种重要的才华。但两者中哪种更伟大？建筑师应该更倾向哪一种？应当怎样来建造罗马的圣彼得教堂？应该通过严格遵守比例把建筑物缩减为一种普通效果，而不是通过一种不那么严酷和规则的配置来赋予建筑物一种惊人的外观？

我们不要急于选择，因为罗马的圣彼得教堂借助于它被人如此吹嘘的比例，要么永远得不到在另外那种体系中不断地突然获得的效果，要么只是在久看之下才得到那种效果。一种妨碍整体效果的和谐是什么？一种突出整体效果的缺陷又是什么？

以上问题全面提出了哥特式建筑与希腊罗马建筑的论战。

难道绘画没有提出同样有待解决的问题吗？最伟大的画家是谁？是您去意大利寻找，但如果不是有人拽住衣袖告诉您"就是它"，您会路过而认不出的拉斐尔的画，还是从远处就呼唤您，因为它对自然有力动人的模仿而吸引您，让您目不转睛的一幅伦勃朗、提香、鲁本斯、凡·戴克的画呢？

如果我们在街上遇到像拉斐尔的女性画像那样的人，她会让我们驻足，我们会陷入深深的赞叹，我们尾随她，跟着她，直到她不见踪影。在拉斐尔的画布上有两个、三个、四个类似的人物，他们周围有一群同样美的其他人物，所有人物均以最伟大、最单纯、最真实的方式协同于一个非凡有趣的行动，但是没有什么东西召唤我，对我说话，让我驻足！必须有人提醒我去看，在我肩膀上拍一下，然而不论有学问的还是无知的人，伟大的还是渺小的人，全都自主地涌向特尼尔斯画的纵酒的人！

我斗胆对拉斐尔说：应该做到这些，但不应忽略别的。我斗胆说也许没有比拉斐尔更伟大的诗人，而是否有比他更伟大的画家，我不肯定了。但是我们应该从正确定义绘画来着手。

另一个问题。建筑应该仅仅以习俗风尚的无限多样为法则，如果让它服从于尺度、模式，就会使建筑贫乏。如果让人像服从于头部长度，让头部长度服从于鼻子长度，难道我们不会同样使绘画、雕塑和所有艺术，使素描的所有产物贫乏吗？

难道我们不会让关于处境、性格、情感、各种构造的学问变成直尺和圆规的小把戏吗？请从整个地球上指给我看艺术家能够严格模仿的哪怕最小一部分的人脸、指甲，更不要说整个人了。先把这些自然的身体变形放在一旁，让我们仅仅关注那些因为习惯的用途而产生的身体变形，我觉得只有对诸神和野蛮人的表现可以服从严格的比例，接着是英雄、祭司、法官，但比例没那么严格了。在更低的阶层里，必须选择最难得的个人，或者说最能代表本阶层的人，然后依据作为他的特征的所有的身体变形。这样的人像将是最上乘的，不是因为我从中看到比例的准确，而是因为我相反从中看到一种相关的、必然的发生变形的机制。

实际上，如果我们了解一切在自然中如何连锁反应，那么所有与之对称的适应性会成为怎样的呢？一个驼背者从头到脚都是驼背的。最小的单个缺陷对于整体有普遍影响。这种影响可能难以觉察，但并不因此而不是真实的。有多少规则与创作，仅仅由于我们的懒惰、无经验、无知和缺乏眼力才得到我们的承认啊！

下面，让我们回到我们最初谈的绘画，让我们一直记起贺拉斯的规则：

画家和诗人

总有着正当的敢于尝试一切的权利。

> 但权利不是大到把温顺的动物与凶残的野兽配对，
>
> 不是大到把蛇与鸟配对。①

也就是说，您去想象吧，画吧，尊崇鲁本斯吧，随您喜欢，但条件是不要让我在产妇的房间里看到黄道十二宫、射手座等等。您知道这意味着什么？这就是让蛇与鸟交配。

如果您试图为伟大的亨利②歌功颂德，随您绞尽脑汁好了。请您大起胆子，在画布上投下、画出、堆积那么多的譬喻人物，那是您充沛热烈的才情赋予您的，我同意。但是，如果您画的是附近的内衣女裁缝的肖像，一张柜台、几块展开的布、一把尺，旁边有几位年轻的女学徒，一只金丝雀在笼子里，这就够了。而您却想把这位女裁缝变成青春女神赫柏。这么做吧，我不反对。在她周围看到持鹰的朱庇特、帕拉斯、维纳斯、赫拉克勒斯，看到荷马和维吉尔笔下的所有神祇，都不会让我更加震惊。但这不再是一个小布尔乔亚的铺子了，这是诸神大会，这是奥林匹斯山：有什么所谓呢，只要一切构成一个整体？

> 总之，就让作品如你所愿，只要它单纯而统一。③

---

① 参见贺拉斯《诗艺》，第 9—13 行。
② 鲁本斯侍奉法国国王亨利四世。
③ 参见贺拉斯《诗艺》，第 23 行。

第七章　对前文的小小补充

如果品味是任性的东西，如果不存在任何关于美的永恒不变的规则，那么所有这些原则又有何意义？

如果品味是任性的东西，如果不存在任何关于美的规则，那么如此突然，如此不由自主，如此骚动地从我们灵魂深处升起的美妙的感动来自何处？要么是看到了什么伟大的物理现象，要么是听到什么伟大的道德行为，这些感动让灵魂张大和收缩，让我们的眼睛流出喜悦的、痛苦的、崇拜的泪！到后面去，诡辩家！你永远不能说服我的心，认为它的颤抖是错的，说服我的脏腑，认为它们的感动是错的。

真善美紧密相连。给真与善这两种品德加上一些少有的、夺目的情境，真会更美，善会更美。对三个天体关系问题的解决如果仅仅是一张纸上三个点的运动，这是无价值的，是纯属思辨性的真实。但是如果三个天体中的一个是白天为我们照亮的那颗恒星，另一个是夜间为我们照亮的星星，第三个是我们居住的星球：突然，真理变得伟大而美好。

一位诗人对另一位诗人评价说："他没有前途，他没有掌握秘诀。"什么秘诀？即呈现一些十分引人关切的对象的秘诀，父亲、母亲、丈夫、妻子、孩子。

我看到一座高山，覆盖着幽深的古老森林。我看到、听到一条喧腾的激流从山上流下，流水拍打在一块岩石的棱角上，水花四溅。太阳西斜，将垂在岩石不规则的尖端的水滴变成颗颗钻石。而流水在越过延缓它的障碍之后，汇集到一条宽阔的水渠，把水导向一段距离外的一部机器。那里，在巨大的磨盘下，在碾碎和加工人们最普通的食粮。我隐约看到那机器，我隐约看到水花让它的轮子发白，我透过几棵柳树隐约看到主人茅屋的屋顶：我陷入思绪，憧憬起来。

将我带回到世界源头的森林无疑是美好的东西，作为恒常持久的意象的这块岩石无疑是美好的东西，被阳光转变、破碎和分解成闪光的液体钻石的这些水滴无疑是美好的东西，这条激流打破了山峰与幽境的广袤沉寂，带给我的心灵以一种强烈的震撼、一种暗暗的惊悸，它的嘈杂轰鸣无疑是美好的东西。

但是这些柳树、这座茅屋、这些在周围吃草的牲畜，所有实用性的场景难道不会增加我的愉悦吗？普通人的感受与哲学家多么不同啊！从森林的树，哲学家想到和看到那要用昂然的头来对抗风暴的桅杆。从山脉的脏腑，哲学家看到金属在灼热的高炉里沸腾，变成让大地丰产的机械，变成摧毁人的机械。从岩石、大块的石头，哲学家看到人们用石块建起国王的宫殿和诸神的神庙。从激流的水，哲学家时而看到田野的肥沃，时而看到田园遭灾祸，看到它形成江河，看到贸易，看到世界上的人民被联结起来，看到他们的财货从河的这一岸运到另一岸，从岸边扩散到陆地的深处。如果他的想象力掀起了大洋的波涛，哲学家活跃的内心会突然从快感的甜蜜享受转到恐怖的感觉。

快乐会这样与想象力、敏感和知识成比例增长。自然与效仿自然的艺术均无法告诉愚蠢或缺乏感受的人任何东西，只能告诉无知的人很少的东西。

品味是什么？是从重复的经验获得的捕捉真或善的能力，懂得什么情境会让真和善成为美的，并立刻为之强烈打动。

如果决定判断的那些经验存于记忆中，人们就会有明敏的品味。如果记忆消失，或者仅有残留印象，人们就只有感触、本能。

米开朗琪罗赋予罗马圣彼得教堂穹顶以尽善尽美的形式。几何学家拉伊尔为这种形式所打动，他进行制图，发现图型的曲线是最具承重力的。是谁启发米开朗琪罗从无限选择中使用这一曲线的？是日常生活经验。是日常生活经验启发了制作房梁的木工，肯定也启发了令人赞叹的欧勒，找到与有可能倒塌的墙壁的支撑角度。是日常生活经验教会他给磨坊的风车叶最有利旋转的斜度。是日常生活经验在木工微妙的计算中加入一些学院派的几何学所把握不到的要素。

经验与研究，这是实践者与裁判者的先决条件。其次，我要求感受力。我们看到一些人仅仅出于利益，出于秩序的精神和对秩序的喜爱而奉行公正、善行、美德，却从中感受不到愉悦和享受。与此相同，同样可能存在缺乏感受力的品味，以及缺乏品味的感受力。当感受力到达极限的时候，它不再进行分辨，一切都本能地让它激动。有品味而无感受力的人会冷冷告诉我们："这很美！"有感受力而无品味的人则激动、投入、陶醉：

> 他跳起来，踩着脚。从他同情的眼中留下眼泪如同露水。①

他结结巴巴，找不到任何反映出内心状态的话。

无疑后一种是最幸福的。最高明的裁判者呢？那是另一回事。无感受力的人，是严厉和平静的自然观察者，他往往更了解应该拨动哪些纤细的琴弦：他假装有激情，却并非如此。他是人，也是动物。

理智有时会修正感受力的迅速判断，感受力要求理性的纠正。

---

① 参见贺拉斯《诗艺》，第 429 行。

因此，许多创作刚刚得到掌声便转而被人遗忘，而许多其他创作或者不被人注意，或者遭人轻视，却因为时间推移，因为精神和艺术的进步，因为人们更平静的关注而获得应有的酬报。

由此可见并非任何天才作品都肯定获得成功。天才作品是独一无二的。只有在直接将它与自然比照的时候才会欣赏它。谁能一直追溯到那个自然呢？是另一位天才吧。

与旧睡袍离别后的烦恼

——对品味高于财产的人们的忠告

余中先/译

为何不将它保留下来？它本为我而制：我亦生来就注定要用它。它于我十分合身，毫无紧仄之感，将我体形轮廓的一褶一皱都清楚地显示无遗，令我那么别致秀美。而另一件，僵硬、死板，裹得我如傀儡一般呆笨。旧睡袍无时无刻不在好意地满足我的需要：因为贫困本身几乎总是殷勤好客。书上积满了灰尘吗？它的襟摆就伸来一抹。稠黏的墨水不肯从笔尖流下，它就挺出腰侧拭擦一把。在它身上可看到一道道黑色的长条纹，那便是它提供频繁服务的凭证。这长长的黑条纹显示出一位文学家，一位作家，一个辛勤工作的人。而现在，我像个富有的懒汉，谁也不知我是谁。

在它的遮蔽之下，什么仆人的笨拙、自己的莽撞，什么火星的迸飞、水珠的溅落，我都毫不担心。我是旧睡袍的绝对主人，而在新睡袍前，我成了奴隶。

看守金羊毛的恶龙都没我这般惶恐不安，我陷入忧虑之中。

沉湎声色的多情老翁，手足捆缚，心血来潮，任凭一位年轻的疯狂女子摆布，还从早到晚问道：我的婢女、我的老管家婆在哪儿？什么恶魔使我中邪，竟为了这个女人而赶走了她！随后，他哭泣，他叹息。

我不哭泣，我不叹息，但每时每刻我都说：让那发明出技艺将坏布染成猩红色而抬高价钱的人见鬼去吧！让我这受尊敬的华贵服装见鬼去吧！我那陈旧、寒酸、舒适的褴褛之衫在哪儿？

我的朋友们，保留着你们的老友吧。我的朋友们，小心别沾上富贵的光。让我的例子来教育你们。贫穷自有其自由；富足自有其难处。

噢，第欧根尼！假若看到你的弟子穿着亚里斯提卜的奢华大氅，你将如何发笑！噢，亚里斯提卜，这奢华的大氅使人付出的代价是何等卑鄙啊！你那萎靡不振、阿谀奉承、女人气十足的生活与衣衫褴褛的犬儒主义者自由而坚定的生活恰成何等鲜明的对照！我离开了从中称王称霸的木桶，来到一位暴君手下服役。

我的朋友，这还没完。请听豪富的蹂躏和由一贯的豪富引起的后果吧。

与旧睡袍一起聚集在我身边的有一大堆破烂。一把秸秆椅子，一张木桌，一幅挂毯，搁着几本书的冷杉木搁板，还有几幅被烟熏黑的、不带边框的、四角钉在挂毯上的版画；版画之间吊着三四个石膏像，这一切与我的旧睡袍一起构成了最和谐的贫困景象。

现在，一切失去了协调，再没有了一致，再没有了整体，再没有了美。

一个不会生育的女管家接管了本堂神父家的杂务，一个女人闯入了鳏夫之家，一个新贵代替了失宠的老臣，一个莫利纳派高级教士夺走了冉森派教士的教区，所有这些都不会比那个猩红色的擅入者在我心中引起更大的不安。

我能细细端详一个村姑而无丝毫厌倦。那蒙在她脑袋上的粗布头巾，那披散在她脸颊上的发绺，那半遮身体、千疮百孔的破衣，那件盖及腿肚的短衬裙，那赤裸的沾着泥染的双足，绝不会令我不适。这是我尊敬的社会等级的形象；这是我同情的不幸、苦难而又必不可少的社会身份的整体面目。但是，在那个妓女面前，我感到恶心。尽管她身旁缭绕着阵阵香气，我还是扭头躲开目光，调转脚踵跑掉。她那英格兰式的发型，她那撕破的袖口，她那肮脏的丝袜和磨坏的鞋子，向我显示出花天酒地的夜生活的可悲。

若是那专横的猩红衣袍将一切归于其治下，我的寓所就该是这样的：

我看到长久以来挂在墙上、带缎边饰的挂毯让出了地方。

两幅不无可取的版画：普桑的《吗哪降临在荒野》和《在

237

亚哈随鲁面前的以斯帖》，有一幅已被鲁本斯画的老翁不体面地驱走，这便是忧愁的以斯帖，而《吗哪降临在荒野》则被韦尔内的《暴风雨》荡涤得无踪无影。

秸秆椅子被摩洛哥皮扶手椅流放到了前厅。

荷马、维吉尔、贺拉斯、西塞罗一起被从压得弯陷的单薄的冷杉板上撤走，让它得以轻松地喘息，自己却被关进了一个细木镶嵌的柜橱，他们比我更配得上这个庇护所。

一面大玻璃镜占据了我的壁炉台。

这两尊我从友人法尔康涅①处得来的、他曾亲自修改过的漂亮石膏像，已被蹲着的维纳斯所撑走。现代的黏土被古代的青铜砸碎了。

在一大堆乱七八糟的小册子和纸张的保护下，木桌还在争夺地盘，它们似乎一直负责着使它免遭凌辱。

一天，它终于遭受了厄运，尽管我懒惰成性，小册子和纸张仍被整整齐齐排到了典雅的写字台的暖房中。

礼仪习俗的致命本性啊！微妙而昂贵的标准，高雅的趣味，它改变，它转移，它创立，它推新；它掏空父亲的钱箱，它耗尽女儿的嫁妆、儿子的学费，它干出众多漂亮的举动，也惹来如此巨大的痛楚。你在我家用要命的典雅的写字台替代了小木桌，你导致丢城失地，或许有一天你会将我的财物带到圣

---

① Etienne-Maurice Falconet（1716—1791），法国雕塑家。

米歇尔桥上，人们将听到拍卖人嘶哑的叫喊声：二十路易卖了，一尊蹲着的维纳斯！

写字台的搁板与其上方韦尔内的《暴风雨》之间的留隙曾显得空荡荡的，很不入眼。这片旷野后被一座挂钟所充填，何等模样的挂钟嘚！一座若弗兰夫人①家那样的挂钟，一座金与铜对映相衬的挂钟。

临窗的一边也曾留下个空角落。它要求一张带文件格的办公桌，后来就获得了它。

办公桌的搁板与鲁本斯的漂亮头像之间的另一处倒胃口的空壁，由两幅拉格莱尼的画填实了。

这里是同一位艺术家的《玛德莱娜》，那里是维恩或德马基的一幅草图，因为我连草图也是要的。就这样，哲学家具有感化教益作用的陋室摇身一变，成了包税人肮脏的事务所，我就这样侮辱了民族的苦难。

在我的平庸之物中，当时只留下了一块带织边的地毯。这块小气的地毯实难与我的奢侈配套。但是，因为哲学家德尼的脚永远不会践踏萨伏纳里的艺术杰作，我发誓：我要保留这块地毯，这就如同从茅舍搬迁到宫殿侍奉君主的农人保留着木鞋一般。每当清晨，我披着奢华的猩红睡袍步入书斋，只要眼光稍微一低，我就瞥见那块旧织边地毯；它立即令我回想起当

---

① Marie Thérèse Rodet Geoffrin（1699—1777），她主持的沙龙是法国上流社会影响深远的名士聚集地，也是百科全书派的中心。

初，自傲之情便只能停驻在我的心外。

不，我的朋友，不，我丝毫未被腐蚀。我的门总为于我有求者大开着；他们仍能得到我亲切的接待。我聆听他们，我劝慰他们，我帮助他们，我同情他们。我的心灵没有丝毫变硬；我的心胸没有高傲半分。我的脊背仍像以往那样弯曲。我仍是那么爽直，仍是那么敏感。我享受奢侈的日子屈指可数，毒液根本还未流入我的脉管。但随着时间的推移，谁又知晓将来会发生什么？对这样一个人你能期待什么呢，他忘记了妻子儿女，他负债累累，他不尽为夫为父之责职，他不肯将一笔有用的钱款存入忠诚的钱箱之底？……

啊，圣明的先知！将你的双手举向天空，替一个濒于险境的朋友祈祷吧，告诉上帝：你若在永恒的教谕中看到富贵腐蚀了德尼的心，那就请勿留恋他酷爱的杰作，把它们毁坏，把他带回到最初的贫困中去。而我，我也将对上帝说：上帝哟！我听从圣明先知的祈祷和你的意志！我为你抛弃一切，把一切都拿走吧，对！一切，除了韦尔内。啊！请把韦尔内留给我！不是艺术家，而是你造就了它。请尊重友谊的作品、你自己的作品。看这灯塔，看这在右边耸起的另一座塔；看这被狂风撕裂的老树。这一整片天空多么瑰丽！在这一大片阴暗之下，看那身披青葱翠绿的岩石。是你万能的手将它们创造；是你慈善的手将它们铺盖。看这崎岖不平的阶地，从巨岩脚下伸延到海面。这是你允许时间对世上最坚硬物质所起的色彩渐变作用的图景。你的太阳会换另一种方式照耀它吗？上帝！你若毁灭了这件艺术品，人们就会说你是个善妒的上帝。可怜可怜这些在海岸四处逃散的不幸者吧。你向他们显示了深渊之底还不够吗？你拯救他们只是为了断送他们吗？请听这个向你致谢的人的祈祷。请帮助另一个人收集他可怜的细软。对这个狂怒之人的诅咒堵上耳朵吧：嘻！他以为会获得厚重的回报，他曾考虑过休息和退隐，他正在作最后一次旅行。在路上，他千百次扳着手指计算过他的财产，他都一一安排了用途。而现在，一切希望都破灭了，仅剩下聊以蔽体的衣物。对这一对恩爱夫妻发发慈悲吧。看你在这女子心中激起的恐惧，她对你并未给她带来的痛苦感激涕零。但她那年幼的孩子还不知你已把他，把他的父亲、母亲投入到何等的危险之中，仍一心照料着他旅途中的忠实伙伴，给小狗戴上项圈。宽容这无辜者吧。看这位刚和丈夫从水中脱险的母亲，她浑身湿透，但不是为自己，而是为了她的孩子。看她是怎样把他紧紧抱在怀中，怎样亲吻他的。哦，上帝！认识一下你创造出来的海水吧。当你的气息吹动它时，当你的手掌抚平它时，请认清它的模样。认清你聚起而又驱开的阴沉的云堆，它们已经分离，已经消散。太阳的光芒已经重新铺洒在海面上。我从绯红色的天际预感到安宁。这在天际的地平线，多么遥远，根本就不与大海邻接，天空掉到地平线以下，似乎在围绕地球转动。请快照亮这天空，请快让大海恢复平静。让这些水手把搁浅的船只重新推入波浪；助他们一臂之力；赋予他们力量。把我的画留给我。把它留给我吧，就像你用来惩罚虚妄者的笞杖。人们来我家，早已不是为了访问我，不是为了听我说话，而是为了欣觉韦尔内。画家羞辱了哲学家。

噢，我的朋友，我拥有的美丽的韦尔内！主题是一场并未致灾的暴风雨之末。海浪尚在涌起。天空布满乌云，水手在搁浅的船上忙碌，居民从附近的山岗上跑来。这位艺术家多么富有才智！他只需要几个基本图形就可使一切情景符合他要选择的那一瞬间。整个场面多么真实！一切都画得那么轻松、那么流畅、那么富有气魄！我愿保留着他这一友谊的结晶。愿我的女婿能将它传给他的孩子们，他的孩子们传给他们的孩子们，他们再传给自己的孩子们。

你们是否也看到这幅完美的画，一切是多么和谐，效果是多么连贯；一切显得都是神来之笔，不露半点斧痕凿迹，毫无矫揉造作之感。右边的山岗多么烟雾弥漫，这些岩石叠放的构造多么美丽，这棵大树多么秀丽，这座山岭、这层阶地照得多么亮堂，光线渐渐变得多么微弱，这些图形安排得多么真实、活泼、自然、生动，它们多么引人感兴趣，它们画得多么有力，描得多么纯真，在背景之中显得多么突出；这空间多么广阔，这水波多么真实，这乌云、这天空、这地平线！这里，背景被剥夺了光线，而前部却十分明亮，完全同一般绘画技术相反。来看我的韦尔内吧，只是不要将它夺走。

随着时间的逝去，债务偿清了，内疚平息了，我将享受纯真的乐趣。请别担心我会有积攒漂亮物件的怪癖：我以前有的朋友，现在还有，数量自然不会增加。我有拉漪丝，但是拉漪丝没有我。在她的怀抱中是幸福的，我已准备将她让给我所爱的人，她会使他比我更幸福。我可以悄悄告诉你们一个秘密，这幅拉漪丝，卖给别人是如此昂贵，却没让我破费一个子儿。

演员奇谈 *

施康强/译

对话者甲^①：我们别再谈了。

对话者乙^②：为什么不谈呢？

甲：因为这是您朋友的著作^③。

乙：那又有什么关系呢？

甲：关系很大。您何必陷入这种进退两难的境地：要么轻视您朋友的才智，要么对我的判断力不以为然；要么降低您对他的评价，要么贬低对我的看法。

乙：不会产生这种情况的。即使产生这种情况，我对你们二位出自敬重根本品德的友情，也不会因此受到损伤。

甲：这倒可能。

乙：这一点我有把握。您知道您这会儿像什么人吗？像我

---

① 以下简称甲。

② 以下简称乙。

③ 指《加里克或英国演员》。David Garrick（1717—1779），英国演员、剧作家。

认识的一位作者。此人很爱一个女人，他曾跪下来哀求她不要去观看他的一个剧本的首次演出。

甲：您那位作者既谦虚又谨慎。

乙：他生怕人家对他情意脉脉是由于器重他的文学才能。

甲：也许是吧。

乙：因此，万一当众丢脸，就会影响他在情人眼中的身价。

甲：他怕人家一旦不如过去那样器重他，就会不如过去那样爱他。你不觉得这很可笑吗？

乙：人们都那么认为。后来他的情人还是租了包厢，而他获得了极其巨大的成功！不用说他受到多么热烈的拥抱、庆贺和爱抚。

甲：其实，如果观众给他的剧本喝倒彩，他的情人会对他更加热情。

乙：我不怀疑这一点。

甲：不过我还是坚持我的意见。

乙：您尽管坚持，我也同意；不过您要想到我不是一个女人，您必须说明您的理由才行。

甲：非说不可？

乙：非说不可。

甲：与其让我言而不尽，不如让我闭口不言。

乙：我相信这一点。

甲：那么我将不留情面。

乙：这正是我的朋友对您的要求。

甲：好吧，恕我直言，他这部著作用一种过事雕琢、晦涩难懂、玄虚、浮夸的文体写成，说的又都是老生常谈。伟大的演员读完这本书之后不会使自己的技艺更加高超，拙劣的演员也不会有所改进。人的品格、仪表、声音、判断能力、灵敏的感觉，都是自然的禀赋。需要研究伟大的典范、了解人心、练达人情世故、勤奋工作、积累经验、熟悉戏剧这个行当，通过这些才能使自然的禀赋趋于完善。模仿性的演员能够做到使他的全部表演都过得去；人们无从称赞，也无从指责。

乙：要不然他就一无是处。

甲：随您怎么说吧。依靠自然禀赋的演员偶尔演得十分精彩，一般情况下往往演得一塌糊涂。不管演什么体裁的戏，你要提防的是一贯平庸的演员。初出茅庐的演员严格地对待，不难预料他日后会取得成功。倒彩只能压垮无能之辈。只有自然而没有艺术，怎么能造就伟大的演员呢？因为在舞台上情节的发展并非恰如在自然中那样，而戏剧作品都是按照某种原则体系写成的。两个不同的演员怎么能以同样的方式扮演同一个角色呢？因为在行文最明白、最确切、最有力的作家笔下，文字也不过是，而且只能是表达一种思想、一种感情、一个念头的近似的符号，这些符号的意义需要动作、姿态、语调、面部表情、眼神和特定的环境来补足。当你听到这两句台词的时候：

……你的手在做什么？

我在摸你的衣服，那料子很柔软。①

　　您明白了什么呢？什么也不明白。请您仔细领会我下面要说的话，并且设想这种屡见不鲜、很容易发生的情况：两个交谈者在作同样的表达时，想到的和说出来的竟完全不同。我要举的例子可谓天造地设；这正是您朋友的著作。您去问一位法国演员对这部著作有什么想法，他一定会说这里面讲的很有道理。您再向一位英国演员提出同样的问题，他会指着上帝起誓说这本书是不刊之论，是舞台上的纯正无瑕的福音书。然而英国人写喜剧和悲剧的方法和法国人写这类作品的方法几乎毫无共同之处，因为加里克本人曾经感到，他能完美地表演莎士比亚的一场戏，遇到拉辛的戏却不知道怎样念一句台词的第一个重音。原因在于，拉辛悦耳动听的诗句包围了这位演员，每句诗都像一条蛇用蜿蜒的身子缠住他的脑袋、手、脚、两腿和双臂，从而使他失去行动自由。显而易见，英国演员和法国演员虽然一致承认您那位作者提出的原则是正确的，其实他们想的却不是一回事，何况在戏剧术语里有一定的灵活性，一种相当大的不精确性，以至于两个都有头脑、持截然相反见解的人会在同一个地方都自以为看到了令人信服的真理。您应该恪守您

---

① 参见莫里哀《伪君子》，第三幕，第三场。

的信条：若想取得一致意见，最好不作任何解释。

乙：您认为在任何著作里，尤其在这一部著作里，有两种不同的意思，这两种意思隐藏在同样的符号后面，一种意思在伦敦，另一种在巴黎？

甲：我还认为这些符号把这两种意思都表达得十分清楚，连您的朋友自己都弄混了。他把英国演员和法国演员的姓名相提并论，对他们作出相同的告诫，给他们同样的贬斥和同样的赞扬：他这样做的时候想必以为自己关于英国人所说的话同样适用于法国人。

乙：可是，照您这么说，他造成的真正误解超过任何别的作者。

甲：他使用同样的词句在德彪西大街表明的是一种意思，在特鲁里街皇家歌剧院却是不同的意思，很遗憾我必须指出这一点；话又说回来，我也可能有错。不过在最重要的一点上您那位作者与我的见解完全相反，那就是做一个伟大的演员必须具备的根本品性。我要求伟大的演员有很高的判断力，对我来说他必须是一个冷静、安定的旁观者，因此我要求他有洞察力，不动感情，掌握模仿一切的艺术，或者换个说法，表演各种性格和各种角色莫不应付裕如。

乙：不动感情！

甲：是的。我还没有理清我的思路，请允许我想到哪儿说到哪儿，跟着您朋友的著作走，而他的著作本身就是结构混乱的。

假如演员易动感情，他怎么可能真心诚意地连续两次以同样的热情扮演同一个角色并且取得同样的成功呢？如果他在第一场演出中异常热情冲动，到第二场演出他将筋疲力尽，变得和大理石一样冰凉。反过来，如果他用心模仿自然，做自然的善于思考的学生，当他首次登台扮演奥古斯都、西拿、奥罗斯曼、阿伽门农、穆罕默德①的时候，他将严格地抄袭他自己或者他的研究心得，坚持不懈地观察我们的感受，于是他的表演不但不会减弱，而且由于作出新的思考，只会得到加强；他将情绪激昂，或者缓和下来，而您只会对他越来越满意。假如他在演戏的时候就是他自己，他怎么才能不再成为他自己呢？假如他想不再成为他自己，他怎样才能把握住最适当的转机呢？

有一个事实证实了我的意见：凭感情去表演的演员总是好坏无常。您不能指望从他们的表演里看到什么一致性；他们的表演忽强忽弱，忽冷忽热，忽而平庸，忽而卓越，今天演得好的地方明天再演就会失败，昨天失败的地方今天再演却又很成功。但是另一种演员不会如此，他表演时凭思索，凭对人性的钻研，凭经常模仿一种理想的范本，凭想像和记忆。他始终如一，每次表演用同一个方式，都同样完美。一切都事先在他头脑里衡量过，配合过，学习过，安排过。他念起台词来既不单

---

① 伏尔泰的悲剧《穆罕默德》的主人公。

调，又不至于不协调。表演的热潮有发展，有飞跃，有停顿，有开始，有中途，有顶点。在多次表演里，他的腔调、他的位置和他的动作每每是一样的；如果这次和上次有什么不同，总是这次比上次更好。他不是每天换一个样子，而是一面经常准备好用同样的精确度、同样的强度和同样的真实性，把同样的事物反映出来的镜子。诗人亦复如此，他不断地到自然的无尽宝藏中去吸取养分，否则他很快就会看到自己才思枯竭。

有谁的表演能比克莱蓉小姐的更好呢？您且跟着她，研究她，就会相信，到了第六场演出，她就已把她表演中的一切细节以及角色所说的每句话都记得烂熟了。毫无疑问，她自己事先已塑造出一个范本，一开始表演，她就设法遵循这个范本。毫无疑问，她在塑造这个范本的时候要求它尽可能的崇高、伟大、完美。但是这个范本是她从戏剧脚本中取来的，或是她凭想象把它作为一个伟大的形象创造出来的，并不代表她本人。假如这个范本只达到她本人的高度，她的动作就会柔弱而小器了！由于刻苦钻研，她终于尽可能地接近了自己的理想。这时万事俱备，她就坚决地守定那个理想不放，只需要一套练习和记忆的功夫就行。假如她在研究角色的时候您也在场，您会不止一次对她说："您已经恰到好处了！……"而她每一次都会回答说："您搞错了！……"迪凯努瓦①有桩类似的轶事。有

---

① François Duquesnoy（1597—1643），比利时雕塑家。这桩轶事亦见《一七六七年的沙龙》。

一次他的朋友揪住他的胳膊喊道："停下来！凡事不能过分；再往前走就会把一切都搞糟了……"迪凯努瓦此时喘息未定，他是这样回答那位赞叹不已的行家的："您看见了我已经做到的，但是您没看见我脑子里的和我正在追求的东西。"

我不怀疑克莱蓉小姐在作头几次努力的时候经历过与迪凯努瓦相同的痛苦。但是斗争结束之后，当她一旦上升到她塑造的形象的高度，她就控制得住自己，不动感情地复演自己。像我们有时在梦中所遇见的一样，她的头高耸入云端，她的双手准备伸出去探索南北极。她像是套在一个巨大的服装模特里，成了它的灵魂；她的反复练习使这个模特依附到自己身上。她随意躺在一张长椅上，双手叉在胸前，双目紧闭，凝然不动，在回想她的梦境的同时，她在听着自己，看着自己，判断自己，判断她在观众中间产生的印象。在这个时刻，她是双重人格：她是娇小的克莱蓉小姐，也是伟大的阿格里皮娜①。

乙：照你这么说，演员在舞台上或者在揣摩角色的时候，就像黑夜里在墓地装鬼的顽童。他们用竿子把一床白色大被单高高举过头顶，在这个灵柩台底下他们发出凄厉的声音来吓唬过路人。

甲：你说得对。杜梅妮小姐演戏与克莱蓉小姐不一样。她上场的时候不知道自己要说什么话；一半时间内她不知道自己

① 拉辛的悲剧《布里塔尼居斯》中的人物，尼禄的母亲。

说了些什么，但有时也会演得十分卓越。为什么演员与诗人、画家、演说家、音乐家有所不同呢？特征不是在我们一时冲动、极度兴奋的时候向我们显露的，而是当我们安静、冷静下来之后，在我们完全意料不到的时刻呈现出来的。我们不知道这些特征是从什么地方来的；它们的出现有赖灵感。在这个时刻，天才艺术家置身于自然和他们自己的构思之间，他们把专注的目光交替投向一方和另一方；他们的作品于是在灵感启示下美不胜收，充满妙手偶得的奇句隽语，这些神来之笔使他们自己都大吃一惊，而且比他们加进去的俏皮话更有把握产生效果和取得成功。需要用冷静的头脑来节制热情的冲动。

能够支配我们的，不是性情暴烈、怒不可遏的人；只有控制得住自己的人才有本领支配我们。伟大的戏剧作家特别用心观察在他们周围的物质世界和精神世界里发生的一切。

乙：这两个世界本来是统一的。

甲：他们记下所有给他们强烈印象的事物，并且汇编成册。他们作品中那么多的奇人异事正是来自这些不知不觉在他们头脑中编成的册子。生性热烈、暴躁、易动感情的人置身于舞台上；他们做戏给人家看，自己却享受不到。才子正好拿他们做临摹的对象。大诗人、大演员，也许无论哪一种伟大的模仿自然者，都有丰富的想像力、高超的判断力、精细的处理事物的机智、很准确的鉴赏力。他们是世上最不易动感情的人。他们在同等程度上适合做许许多多的事情；他们专心致志地观察、认识和模仿外界，所以他们自己内心深处不会受到强烈的触动。我经常看到他们把画夹摊在膝盖上，手里拿着铅笔。

我们在动感情；而他们呢，他们在观察、研究、描绘。要我直说吗？为什么不说呢？易动感情不是伟大天才的长处。他爱的是准确，但是他在发挥准确这个长处的时候领会不到它带来的甘美。他不是凭情感，而是用头脑去完成一切。一遇到意料之外的情况，易动感情的人就会失去理智。这种人不能做明君、贤臣、良将、辩才无碍的律师、妙手回春的医生。你可以让这些爱哭鼻子的人坐满剧场，可是千万不要让他们中间任何一个人登上舞台。你且看妇女。说到易动感情，她们肯定远远超过我们。在激情迸发的时刻，我们的表现和她们的表现简直有天壤之别！不过，如果说当行动的时候我们不如她们，那么同样，当模仿的时候她们则不如我们。一个人易动感情，必定是生性软弱。壮士的一滴泪水比一个女人的号啕大哭更能打动人。在人生这部大剧里——我要经常参考人生这个大剧场——所有热心肠的人都在舞台上，所有才子都在台下。第一种人是疯子；第二种人用心模仿第一种人的疯狂行径，他们是智者。智者的眼睛抓住各色各样人物的可笑之处，加以描绘。他让你嘲笑这些使你身受其害的讨厌家伙，也嘲笑你自己。他观察你，并且依据这个讨厌鬼和你吃到的苦头，描出喜剧性的摹本。

这些真理即使被证明了，伟大的演员也不会承认的；因为这是他们的秘密所在。平庸的或者登台不久的演员必定否认这番道理。对于某几位演员，我们还可以说他们自以为动了感情，就像我们说迷信者自以为相信一样。迷信者若没有信仰，我说的这种演员若不易动感情，他们就一筹莫展了。

什么？有人会问：这位母亲发自肺腑的如此哀怨、痛苦的叫声，猛烈地震撼着我的心灵，难道她此时此际并没有动真情，并非处于绝望的境地？绝对没有。证据是这些叫声都是经过衡量的。它们是一种朗诵体系的组成部分；只消比一个四分音高上或者低下二十分之一，它们就变得不可信；它们都受一个统一法则的支配；如同演奏和声，它们都是准备好了，到适当时机才出现的。经过长时期的揣摩以后它们才得以满足所有条件；它们为解答一道题目出了一分力。为了做到恰如其分地发出这些声音，演员事先练习了一百遍。就是这样，他有时也掌握不好火候。这是因为，在念出：

查伊尔，你哭了！

或者

你会做到的，我的女儿。[①]

---

① 参见伏尔泰《查伊尔》，第四幕，第二场。

之前，演员已经反复倾听过自己的声音。这是因为，正当他使您心情激动的时候，其实他在听他自己说话；他的全部才能并不如您想象的那样在于易动感情，而在于毫厘不爽地表现感情的外在标志，使您信以为真。他发出的惨叫是记录在他耳朵里的。他的绝望姿态是凭记忆做出来的，曾经在镜子前面演习过。他知道到什么时机就应该掏出手绢，流出眼泪；不早不晚，您定能在他念到这个词、这个音节的瞬间等到他的眼泪。他嗓音发抖，欲言又止，压低或者拖长腔调，四肢颤动，双膝摇晃，有时昏厥过去，有时暴跳如雷：所有这些表演纯属模仿，都是事先记录下来的功课，虽然做作却悲怆动人，尽管虚假却达到崇高的境界。演员揣摩了这套功夫之后，在很长时间内都保持记忆，当他需要表演的时候便清楚地回想起来。诗人、观众和演员本人都庆幸演员表演完这套功夫之后仍保留他的全部精神自由，只不过与做过其他练习一样，他的体力大为消耗，脱掉戏服以后，他的嗓子发不出声音，他感到极度疲劳，他要去更衣或者就寝；但是他方寸不乱，没有痛苦和忧伤，情绪上没有垮下来。倒是你们把这种种印象带回家里去了。演员不过是疲乏，而你们却感到忧郁。这是因为他在卖力做戏的时候毫不动情，而你们没有掏力气却颇受感动。假如事情不是这样安排的，演员这一行岂非成了最倒霉的行当？但是演员不是剧中人，他扮演剧中人，而且演得如此出色，使你们信以为真。只有你们产生这种幻觉；演员自己很明白，他本人并不是他所演的角色。

能否设想这样的情况：若干在不同程度上易动感情的演员齐心协力以求取得尽可能大的效果，他们为自己定下一个基调，或者削弱，或者加强自己的表演，或者表达一些细微的差别，目的是形成一个统一的整体。这种设想叫我发笑。我坚持自己的看法，我声明："极易动感情的是平庸的演员；不怎么动感情的是为数众多的坏演员；唯有绝对不动感情，才能造就伟大的演员。"演员的眼泪从他的头脑中往下流；易动感情的人的眼泪从他的心头往上涌。对于易动感情的人来说，肺腑中的感受不加节制地搅乱了他的头脑；对于演员来说，头脑偶尔把暂时的不安带给他的肺腑。演员的哭泣好比一个不信上帝的神父在宣讲耶稣受难；又好比好色之徒为引诱一个女人，虽不爱她却对她下跪；还能比作一个乞丐在街上或者在教堂门口辱骂您，因为他无望打动您的怜悯心；或者比作一个娼妓，她晕倒在您的怀抱里，其实毫无真情实感。

您有没有想过，因为目睹悲惨的事件而流出的眼泪和由伤心的叙述引出的眼泪有所不同？您听人讲述一个动人的故事，头脑渐渐变得混乱，五脏六腑慢慢受到感动，于是眼泪夺眶而出。相反，当您目睹一桩惨事，对象、感觉和效果三者之间没有什么间隙，您在顷刻之间五内俱焚，失声惨叫，只觉得脑袋里嗡的一下，眼泪就忍不住了。这种情况下泪水是突如其来的，在别的场合则是诱导出来的。自然形成的、真实的剧情突变之所以比一段滔滔不绝的台词要优越，正是体现在这个地方。它一下子就产生了整场戏酝酿的效果。不过引起这种幻觉殊非易事；一个细节安排错了，表演坏了，就会前功尽弃。语调比动作容易模仿，但是动作给人的印象要强烈得多。应该用行动，而不是用叙述来结束一出戏，否则这出戏就显得有点冰冰凉。我以为这是一条毫无例外的法则的基本要点。

那么，您有什么要反驳的？我听着。假定您在一个社交场合讲一个故事。您内心深处受到感动，嗓子开始哽咽，流出眼泪。您说您动了感情，动了非常强烈的感情。这我承认。但是您是否事先做好了准备？没有。您是否用诗句来叙述？不是。然而您带动了听众，您令人惊讶，您感动他们，您产生巨大的效果。倘若您把自己亲切的语气、朴实的表达方法、日常的姿态、自然的举止照搬到舞台上，您会看到您将变得贫弱可怜。眼泪流得再多也是徒劳，您变得可笑，而人家会笑话您。您不是在演悲剧，而是拿悲剧当滑稽戏来演。您以为高乃依、拉辛、伏尔泰，甚至莎士比亚的戏可以用日常交谈的嗓门和在炉火边上讲故事的口气来朗诵吗？同样地，您也不能在炉火边上用戏剧的夸张语调和发声方法讲您的故事。

乙：也许是拉辛和高乃依虽然伟大，却还没有创造出有价值的东西。

甲：简直是亵渎神明！谁敢出此狂言？谁又敢表示赞同？高乃依写的即便是日常琐事，也不能用随便的语调去朗读。

不过您想必经历过上百次以下这种情况。您刚讲完故事，客厅里为数不多的听众无不受到感染，情绪激动，这时候又来了一位客人，需要您去满足他的好奇心。但是您办不到了，您已经身心交瘁，您不再多愁善感，没有热情，也没有眼泪。为什么演员不会像您这样垮下来呢？这是因为他对一个任意编造的故事的关心，不同于您对自己邻居的不幸的关心。您是西拿吗？您做过埃及艳后、梅洛普①、阿格里皮娜吗？这些人与你有什么相干？舞台上的埃及艳后、梅洛普、阿格里皮娜和西拿，他们是历史人物吗？不是。他们是诗中想象出来的鬼魂。我说过头了：他们是某一个诗人以他独特的方式创造出来的幽灵。这些半马半鹰的怪物只配在舞台上活动、走步子、叫喊。历史上没有他们的位置，他们若出现在俱乐部或别的社交场合，准会引起哄堂大笑。人们会窃窃私语：他是不是在发神经？这个堂吉诃德是从哪里冒出来的？这种故事是在什么地方编出来的？什么古怪地方的人会那样说话？

乙：可是为什么他们在舞台上不叫人反感呢？

甲：因为约定俗成。在舞台上就得是这个样子，这是年迈的埃斯库罗斯立下的规矩；这套规章至今已有三千年了。

乙：那它还要长期维持下去吗？

甲：这我不知道。不过我知道，人们越接近自己的时代和

———————

① 伏尔泰的悲剧《梅洛普》的主人公，古希腊迈锡尼的王后，以伟大的母爱著称。

自己的国家，就越不遵循它。

没有人比亨利四世更为接近《伊菲革涅亚在奥利斯》第一场中阿伽门农的处境①。他很有根据地预感到将要发生恐怖事件，因此心神不定。他对身边的人说："他们会杀死我，肯定无疑；他们会杀死我……"假定这个善良的人，这个伟大而不幸的君王深更半夜被不祥的预感折磨，披衣下床，去敲他的大臣和朋友苏利公爵的房门。难道你相信有一位诗人荒唐到这种程度，竟使亨利说出：

> 是的，这是亨利，是你的国王把你唤醒，
>
> 来吧，起来辨认冲击你耳朵的声音……

又让苏利公爵回答：

> 果然是您，陛下！有什么重要事情
>
> 使您赶在曙光之前就早早起身？
>
> 微弱的光线勉强照出您的身影和给我指路，
>
> 唯有您和我此刻睁开了眼睛！……

---

① 攻打特洛伊的希腊联军统帅阿伽门农凯旋后，被他的妻子串通情人害死。波旁王朝的开创者法国国王亨利四世也于一六一〇年遇刺身死，所以作者说他与阿伽门农处境接近。

乙：可能这才是地道的阿伽门农的语言。

甲：这既不是阿伽门农的，也不是亨利四世的语言，这是荷马和拉辛的语言，是诗的语言。这种夸张的语言只能由我们所不熟悉的人使用，通过诵诗的嘴用诵诗的调子说出来。

您且想一想戏剧里所谓的真是什么意思。指的是不是按照事物的本来面目表现它们？绝对不是。要这么理解，真就成了普通常见的。那么舞台上的真到底是什么东西呢？这里指的是剧中人的行动、言词、面容、声音、动作、姿态与诗人想象中的理想范本保持一致，而且演员往往还要夸大这个理想范本。妙就妙在这里。这个范本不仅影响到语调，甚至改变步伐和仪态。因此同一个演员在台上和在街上判若两人，我们很难认出他来。我第一次在克莱蓉小姐家里见到她时，不由失声喊道："啊！小姐，我本以为您的身材还要高出一头。"

一个不幸的女人，真正不幸的女人痛哭流涕并不能打动您。还有更糟糕的事情：她面部抽动的怪样会叫您发笑；她的口音叫您听来很不舒服；她的习惯动作使您觉得她的痛苦既卑下又乏味。这是因为，当人们感情冲动到极点的时候，几乎都要不由自主地做出一些怪相。缺乏鉴赏力的艺术家亦步亦趋抄袭这些怪相，大艺术家却避开它们。我们要求人在最痛苦的时刻也保持人的性格和人类的尊严。这个英勇的努力产生什么效果呢？它能使人从痛苦中得到排遣，能减轻痛苦。我们要求这个女人倒下去的时候仪态端庄、柔若无骨；要求这个英雄像古代的角斗士一样，在竞技场中间，在看台上观众的掌声包围下，优雅地、高贵地，做出漂亮别致的亮相然后死去。哪一种人能满足我们的期待呢？是被痛苦压得抬不起头，在感情支配下面容变色的竞技者，还是经过专门训练，善于控制自己，在咽最后一口气的时候仍旧符合体操动作规范的竞技者？古代的角斗士和伟大的演员一样，伟大的演员也和古代的角斗士一样，不会像人们死在床上那样死去，他们有义务表演另一种死法以取悦我们。而敏感的观众会感到，赤裸裸的真相、不加任何修饰的行动总是平庸的，与其余部分的诗意很不协调。

这倒不是说纯凭自然行事就没有崇高的时刻，不过我以为，如果某个人确有把握发现这些时刻的崇高所在并且把它保存下来，他必定是用想象力或凭天才预感到这些时刻，并且冷静地再现它们。

同时我不否认另有一种经过努力达到的或者说是人为的多愁善感。不过您若想了解我的看法，我以为这种人为的多愁善感几乎与天生的易动感情同样有害。它必定会把演员逐渐引向矫揉造作或者单调乏味。伟大的演员需要扮演多种角色，而多愁善感妨碍他这么做。伟大的演员必须经常摆脱感情因素，可是只有铁石心肠的人才能这样忘我。为了轻而易举地揣摩角色并取得成功，为了能胜任任何角色并使演技臻于完善，最好根本用不着努力遗忘自己，这一步太难做到了，结果是每个演员只能演一种角色，剧团需要雇用许多演员，否则几乎所有的剧本都演得一塌糊涂，除非专门为演员编写剧本。不过我以为，相反倒应该是演员去适应剧本。

乙：倘若有一群人目睹街头发生一桩惨祸，顷刻之间他们未经商议，各自以不同方式表达自然感受，他们就会创造一个绝妙的戏剧场面，为雕刻、绘画、音乐和诗提供成千个模特儿。

甲：说得对。只不过，倘若艺术家要把这个场面从街头搬上舞台或者画布，他必将在其中引入一种巧妙的配合。街头自然发生的场面经得起与这种由和谐产生的场面相比较吗？如果您认为前者比后者毫不逊色，那么我要反问您，人们赞不绝口的艺术魔力又体现在什么地方呢，既然粗糙的自然状态和一种偶然的安排能把事情做得更好，而艺术的魔力只会把事情搞糟？难道您否认人能够美化自然？您从未称赞一个女人说她与拉斐尔画的圣母像一样美？看到一处美丽的风景，您没有说过它跟小说里描写的一样？再则，您跟我说的是一件真实的东西，我跟您说的是一次模仿。您说的是自然的一个瞬间，我说的是一件艺术作品，它经过构思，连贯一气，有逐步发展和延续的过程。您不妨把这些演员统统找来，就像演戏一样调度街头发生的这个场面。您让这些角色依次出场，单独表演，或者三三两两结成一组；让他们听凭自己的情绪摆布，享有支配自己行动的绝对自由。您会看到，结果是杂乱无章，不可收拾。为了防止这个缺点，难道您不要求他们在一起排练？那么他们就得放弃自己的自然感受，而这对他们只有好处。

舞台好比是一个秩序井然的社会，每个人都要为了整体和全局的利益牺牲自己的某些权利。谁最能把握这一牺牲的分寸呢？是热情奔放的人？是着了迷的人？当然都不是。在社会上，唯有贤明的人，在剧坛，唯有头脑冷静的演员，才能把握牺牲的分寸；您那个在街头发生的场面与舞台上的场面相比，文野之别犹如野蛮人的乌合之众与彬彬有礼的文明人的集会相比。

现在该讲讲一个出色的演员倘若遇上平庸的伙伴给他配戏，会受到什么不良影响。他有过伟大的设想，但是他不得不放弃自己的理想范本以便与同台演戏的那个可怜家伙取齐，于是他不必再做精心的揣摩和正确的判断。在两个人散步或者围炉谈话的时候本能地也会发生这种情况：讲话的一方使对方也降低自己的调门。或者换一个比喻，这和玩惠斯特牌戏一样，假如您不能指望自己的同伙紧密配合，您的一部分技巧就没有用武之地。还有更坏的情况：随您什么时候去问克莱蓉小姐，她都会告诉你，勒甘①出于恶意，曾随心所欲地使她的表演变得很差或者平庸；而出于报复，她有几次也叫勒甘下不了台。如果两个演员相互支持，又会出现什么情况呢？他们扮演的角色各有范本，相比之下或铢两悉称，或根据诗人规定的场景有

①　Henri-Louis Caïn（1728—1778），法国演员、导演，人称勒甘（Lekain），是伏尔泰的学生和具有启蒙思想的表演艺术家。

主从之分，否则其中一方就会显得太强或者太弱。为了补救这种不协调的局面，强者很少把弱者抬到他自己的高度上，而是经过权衡，把自己降低到弱者的水平上。您知道反复排演的目的何在？就在于在才能高低不同的演员之间建立平衡，以便出现一个统一的整体行动。如有一个演员出于骄傲拒不接受这种平衡，结果总是整体的完美受到损失，观众的乐趣大打折扣。因为一个人特别出众的表演给您带来的享受抵不上其他人相形见绌的表演使你蒙受的损失，我有好几次见到一位伟大演员因个性太强受到惩罚：观众没有感到他的伙伴演得太瘟，反而愚蠢地认为是他演过火了。

现在假定您是诗人，您有一个剧本要上演，我让您在有卓越判断力和冷静头脑的演员与易动感情的演员之间进行选择。不过在您作出决定之前，请允许我先提一个问题。人们是在什么年龄成为大演员的？是在性烈如火、血气方刚，稍微受点刺激就六神无主，碰上一点火星就会燃烧起来的年龄吗？我以为不是。一个人即使天生是大演员，也只有当他积累了长期的经验，火热的情欲已经熄灭，头脑变得冷静，灵魂具备充分自制力的时候，才能达到炉火纯青的境地。质地最纯的葡萄酒在发酵过程中有一股子涩味，它必须在木桶中放置很长时间以后才变得醇厚。我认为西塞罗、塞内克和普鲁塔克代表写文章的人的三种境界。西塞罗通常像一蓬麦秆烧着的火，娱悦我的眼睛；塞内克是用葡萄藤烧着的火，刺伤我的眼睛；如果我去拨动年迈的普鲁塔克的炉灰，却能发现火堆里炽热的大煤块，慢慢地使我感到温暖。

巴隆年过六十还扮演埃塞克斯伯爵、西法累斯、布里塔尼居斯，而且演得很好。戈森小姐五十岁演出《神谕》和《受监护的孤儿》①还十分迷人。

乙：她的扮相却和角色不大相称。

甲：这倒不假。我们可能在这里碰到一个无法逾越的障碍，使一场精彩的演出黯然失色。演员必须在舞台上度过漫长的岁月才能取得经验，然而角色有时候要求他少年英俊。如果说曾经有过一位十七岁的女演员②能够扮演莫尼姆③、狄多④、普尔喀丽娅⑤、爱弥奥娜⑥，这样的奇才以后不会有了。不过一位老演员只有当失去了全部力量，或者当精湛的技艺不能补救他的衰老和他的角色两者之间形成的对比的时候，才会成为大家的笑柄。在戏剧界和在社交场上是一样的。社交场上一个妇女因为有私情而遭人指责，那必定是她没有足够的才智或者其他品格来掩饰她的恶行。

---

① 《神谕》（1740 年）是圣富瓦写的喜剧；《受监护的孤儿》（1734 年）是法冈写的独幕剧。法兰西喜剧院上演这两个剧本，由戈森小姐饰演主角，轰动一时。

② 罗古尔小姐（Mlle Raucourt）一七七二年初次登台便崭露头角。当时她十九岁，不是十七岁。

③ 拉辛的悲剧《米特拉达梯》的女主人公，本都王国国王米特拉达梯的妻子。

④ 迦太基女王，传说中迦太基的创始人。维吉尔在史诗《埃涅阿斯纪》中描写她与特洛伊王子埃涅阿斯的爱情故事，后狄多遭埃涅阿斯遗弃，愤而自杀。

⑤ Pulcheria，东罗马帝国女皇（414—453）。

⑥ 拉辛的悲剧《安德洛玛克》中的人物。

当今的克莱蓉小姐和莫雷刚开始舞台生涯的时候，简直像机器人在演戏。后来他们才显示出自己是真正的演员。这是怎么一回事呢？莫非随着年龄的增长，他们就有了灵魂，多了心肝，变得易动感情？

前不久，克莱蓉小姐在告别舞台十年①之后，又想重理旧业。如果说她那场演出平淡无奇，难道是因为她失去了灵魂和心肝，变得冷漠了？绝非如此，她失去的是对于角色的记忆。我期待她将来的演出。

乙：什么，你以为她还会登台？

甲：要不然她就会悒郁而死。她习惯了观众的掌声，身上又有一种伟大的激情，难道还有什么别的东西可以代替这两者？假如演员们确实如同人们相信的那样被自己的角色占据了，我请问您，为什么有一位想瞟一眼包厢里的看客，另一位又冲着后台微笑，几乎人人都想跟池座观众说话，而第三位正在休息室纵声大笑，需要有人去打断他的笑声，通知他该到台上去用匕首捅死自己了？

但是我很想为您描绘由一个男演员和他妻子同台演出的一场戏，这两口子本是冤家对头，却扮演一对温柔多情的情侣。他们在舞台上的公开表演如同我将要为你描绘的那样，可能比我描绘的还要精彩。这场戏里两位演员似乎完全进入自己的角

---

① 克莱蓉小姐当时告别舞台实为五年。

色，他们获得池座和包厢连续不断的掌声，我们的掌声和喝彩声曾十次打断他们的演出。我说的是莫里哀的《爱情的怨气》第四幕第三场，他们的拿手好戏。

男演员演艾拉斯特，吕席耳的情人。他的妻子演吕席耳，艾拉斯特的情人。

    男　不，不，小姐，您不要以为我又来和您谈情说爱。

（**女**　我也劝您别来了。）

这一切已成过去。

（**女**　我但愿如此。）

我只想医好我心头的创伤，

因为我已经知道我的心在您心里占据多大的位子。

（**女**　您还不配占据那么大的位子。）

您怀疑我侮辱您，竟对我发那么久的脾气，

（**女**　您还能侮辱我！别太抬举自己了。）

可见您对我冷淡到什么程度。

老实告诉您，对于人家的蔑视，

（**女**　我对您表示最大的蔑视。）

一个有志气的人是非常敏感的。

（**女**　可惜您不算有志气。）

不过我得承认，您那绰约的风姿

是我在别的女子身上看不到的。

（**女**　您没少看别的女子。）

我宁愿套上您给我的锁链，也不要帝王的权杖。

（**女**　您早把锁链换成别的东西了。）

我曾把整个生命都寄托在您身上，

（**女**　没有这回事，您撒谎。）

我甚至不能不承认，我虽然受到您的侮辱，

还是舍不得和您分离。

（**女**　这下可糟了。）

很可能，虽然我想医好我心头的创伤，

这伤口还会长期流血不止。

（**女**　您不必担心；坏疽已经长上了。）

当日的爱情是我的一切，即使我能脱离情网，

我也再不能爱别的女人了。

（**女**　也没有别的女人会爱你。）

总之，这都没有什么关系。既然您在盛怒之下，

曾多次把我赶走，而每次过后，出于对您的爱情，

我又回到您身边，这一次是您拒绝的最后一个机会，

以后我再也不来打扰您了。

女　先生，如果您连这最后一次机会也给我免掉的
话，我就更加领情了。

（**男**　我的心上人，您出言不逊，对此您会后悔的。）

男　好！小姐！那么，我包管您满意。我这就和您绝交。

既然您要求如此，我就永远和您断绝关系。

我宁愿死，再也不想跟您说话了。

女 这才好呢！我感激不尽。

男 不，不，您别怕

（**女** 我才不怕呢。）

我失信。即使我是一个懦夫，

心里不能磨灭您的影子，您也不会有幸

（**女** 您本想说倒霉。）

见到我再来找您。

女 再来找我也是徒劳。

（**男** 我的朋友，您真是个不折不扣的贱货，我定要
给您点颜色看看。）

男 您既然这样傲慢无礼地对待我，

我宁愿一百次用刀子戳自己的胸膛，

（**女** 谢天谢地！）

也不会不知羞耻地，

（**女** 您做过那么多丑事，多这一桩又何妨？）

再来见您了！

（**女** 算了，咱们不谈这个了。）

他俩就这样演下去，身兼二职，既是情人，又是夫妻。这
场戏演完之后，艾拉斯特送他的情人吕席耳到后台去，这时候

男演员那么使劲地夹住他亲爱的妻子的胳膊，以致后者痛得叫出声来，而他却用最侮辱人的字眼、最辛辣的语句来回答她的惨叫。

乙：如果我听到这两场同时演出的戏，我想我此生再也不愿跨进剧院的大门。

甲：假如您以为这位男演员和这位女演员动了感情，那么我要请教，他们是在演情人的时候，还是在做夫妻的时候动了感情，或者在两场戏里都动了感情？不过您还得听听下面这场戏。还是那位女演员，男演员却换成她的情人。

她的情人念台词的时候，女演员在一旁议论她的丈夫："这个下流坏子，他管我叫……我都没法跟您学舌。"

而当她念台词的时候，她的情人回答说："难道您还不习惯他的为人？……"他们就这样逐段对话。

"我们今晚不在外头吃饭吗？——我很愿意，但是怎么才能脱身呢？——您自己想办法吧。——万一给他知道了？——他知道也没有多大关系，反正我们可以舒舒服服过一晚上。——我们请什么客人？——随您便。——首先要请骑士，他是老搭档了。——说起骑士，您可知道吃不吃他的醋全看我的度量？——可您有没有理由吃醋全看我的态度，您知道吗？"

如此这般，您以为这两位感情如此丰富的人整个身心都融化在您听到的那场公开演出的戏里头，其实他们念念不忘的是您听不到的那场在私底下做的戏。您想必会说："必须承认，这位女演员实在迷人。谁也不如她那样用心倾听别人的台词，轮到她自己表演，她又对角色了解得那么透彻，演得那么有韵味，那么引人入胜，那么富于感情……"对您这番高论，我只觉好笑。

事实上这位女演员与另一位男演员勾搭上了，欺骗她的丈夫；她又与骑士串通起来欺骗那位男演员，再跟第三个人相好，欺骗骑士。后来骑士撞见女演员正与第三个情人搂抱，便想好计策要狠狠地报复一下。他在紧挨着舞台的楼厅里占了一个最靠前的位子。（那时候洛拉盖伯爵还没有取消这个设施。）他以为只要自己在这个地方出现，向负心人投去蔑视的目光，就能使她张皇失措，心慌意乱，而池座观众就会对她报以嘘声。戏开场了，薄情人登台，她瞥见骑士，一边照常演戏，一边冲他嫣然一笑，说道："瞧您这气鼓鼓的样子，老是无缘无故就发火！"骑士也对她微笑。她说下去："今晚您能来吗？"骑士闭口不语。她补一句："结束这场无谓的争吵吧，让您的马车停在……"你可知道这段小戏是夹在哪一场正戏里头演出的？是拉绍塞①写的最感人肺腑的一场戏，女演员在台上痛哭流涕，并且引出我们的热泪②。这叫您大吃一惊，可这是千真

---

① Pierre-Claude Nivelle de La Chaussée（1692—1754），法国剧作家，"流泪喜剧"的创始者。

② 这位女演员可能是戈森小姐，虽说她到一七五九年，即洛拉盖改革舞台的那一年才结婚。她擅演拉绍塞的剧本，在《梅拉妮特》里的演技尤为动人。

万确的事实。

乙：这叫我对戏剧感到恶心。

甲：那又何必呢？假如这些人没有能力做常人做不到的事情，我们反而不必上剧场去看戏了。下面我要讲的事情，是我目睹的。

加里克从两扇门扉之间探出脑袋，不到五秒钟的工夫，他的脸部表情先是大喜欲狂，然后是有节制的喜悦，然后是平静，再从平静到惊奇，从惊奇到大惊，从大惊到忧郁，从忧郁到沮丧，从沮丧到惧怕，从惧怕到恐怖，从恐怖到绝望，最后从绝望又回到开始时候的表情。难道他的灵魂果真感受到了这些情绪，并且与脸部肌肉合作奏出这一整套音阶！我不相信，您也不这么认为。加里克可谓大名鼎鼎，光是为了见他就值得专程去一趟英国，就像为了参观罗马的废墟值得去一趟意大利一样。假如您要求这位名人为您表演糕点铺的小学徒那场戏，他马上演给您看。紧接着您请他演哈姆雷特，他也不推辞。他随时准备好，既能为小点心掉在地上而伤心流泪，也能注视匕首在空中画出的轨迹。莫非人们可以随心所欲地一会儿哭一会儿笑？不是的。人们只不过模仿哭或笑的表情，而模仿得是否逼真，是否能叫别人相信，这要看是不是加里克。

我有时候爱捉弄人，而且做得煞有介事，以至于交际场上最精明的人也信以为真。在与下诺曼底省的律师对话的那场戏里，我诡称自己的姐姐去世，十分痛苦；在与海军部次官交谈的那场戏里，我又坦白自己与一位海军上校的妻子私通，生下一个孩子，因而羞愧万状。不过，我当真感到痛苦和羞愧吗？在交际场上和在我编的小喜剧里一样，我并未感受到这两种心情；我先在社交场合表演这两个角色，然后把他们编到一本戏①里面去。那么伟大的演员到底是什么样子的人呢？是一个高明的爱用悲剧或喜剧方式捉弄别人的人，而他说的话都出于诗人的授意。

塞代纳②的剧本《不知身是哲学家》正在上演。我比他本人更加关心演出的成功与否。我没有妒贤嫉能的毛病，因为即使没有这一条，我身上别的毛病已经够多的了。我的文学同行都可以为我作证，当他们偶尔不耻下问，征求我对他们的作品的意见时，我是否尽了最大努力来答谢他们以这种方式对我表示的高度器重。《不知身是哲学家》第一场和第二场演出效果不佳，我为之难过；第三场演出被捧到天上去了，把我乐得心花怒放。第二天大清早我雇了一辆马车，满城寻找塞代纳。那是寒冬腊月，凡是我认为他可能出现的场所，我都找遍了。后来我获悉他在圣安东尼郊区最深处的某个地方，就坐车赶到那儿。我找到他，扑过去，一把勾住他的脖子。我激动得说不出

---

① 这本戏原先是个独幕剧，题作《剧本与序幕》（1771 年），十年后扩充成四幕，改名《他是好人？还是恶人？》。
② Michel-Jean Sedaine（1719—1797），诗剧作家。《不知身是哲学家》是他的一部"严肃喜剧"。

话来，直流眼泪。塞代纳却纹丝不动，冷冷地看着我，说道："啊！狄德罗先生，您真英俊！"这才是观察家和才子。

有一天我在饭桌上讲起这件事情。东道主是内克先生①，他凭卓越的才能担任国家最重要的职位。同桌有许多文人，其中一位是马蒙泰尔②，我跟他交情很好。这一位不无嘲讽地对我说："伏尔泰只要听人家简单讲述一件惨事就心里难受，而塞代纳看到朋友泪流满面仍旧保持冷静。相比之下您会明白，伏尔泰不过是普通人，塞代纳才是才子！"这番议论叫我困惑，当下无言答对，因为像我这样易动感情的人一遇到人家的责难就会失去冷静，事后很久才能恢复理智。换一个头脑冷静、富于自制力的人准会回答马蒙泰尔说："您的高见出自另一个人或许比出自您自己更加合适，因为您并不比塞代纳更富于感情，而且您也写过出色的作品。何况您跟塞代纳是同行，最好让您的邻座去公正地评价他的得失。我既不偏爱伏尔泰，也不袒护塞代纳，不过我请问，如果塞代纳没有花掉三十五年岁月去拌石膏、凿石头，而是像你我一样阅读和思考荷马、维吉尔、塔索、西塞罗、德摩斯梯尼和塔西陀的著作，那么从《不知身是哲学家》、《逃兵》和《巴黎得救记》的作者的头脑中会产生什么作品呢？我们绝对做不到像他那样看待事物，而他却可能学会像我们那样说话。我把他看作莎士比亚的远房子孙。

---

① Jacques Necker（1732—1804），法国大臣、财政家。
② Antoine François Marmontel（1723—1799），法国小说家、剧作家。

这个莎士比亚，我不把他比作贝尔维德尔的阿波罗雕像①、角斗士雕像、安提诺斯雕像或者格利康的赫拉克勒斯雕像，而是比作圣母院的圣克利斯朵夫。这尊巨人只是略具形态，雕工粗糙，但是我们可以从他胯下通过而不必担心脑袋碰上它的私处。"

另外还有一件事足以证明，一个人在感情冲动的瞬间会变得平庸、愚蠢，而当他抑制自己的感情，冷静下来之后，又会变得绝顶聪明。事情是这样的：

有个文人（此处姑隐其名），陷于极端贫困潦倒的境地。他有个当神学讲师的哥哥很有钱，我问那位贫困潦倒的文人，为什么他哥哥不周济他。他回答说是因为他做过很对不起他哥哥的事情。我让他同意我去探望他哥哥。于是我就去了。仆人通报之后，我走进神学讲师家里。我跟他说我想谈谈关于他弟弟的事。他突然抓住我的手，让我坐下，对我指出：一个有头脑的人若为别人做说客，先得了解这个人的为人。然后他劈头问道："您了解我弟弟吗？——我想我是了解的。——您知道他对我耍过什么手段吗？——我想我是知道的。——您以为您知道？您真的知道？……"于是那位神学讲师情绪异常激昂，一气儿列举他弟弟的种种恶行，一件比一件更严重、更令人发指。我的头脑发昏，感到十分沮丧。人家对我描述一个罪大恶

---

① 这座雕像保存在梵蒂冈，被公认为男性美的典范。

极的坏蛋，我失去了为他辩护的勇气。幸亏我的神学讲师在滔滔不绝的抨击之余还留下时间让我恢复镇定。渐渐地我身上那个易动感情的人让位给另一个雄辩的人，因为我敢说遇到恰当的时机我也是能言善辩的。我冷冷地对神学讲师说："先生，令弟还做过更坏的事情。我赞许您隐瞒了他干的坏事里头最骇人听闻的那一件。——我什么也没有隐瞒。——您说了那么多以后，本可以再补充说，某天夜里，在您出门去念晨经的路上，他冷不防揪住您的脖领，从衣服底下掏出一把刀子，差一点没有插进您的胸膛。——他倒不是做不出来。不过我没有指控他这么干！是因为还没有发生过这种事……"我突然站起身来，用坚定、严厉的目光盯住神学讲师，做出十分气愤的神情，大声喝道："即便他真的干出这种事情，难道您能让他活活饿死吗？"这一下神学讲师被我制服了，他狼狈不堪，闭口不言，踱来踱去，最后回到我跟前，答应每年给他弟弟一份津贴。

您是否会在您的朋友或情人刚去世的时候就作诗哀悼呢？不会的。谁在这个当儿去发挥诗才，谁就会倒霉！只有当剧烈的痛苦已经过去，感受的极端灵敏程度有所下降，灾祸已经远离，只有到这个时候当事人才能够回想他失去的幸福，才能够估量他蒙受的损失，记忆才和想象结合起来，去回味和放大过去的甜蜜时光。也只有到这个时候他才能控制自己，作出好文章。他说他伤心痛哭，其实当他冥思苦想一个强有力的修饰语的时候，没有工夫痛哭。他说他涕泪交流，其实当他用心安排他的诗句的声韵的时候，顾不上流泪。如果眼睛还在流泪，笔就会从手里落下，当事人就会受感情驱遣，写不下去了。

但是大喜和大悲一样都不用语言来表达。有个温柔多情的人在意想不到的情况下与别离已久的友人重逢，当下他的心就乱了。他跑过去，拥抱友人，想说话却说不出来。他结结巴巴说了几个字，自己不知道说了些什么，也听不见人家回答他的话。万一他发现友人并不像自己一样大喜欲狂，他该多么痛苦！既然我刚才描绘的场景是真实的，那么可想而知舞台上好友重逢的场面有多么虚假：在舞台上两位朋友都有十分机智的谈吐和充分的自制力。还有那种委实乏味的争执场面，双方各逞辩才，争着去死或者倒不如说争着不去死：这上头我有许多话要说，但是我怕离题太远，就不谈了。总之，对于具有高超、纯正的鉴赏力的人来说，讲这些道理已经足够了；即便再作补充，也不能使其他人多得教益。不过要问：既然类似的荒谬场面在舞台上屡见不鲜，是谁加以补救，使观众不觉其荒谬呢？是演员。那么是什么样的演员呢？

在舞台上和在社交场上一样，感情冲动只会带来危害。这里有两个男子爱上同一个女子，都要向她表白自己的情愫。谁能成功地完成这个任务呢？反正不是我。我还记得那一回，我浑身发抖地走近自己的意中人。我心跳加速，思路紊乱，吞吞吐吐，说一半丢一半。需要回答"是"的时候我却说"不"；

我做出数不清的笨事；我从头到脚招人笑话，而当我发现这一点之后，我变得更加可笑。相反，就在我眼皮底下，我的情敌大获成功。他快活、轻松、逗乐，有自制力，对自己感到满意，不放过任何一个机会称赞心上人，而且称赞得那么巧妙。他叫人开心，讨人喜欢，他很幸福。他请求亲吻那人的手，那人就把手交给他。有时候他未经请求，就抓住人家的手，吻了又吻。而我呢，我待在一个角落里，努力不去看那个令人恼火的场面，强压下胸中的叹息，使劲攥紧拳头，以至于手指关节嘎嘎作响。我满怀忧郁，全身冷汗，既不能表白又不能掩饰我的悲伤。据说爱情使聪明人变笨，使笨人变得聪明。换一个说法，爱情使一些人变得愚笨而易动感情，另一些人变得冷静而敢作敢为。

易动感情的人听凭自然冲动的驱使，他表达的正是自己的心声。当他减弱或者加强这个呼声的时候，他就不再是他自己了。这时候是一个演员在演戏。

伟大的演员观察各种现象。易动感情的人为他提供范本，他揣摩这个范本，经过思考之后决定应增加或者删除什么，以便使自己的表演臻于完美。讲过道理之后，需要引证事实。

《伊内斯·德·卡斯特罗》① 首次公演时，演到孩子们出场那一场戏，池座观众哄堂大笑。杜克洛小姐扮演伊内斯，她

① 胡达尔·德·拉莫特的悲剧，于一七二三年四月六日初次上演。

大为气愤，对池座观众说："笑吧！你们这帮笨蛋。可这是全剧最精彩的地方！"观众听到她的话，忍住不笑。于是这位女演员继续演下去，她流出眼泪，观众也跟着掉泪。这又是怎么一回事？难道她能随随便便从一种深刻的感情转到另一种深刻的感情，然后又转回来，从痛苦到愤怒，又从愤怒回到痛苦？我不能作此设想。不过我很容易设想杜克洛小姐的愤怒是真实的，而她的痛苦却是假装的。

吉诺-杜弗雷尼在《波利耶克特》①中扮演塞韦尔。德基乌斯皇帝派他去迫害基督教教徒。他对一位友人倾吐自己对这个受到诬陷的教派的真实感情。他这番肺腑之言可能使他失去皇帝的宠信，失去地位、财富、自由，甚至生命。因此，为了符合情理，这席话是低声说出来的。池座观众对演员喊道："大点声。"而他回答说："你们，先生们，请小点声。"如果他真的成了塞韦尔，他能那么快又变成吉诺吗？我说他根本没有变。我们见到的是同一个有高度自制力的人，那位非凡的演员、杰出的优伶，他能任意取下或者戴上自己的面具。

勒甘饰演的尼倪阿斯走到他父亲的墓穴里去杀死他的母亲；他从墓穴里走出来时双手沾满鲜血。他恐怖到了极点，全身哆嗦，眼睛失神，头发好像都竖了起来。您感到自己也毛骨悚然，十分恐惧，您跟他一样失魂落魄。这时勒甘却用脚尖把

---

① 高乃依的悲剧。

从一个女演员耳朵上掉下来的钻石耳坠踢向后台。这位演员动了感情吗？这不可能。您能说他是个坏演员吗？我不认为。那么勒甘到底是什么人？他是个头脑冷静、不动感情的人，但是他出色地表演了感情丰富的人的感受。他徒然惊呼："我这是在哪儿？"我回答他说："您在哪儿？您很明白您是在舞台上，您还把一个耳坠踢到后台去。"

有个男演员正在热恋一个女演员。一个偶然的机会使他们同演一场戏，由男演员表演吃醋的情人。如果他是个平庸的演员，这场戏会因此增光。如果他是高明的演员，这场戏却要失色。于是伟大的演员又变成他自己，不再是他揣摩出来的满怀醋意的情人的理想高妙的范本。有一点足以证明那时候男演员和女演员都降低到日常生活的水准上去了，那就是，如果他们还保留演戏的架势，定会忍不住相对大笑。他们会觉得表演夸张的、悲剧式的嫉妒心等于炫耀他们切身感受的嫉妒心。

乙：但是总应该有自然的真实呀！

甲：就像一个雕刻家忠实地按照丑陋的模特塑成的雕像里也有自然的真实那样。人们称赞这种真实，但觉得整个作品贫乏可厌。

进一步说，有个屡试不爽的办法能使您的表演低下、猥琐，那就是让您扮演您自己的性格。您是一个伪君子、吝啬鬼、厌世者，您演您自己会演得很好。不过您绝对做不到诗人做到的事情，因为他创造了标准的伪君子、标准的吝啬鬼和标准的厌世者。

乙：某一伪君子和标准伪君子有什么差别呢？

甲：出纳员比亚尔是某一伪君子，格里泽尔神父是某一伪君子，[1] 但是都不是标准的伪君子。包税人图瓦纳尔是某一吝啬鬼，但是他不是标准的吝啬鬼。标准吝啬鬼和标准伪君子是根据世上所有的图瓦纳尔和格里泽尔创造出来的。这要显示他们最普遍、最显著的特点，而不是其中某一个人的精确肖像，因此任何一个人都不能在这里面认出他自己。

热情洋溢的演员，甚至性格演员都有夸张成分。交际场上的玩笑像轻飘飘的泡沫，搬到舞台上就挥发得无影无踪；剧场上的玩笑却是锋利的兵刃，搬到交际场上会伤人的。这是因为，对于虚构的人物不必像对于真实的人物那样顾全体面。

讽刺诗讽刺某一伪君子，喜剧却以标准伪君子为题材。讽刺诗抨击某一有恶习的人，喜剧抨击的却是恶习本身。假如从前只有过一两个可笑的女才子，那么人们可以写出一首讽刺诗，却写不出一部喜剧。

您到拉格勒内那里去，请他画一幅《绘画》。他便在画布上画一个女人站在画架前面，拇指扣住调色板，手里拿着画笔；他以为这样就能满足您的要求。您再请他画《哲学》。他又画一个衣冠不整、头发蓬乱、若有所思的女人，深夜里坐在

---

① 比亚尔于一七六九年宣告破产时，隐瞒其实际财产情况，因此被判示众两小时。格里泽尔神父是比亚尔的密友，受到此案的牵连。

书桌前，支起胳膊凑着灯光读书或者沉思；他以为又满足了您的要求。您再请他画《诗歌》，他就画同一个女人，头戴桂冠，手执一卷纸。再请他画《音乐》，他画的还是那个女人，所不同的是她手里拿着竖琴，而不是一卷纸。您再请他画《美》，或者您不妨另请一位高明的画家画这幅画。除非我大错特错，那位画家一定以为您要求于他的艺术的不过是一个美人的形象。您的演员和这位画家犯的是同样的错，我要对他们说："您的画，还有您的表演所显示的仅仅是个别人的肖像，这些肖像大大不如诗人描绘的那个普遍概念和我期待的那个理想范本。您的女邻居长得美，非常美；这我同意。不过她不是美本身。您的作品和您的模特之间的差距，相当于您的模特和理想范本之间的差距。"

乙：这个理想范本莫非可望而不可即？

甲：不然。

乙：但是，既然它是理想的，它就是不存在的。不过凡是我们的悟性能够理解的，都应该是我们的感觉体验过的。

甲：说得对。不过我们还是来从头考察一门艺术，譬如说雕塑吧。雕塑首先模仿碰到的第一个范本，后来发现另一些瑕疵较少的范本，比第一个更好，就根据这许多范本进行修改，先是纠正明显的缺陷，然后补救小毛病，经过持续不断的劳作，最终完成了一个形象。不过这个形象已不复是自然的了。

乙：何以见得？

甲：这是因为，一台像动物的身体那样复杂的机器不可能是均匀发育的。您挑一个天朗气清的休假日到杜伊勒里宫或者香榭丽舍大道去端详熙来攘往的每一个女人，绝不会找到一个女人长着完全对称的嘴角。提香的达娜厄是一幅肖像；达娜厄床脚下的爱神却是理想的。有一幅拉斐尔的画原来属于梯也尔先生，后来归叶卡捷琳娜女皇收藏。这幅画里的圣约瑟是普通的自然，圣母是真实的美人，襁褓中的耶稣却是理想的。假如您还想多了解一点艺术方面的思辨原理，我请您读我的《沙龙随笔》。

乙：我曾听到一位兼有精审鉴赏力和精细才智的人称赞这组文章。

甲：那是叙阿尔先生。

乙：还有一位女子，不但有精审的鉴赏力，而且有天使般纯洁的灵魂。她也称赞这组文章。

甲：那是内克夫人。

乙：不过我们还是言归正传吧。

甲：好吧，虽说我宁愿颂扬美德，而不喜欢讨论相当乏味的问题。

乙：吉诺-杜弗雷尼生性自负，他演自命不凡的人可谓入木三分。

甲：说得对。不过你怎么知道他扮演的是他自己呢？或者可以问，为什么自然没有把他造成这样一种自命不凡的人，非常接近真实美和理想美的界限，而各种流派的区别正在于它们接近或者离开这个界限的程度？

乙：我不明白您的意思。

甲：我在《沙龙随笔》里说得比较清楚，我劝您读那一段关于一般美的文字。在这以前，我要请教，吉诺-杜弗雷尼是否是奥罗斯曼？不是的。但是，过去和将来谁扮演这个角色能和他媲美呢？他是否是《流行的偏见》里那个人物？也不是。然而他演那个人物又多么逼真啊！

乙：听你那么说，伟大的演员是一切人，或者谁也不是。

甲：可能正因为他谁也不是，所以他才能惟妙惟肖地成为一切人。他本人的特殊形态，绝不限制他需要采取的任何外来形态。

演员是不穿法衣的布道师。在从事这个有益的、美丽的职业的最正直和最具备当演员的外形、声调和举止的人中间，有一位堪称瘸腿魔鬼。吉尔·布拉斯和萨拉芒克的年轻贵族的兄弟，我说的是蒙梅尼尔[1]……

乙：他是勒萨日[2]的儿子，这位作家是这些有趣人物共同的父亲……

甲：蒙梅尼尔同样成功地扮演了《受监护的孤儿》中的阿里斯特，《伪君子》中的达尔杜弗，《司卡班的诡计》中的马斯

---

[1] Louis-André Lesage（？—1743），法国演员，人称蒙梅尼尔（Montménil）。
[2] Alain-René Lesage（1668—1747），法国小说家、剧作家。

加里尔，闹剧《帕特兰》中的律师或者纪尧姆先生。

乙：我看过他的演出。

甲：叫你惊讶不已的，是这些人物长相不同，蒙梅尼尔却演谁像谁。这可不是自然产生的事情，因为自然只给了他一张脸，即他自己的脸；他的其他面貌都来自艺术。

那么有没有一种人为的多愁善感呢？不管是人工的也好，天生的也好，所有这些角色都用不着多愁善感。伟大的演员善演不同角色：吝啬鬼，赌徒，马屁精，怨天尤人者，打出来的医生，迄今为止诗人想象出来的最不动感情、最鲜廉寡耻的人物，贵人迷，无病呻吟者，无缘无故怀疑自己戴绿帽的丈夫，尼禄，米特拉达梯，阿特柔斯①，福卡斯②，塞托里乌斯③，以及其他许多悲剧或喜剧性格。所有这些角色的精神都与多愁善感背道而驰。那么伟大的演员凭什么天生的或者后天养成的本领才能应付裕如呢？凭他了解和模仿一切自然的能力。请相信我的说法。当一个原因足以解释所有现象的时候，我们不必到处去寻找别的原因。

有时诗人的感受比演员的感受更加强烈。有时候——可能这种情况更为常见——演员下的功夫比诗人更加深。伏尔泰有

---

① Atreus，希腊传说中的迈锡尼国王，与其弟提厄斯忒斯结仇。他杀死后者的三个儿子后，又让他吃下亲生儿子的骨肉。

② Phocas（547—610），拜占廷皇帝，被暴动的民众处死。

③ Quintus Sertorius（约前126—前72），罗马大将，曾起兵反抗苏拉的独裁，挫败庞培，后遇刺身亡。高乃依著有悲剧《塞托里乌斯》。

一次听到克莱蓉小姐演他写的戏，不由惊呼："难道这真是我写的吗？"他这个感叹确有来由。难道克莱蓉小姐对角色了解得比伏尔泰还要多？至少在克莱蓉小姐朗诵台词的这个瞬间，她的理想范本远远超过诗人写作时候的理想范本，不过这个理想范本并非她本人。她到底有什么才能呢？她的才能在于虚拟一个伟大的幽灵，然后天才地模仿这个幽灵。她找到了埃斯基涅斯[①]在背诵德摩斯梯尼的演说辞时永远达不到的效果：野兽的吼叫。他曾对他的学生说："如果这已经使你们大受震动，如果你们听到野兽吼叫，你们又该怎么样呢？"诗人生下可怕的猛兽，克莱蓉小姐使猛兽吼叫。

如果我们把这种表现一切自然甚至凶猛的自然的本领叫作多愁善感，那在用词上可是大错特错了。根据迄今为止人们给这个词下的定义，我以为多愁善感是伴随着器官的软弱性而产生的，它是横膈膜活动灵便、想象力活跃、神经纤细的结果。有这种禀赋的人富于同情心，容易颤抖、赞叹、害怕、发慌、哭泣、晕倒、助人、逃跑、失去理智、夸张、蔑视、鄙夷不屑，往往对真、善、美没有任何明确的概念，对人不公正，易于发疯。多愁善感的人增多，各种各样的好事、坏事以及过分的赞扬和斥责就成比例地增多。

诗人啊，如果你们为一个脆弱、轻飘、易动感情的民族工

---

① Aeschines（约前389—前314），雅典演说家，德摩斯梯尼的辩论对手。

作，请你们局限于写拉辛那样委婉动人、声韵和谐的哀歌。见到莎士比亚那种血肉横飞的场面，他们会吓跑的：这些软弱的灵魂受不住猛烈的震撼。千万不要把太强烈的画面拿给他们看。你不妨给他们看：

儿子身上滴着被他杀死的父亲的鲜血，

他手提脑袋，索取罪行的报酬；[1]

不过不要走得更远。如果你们胆敢像荷马那样对他们说："你往哪里去，恶徒？难道你不知道，上天专门打发忤逆不孝之子到我这里来？你临终时刻不会躺在你母亲的怀抱里。我已经看到你倒在地上，看到猛禽围住你的尸体，扑腾翅膀，啄掉你的眼珠。"听到这些话，我们所有的妇女都会把头转过去，齐声尖叫："啊哟！吓死人了！"如果让一位伟大的演员来念这段词，由于他地道的朗诵加强了字句的分量，那效果还要怕人。

乙：我很想打断您的话，提一个问题。加布里耶尔·德·维吉小姐收到一个瓶子，里面装着她情人血淋淋的心脏。[2] 您对这个情节有什么想法？

---

[1] 参见高乃依《西拿》，第一幕，第三场。
[2] 皮埃尔·德·贝卢瓦的剧作《加布里耶尔·德·维吉》中的场面，该剧于作者死后两年（即 1777 年）公演。

甲：我的回答是，我们的主张应该一贯到底。如果人们对这个场面大不以为然，那么也不能容忍俄狄浦斯抠去眼珠以后出场，还得把菲罗克忒忒斯赶下舞台，因为他受不了伤口的折磨，只得用惨不成声的呼叫来缓解痛苦。我以为古人对悲剧的看法与我们不同。我说的古人是希腊人、雅典人，这个如此优雅的民族在各方面都给我们立下典范，其他民族至今未能赶上他们。埃斯库勒斯、索福克勒斯和欧里庇德斯成年累月地熬夜，绝非为了产生一些短暂、薄弱的印象，让人们在嘻嘻哈哈吃晚饭的时候把它们忘得一干二净。他们要用不幸者的命运来引起观众的深刻悲伤；他们不仅想娱乐自己的同胞，而且要使他们变得更好。他们这样想是对还是错呢？为了达到这个目的，他们让复仇女神受到血腥气的指引，在舞台上追逐弑亲者。他们有高超的鉴赏力，不会去赞赏错综复杂的情节和一转眼就消失的匕首，因为所有这些都只能引起儿童的兴趣。照我的看法，一部悲剧只是一页美丽的历史，它分成若干部分，各用明显的停顿做标志。

人们正在等待郡守①。他来了。他审问村里的领主。他规劝领主叛教。后者拒绝。郡守判他死刑，把他关入牢房。领主的女儿来为父亲求情。郡守答应宽恕领主，但是提出的条件叫人无法接受。领主被处死。村民追逐郡守。郡守逃跑。领主女

---

① 狄德罗于一七六九年写成悲剧《郡守》的提纲。

儿的情人用匕首刺中郡守的要害，于是这个残暴的、排斥异己的人在万众咒骂声中死去。这些材料足够诗人写一部伟大的作品。他可以让女儿在坟墓前询问她的母亲，从而获悉父亲对自己恩重如山。然后让她对于应否牺牲自己的贞操拿不定主意。她在犹豫不决中回避她的情人，不理睬他热情的表白。她获准到牢房里探望父亲。父亲希望她与情人结合，但是她不同意。她委身于郡守。正当她丧失贞操的时候，父亲被处死了。观众不知道她已失身，直到她的情人把父亲的死讯告诉她，看到她痛不欲生，您才知道她为了搭救父亲作出多大的牺牲。这时候郡守来了，后面跟着追逐他的村民。于是女儿的情人把他杀死。这便是用类似题材写成的戏里的一部分情节。

乙：这么多才是一部分！

甲：是的，一部分。难道这对年轻情侣没有劝领主逃避他乡？难道村民们没有向领主建议干掉郡守和他的随从？难道不能让一个主张宗教容忍的神父出场？难道在这个痛苦的日子里，女儿的情人一直置身事外？难道不能假定这些人物相互有联系？难道不能利用这些联系？难道这位郡守不曾追求过领主的女儿？难道他此番回来不是为了报复，因为领主当年把他赶出领地，而领主的女儿曾经蔑视他？只要有耐心去思考，您可以从最简单的题材生发出无数重要的情节。只要有文才，您可以把这些情节描绘得有声有色。一个人没有文才是当不了剧作家的。再说，您以为我这部戏里缺少惊心动魄的场面吗？审问领主的那一场戏可以用上全副刑具。不过话扯得太远了，还是让我言归正传吧。

我请您作证，英国的罗西乌斯①，大名鼎鼎的加里克，世上各个民族公认的最佳演员，请您说实话！您曾否对我说过：不论您要表演什么情欲或者性格，纵使有强烈的感受，您的表演仍将软弱无力，假如您未能通过思想把自己上升到与荷马笔下的幽灵同等的高度，努力使自己与这个幽灵等同起来。我反驳说，那么您不是拿您自己作为表演的根据。当时您是怎样回答我的？请您承认：您说您用心避免自己演自己，还说您之所以能在舞台上令人赞叹不已，是因为您始终让观众看到一个虚拟的人物，而不是您自己。

乙：伟大演员的灵魂是用一种微妙的元素组成的。哲学家②认为正是这种元素充斥宇宙。它不冷不热，不轻不重，没有固定形态，能够同样方便地采取所有的形态，但是不保留任何一种形态。

甲：伟大的演员既非钢琴，也非竖琴，不是小提琴，也不是大提琴。他没有自己的和弦，但是他采用适合于他演奏的分谱的和弦及调门，而且他能演奏所有的分谱。我非常器重伟大的演员：这种人极为难得，与伟大的诗人同样难得，或许更加难得。

---

① Quintus Roscius Gallus，公元前一世纪的罗马演员。
② 指古希腊哲学家伊壁鸠鲁。

一个人在社会上打算取悦众人，并且不幸有才能达到他的目的，这个人必定什么也不是，他没有任何属于他自己的东西，使一些人着迷，使另一些人讨厌的东西，足以使他与别人相区别。他始终在说话，始终说得那么漂亮。这是一个以阿谀奉承为职业的人，一个老练的朝臣，一个伟大的演员。

乙：老练的朝臣从他开始呼吸那一天起就习惯于充当奇妙的傀儡，他在主人手里的丝线操纵下随意变化为各种形态。

甲：伟大的演员是另一种奇妙的傀儡，操纵他的是诗人。诗人在每一行诗句里都指示他应该采取什么形态。

乙：那么说，如果一个朝臣、一个演员只能采取一种形态，不管这个形态多么美丽，多么有趣，这个朝臣和这个演员都只是个不灵便的傀儡？

甲：我无意攻击我喜爱并且敬重的职业；我指的是演员这一行。如果人们曲解我的意思，从而蔑视演员，我将大为伤心。当演员的人有罕见的才能，对社会确实有益。他们抨击可笑的事物和恶习，最雄辩地宣扬正直和德行；他们是才子用来惩罚恶人和狂人的棍棒。不过只消看看您的四周，就会发现，一天到晚快快乐乐的人既没有大的缺点，也没有大的美德。一般说以插科打诨为业的人都秉性轻浮，没有坚定的原则；那些与社交场某些窜来窜去的人相似、没有任何性格的人，偏偏擅长表演所有的性格。

演员难道没有父亲、母亲、妻儿、儿女、兄弟、姊妹、熟人、朋友、情妇吗？人们把感情丰富细腻看作演员这一行的首要品质。如果演员具备这个品质，须知他和我们一样受到连绵不断、无穷无尽的痛苦的追逐和打击，这些痛苦时而毁伤、时而撕裂我们的灵魂，那么在这种情况下，一个当演员的还剩下多少日子可以用来娱乐我们呢？很少的日子。即便宫廷侍从抬出国王的权威来要求他演戏，他往往不得不回答："大人，今天我笑不出来。"或者说："我今天要为之流泪的是别的事情，不是阿伽门农王的忧虑。"他们生活中的忧愁和我们生活中的忧愁同样频繁，而且更能妨碍他们自由从业。可是我们看不到他们因为自身的忧愁而经常停止演出。

我在社交场上碰到他们不在插科打诨的时候，便觉得他们彬彬有礼，言辞刻薄，为人冷淡，讲究排场，行为放荡，挥霍成性，谋求私利，对我们贻人笑柄的言行颇为注意，却不关心我们的痛苦所在。他们目睹不幸事件或者听人讲述悲惨的遭遇都无动于衷。他们孤独，居无定所，对贵人俯首听命。他们的生活不检点，没有朋友，几乎不知道人世间有一种神圣、温柔的联系，使我们能与另一个人同甘共苦。我经常看到演员在台下放声大笑，但是我不记得见过他们中哪一位在台下掉眼泪。他们自诩的或者人家奉送给他们的那种多愁善感，都拿去干什么了？莫非他们下场时把它留在台上，再次上场时又把它捡起来？

是什么使他们穿上喜剧演员的浅筒靴或者悲剧演员的厚底

靴？是缺乏教育、贫困和放荡。戏剧是一种谋生手段，不是一种选择。从来没有人当演员是因为他向往德行，渴望对社会有益、为国家或家庭服务。从未有人出于任何一种端正的动机去当演员，然而一个正直的人，一个热心肠的人，一个敏感的灵魂本可以出于端正的动机去从事这个美不可言的职业的。

我本人年轻时曾一度拿不定主意是上大学还是登台演戏。我经常在最寒冷的天气来到卢森堡公园僻静的小径，高声背诵莫里哀和高乃依的角色台词。我当时有什么打算呢？想博得喝彩声？可能的。想与女演员们厮混？肯定的，我觉得她们极其可爱，知道她们作风轻佻。那时候天生丽质的戈森小姐登台不久，为了讨好她我没有做不出来的事情；对丹若维尔小姐我也着了迷，她在台上可谓倾倒四座。

据说演员没有任何性格，因为他们在表演所有性格的同时丧失了自然赋予他们的性格，他们从而变得虚假，就像外科大夫和屠夫变得狠心一样。我以为人们把原因当作结果了。演员之所以能表演各种性格正是因为他们本来就没有性格。

乙：一个人并非因为当了刽子手就变得残忍；他因为生性残忍才去当刽子手。

甲：我用尽心机审察这些人，还是不得其解。我没发现他们身上有任何不同于其他公民的地方，除非是他们自负到傲慢不逊的地步，他们的嫉妒心使他们彼此不和，充满敌意。各种行业里头，为了微不足道的个人打算而牺牲全体从业人员的利益和公众利益的情况，再没有比在演员这一行里更经常发生，更明显不过了。演员之间的嫉妒比作家之间的嫉妒要厉害得多。这话说得很重，不过这是事实。一个诗人比较容易原谅另一个诗人的剧本获得成功，一个女演员却很难原谅另一个女演员获得的掌声，因为这掌声会使她得到某个放荡权贵或富翁的垂青。您看到他们在舞台上很伟大，您说这是因为他们有灵魂；我却看到他们平时既渺小又低贱，因为他们没有灵魂。他们用老贺拉斯和卡米尔的措辞和语调说话，却按照弗罗辛和斯卡纳赖尔的方式行事①。为了判断一个人的本性，我应该根据他从旁人那里借来的、学得惟妙惟肖的言词呢，还是根据他的行为实质和他的生活内容？

乙：可是对于从前的莫里哀、吉诺、蒙梅尼尔，现在的布里扎尔以及受到贵人和百姓同样欢迎的卡约，您尽管放心向他们倾诉您的秘密，托他们保管您的钱财。您相信由他们来照管您妻子的名誉和您女儿的贞洁，比托付给朝中某位大人或者某位德高望重的神父更为可靠……

甲：这样称赞他们毫不过分。叫我恼火的是，听不到人们举出更多的过去和现在的演员的名字，说他们也当得起这番颂扬。叫我恼火的是，高尚文雅的男演员和品行端正的女演员凤毛麟角，而演员的职业使他们具备的那种品质本当是产生其他

---

① 老贺拉斯和卡米尔是高乃依的《贺拉斯》中的人物；弗罗辛和斯卡纳赖尔是莫里哀喜剧中经常出现的男女仆人的名字。

许多品质的丰富宝贵的源泉。

现在我们可以作结论：易动感情并非演员的专利；如果他们天生多愁善感，在舞台上和在社交场上听凭感情的驱使，他们的感情既不是他们性格的基础，也不是他们成功的原因；与社会上从事其他职业的人相比，演员的感情既不更多也不更少。如果我们很少遇到伟大的演员，那是因为做父母的根本不想让自己的子女去搞戏剧，因为当演员的没有从小就接受有关的教育，因为剧团与所有其他团体不同，其成员并非来自社会上各个家庭。演员之所以登上舞台，并非像别人从军、当法官或神父那样出于自身的选择，或者出于兴趣并得到他们家长的同意。演员的职责是对聚集在一起的人讲话，让他们受到教育，得到娱乐，改正缺点；一个民族如果重视这种职责，给演员以他们当之无愧的荣誉和报酬，就不会产生这种情况。

乙：我以为当今演员的堕落是古代演员留给他们的一份倒霉的遗产。

甲：我也这么看。

乙：今天我们对问题有比较正确的看法。如果戏剧起源于现在，很可能……您没在听我说话。您在想什么？

甲：我顺着我第一个想法想下去，我想到，如果演员都是正人君子，如果他们的职业备受尊重，那么戏剧对于良好的趣味和社会风气会产生什么影响。有哪一位诗人胆敢建议出身高贵的人在大庭广众下反复背诵乏味的或者粗俗的词句？或者建议差不多像我们的妻子一样规规矩矩的妇女厚着脸皮，在一大群听众面前说一些连她们自己在家里听了都会脸红的话？如果我的想法能够实现，很快我们的剧作家就能达到纯洁、精美、优雅的境界，而今天他们离这个境界比他们自己猜想得还要远。

乙：人们可能反驳您说，您设想的那种品格端正的演员将要予以摈斥的剧目，不管是古代的还是现代的，搬演的正是当今社会上的实情。

甲：即便我们的同胞把自己贬低到最下贱的江湖戏子的水准，那又有什么关系呢？难道因此就不必希望我们的演员上升到最正直的公民的高度，难道他们就是提高自己也无补于事吗？

乙：完成这个变化殊非易事。

甲：我的《一家之主》公演的时候，警察总监劝我继续走这条路子。

乙：为什么您没有走下去呢？

甲：因为我没有获得预期的成功，也不相信自己还能做得更好，我于是对写剧本这一行失去了兴趣，我认为自己在这方面没有足够的才能。

乙：今天这个剧本在四点半以前就能把观众都吸引到剧场里来，每当演员们需要收入一千埃居就上演它。为什么当初它却受到冷遇呢？

甲：有人说是因为我们的社会风气一方面太虚假，不能接受一种如此朴实的戏剧，另一方面太腐化，不能赏识一种如此规矩的戏剧。

乙：这种见解不无道理。

甲：但是实践证明并非如此，因为我们现在没有变得更好。更何况，真实和正直对我们施加着巨大的影响，一个诗人的作品只要具备这两种性质，加上作者又有点才气，肯定会得到成功。当一切都虚假的时候，人们尤其爱真实；当一切都腐败的时候，戏剧尤其纯洁。公民来到喜剧院门口，就把他的恶习都留在那儿，直到散场的时候才带回去。在剧场里他是个贤良公正的人，是好父亲、好朋友，钦慕德行。我经常看到邻座的恶人对台上的行为深感气愤，其实他们自己的处境如果与诗人为他们痛恨的人物设想的环境相同，他们也会做出类似行为。如果说我的剧本一开始没有成功，那是因为观众和演员对这种戏剧都感到陌生；因为当时对所谓的流泪剧有一种偏见，而且这种偏见至今还存在；还因为我在宫中，在城里，在法官、教会人士和文人中间有许许多多敌人。

乙：您怎么会招惹那么多的仇恨呢？

甲：我实在不知道为什么，因为我从未写诗讽刺权贵或者小人物，我也没有在通向财富和荣誉的道路上妨碍过任何人。人们管我们这种人叫哲学家，把我们看作危险的公民，政府里养着两三个专门用来对付我们的下级官员，这帮恶棍不讲操守，不分是非，更糟的是他们没有才能。不过我们且不谈这个。

乙：还得补充一点：这些哲学家使得一般诗人和文人的任务变得更为艰巨。他们不能像过去那样，只要会写情诗或下流歌词就可以出名。

甲：这也可能。有这么一个浪子，他不在收养他的画家、雕刻家或者艺术家的工作室里勤奋学习，却虚掷了一生中最宝贵的岁月，结果到二十岁上既没有谋生的本领，也没有才能。你叫他去做什么好呢？不是当兵，就是演戏。于是他加入一个乡下戏班子。他闯荡江湖，直到自以为可以在首都献艺的那一天为止。有一个不幸的女子，她在腐化堕落的生活中沉沦。后来她厌倦烟花女子的龌龊生活，背熟了几个角色的台词，某一天就到克莱蓉小姐家里去，像古代的奴隶去拜访市政官或者放款人一样。克莱蓉小姐抓住她的手，让她在原地转了一圈，又用小棍子点她一下，对她说："去吧，你可以叫爱看热闹的闲人又哭又笑。"

演员被逐出教门。观众虽然不能没有他们，却蔑视他们。他们是处于另一个奴隶的棍棒不断威胁之下的奴隶。你以为一个人的品格受到如此经常的作践还能不受损害吗？一个人的灵魂备尝耻辱，还能坚强不屈，配得上高乃依剧中的人物吗？

人家对他们滥施淫威，他们又对剧作者如法炮制。我不知道傲慢不逊的演员和甘心忍受这种傲慢态度的剧作者相比，哪一方更下贱。

乙：剧作者总希望自己的作品上演。

甲：为此他不惜接受任何条件。演员厌倦自己的职业。您若是在门口买票入场的观众，您的在场和掌声都会使他们不耐烦。小包厢观众的接济足以使他们维持生活，所以他们差一点就决定，要么让剧作者放弃他的报酬，要么不接受他的剧本上演。

乙：这种做法势必导致没有人再写剧本。

甲：这与他们又有什么相干呢？

乙：我想您剩下要说的话不多了。

甲：您这可错了。我应该挽起您的手，领您到克莱蓉小姐这位无与伦比的魔法师家里去。

乙：至少这一位是对自己的职业感到自豪的。

甲：就像所有技艺高超的演员都对自己的职业感到自豪那样。只有那些被嘘声赶下台的演员才蔑视戏剧。我一定要让您看到克莱蓉小姐当真发怒时的神情。假如她偶尔在这个时候还保留在舞台上夸张做作的姿态、腔调和举止，您见到了能不捧腹大笑吗？那您又会告诉我什么呢？您准会说，真实的感情和表演出来的感情是迥然不同的。同一件东西在舞台上令您钦佩不已，现在却叫您发笑。请问这又是为什么呢？这是因为，克莱蓉小姐当真动怒的时候与她假装发怒的时候很相像，而您却对这种激烈情感的面具和克莱蓉小姐本人予以严格区分。戏剧里各种激情的形象并非真实的形象，它们只是夸张的肖像，是根据成规绘成的漫画像。不信您好好想一想，是哪种艺术家最严格地遵守这套规矩？哪种演员最能恰到好处地按规定作夸张表演？是天生没有个性的人，还是舍弃自己的个性以便获得一个更伟大、更高贵、更强烈、更高雅的性格的人？一个人就是他自己，这是出于自然；一个人成为另一个人，却是出于模仿。人们为自己假设的心并非人们实际上有的那颗心。那么什么是真正的才能呢？这便是熟悉借来的灵魂的外部特征，诉诸听我们说话、看我们动作的那些人的感觉，模仿这些外部特征以便欺骗他们。这种模仿应该把他们头脑里的一切都加以放大，成为他们判断力的尺度，因为除此之外不可能有别的方法估量我们心里发生的事情。至于他们是否动了感情，与我们本不相干，只要我们不去计较。

因此最伟大的演员就是最熟悉这些外在标志，并且根据塑造得最好的理想范本最完善地把这些外在标志扮演出来的演员。

乙：而最伟大的诗人就是给伟大的演员留下最少想象余地的诗人。

甲：我正想说这句话。如有一个人长期以戏剧为业，在交际场合也保留戏剧中的夸张姿态，俨然以布鲁图斯、西拿、米特拉达梯、科尔涅利娅①、梅洛普、庞培自居，您可知道他做

---

① Cornelia（约前189—前110），古罗马统帅大西庇阿的女儿，格拉古兄弟的母亲。她被认为是罗马母亲的典范。

了什么事情？他把自然赐给他的或大或小的灵魂配上他没有的那个被夸张的、巨大无比的灵魂的外在标志，于是他就变得可笑。

乙：您无心或者有意对演员和作者作的这番嘲讽，可谓辛辣。

甲：此话怎讲？

乙：我认为人人都可以有一个坚强、伟大的灵魂；我认为人人都可以有与他们自己的灵魂相称的举止、谈吐和行动；我认为真正的伟大表现为形象，绝不会是可笑的。

甲：那么从中可以得出什么结论呢？

乙：啊，好奸诈的人！您自己不敢直说，就让我代您受过，招致众怒。结论是真正的戏剧还有待发现，而古人的作品尽管有缺点，可能比我们更接近真正的戏剧。

甲：说真的，我听到菲罗克忒忒斯以如此简单、有力的方式对涅俄普托勒摩斯说话，实在是欣喜欲狂，后者在尤利西斯指使下从他那里偷走赫拉克勒斯的神箭，现在又把箭还给他。① "瞧你干出什么事情来了：你迫使一个不幸的人死于痛苦和饥饿的折磨，而你自己却毫无觉察。你的偷窃行为本是另一个人的罪行，但是你的悔恨属于你自己。假如没有别人教

---

① 特洛伊城久攻不下，神谕需要菲罗克忒忒斯的神箭才能破城。尤利西斯定计让阿喀琉斯的儿子涅俄普托勒摩斯去偷箭。这里提到的是索福克勒斯就此题材所写悲剧中的情节。

唉，你绝不会想到去干这么不光彩的事。你看，我的孩子，在你这个年龄只与正直的人交游该有多么重要。而你却与一个恶棍来往，结果落到这步田地。为什么你与一个性格如此恶劣的人交往呢？难道你父亲会选择这个人做他的同伴和朋友吗？这位父亲只接近军中最出色的将帅，如果他看到你与尤利西斯这个家伙混在一起，他会跟你说什么呢？……"这段话与您会对我儿子说的话，或者我会对您儿子说的话有什么差别？

乙：没有差别。

甲：可是这话说得多美！

乙：确实很美。

甲：舞台上说这段话的口气与人们在交际场上说同样话的口气有什么不同？

乙：我不以为有什么不同。

甲：这种口气在交际场上是否可笑？

乙：毫无可笑之处。

甲：动作越是强有力，言词越是简朴，我就越是钦佩。我担心我们连续一百年间把马德里的大言不惭当作罗马的英雄主义，把悲剧女神的口吻和史诗女神的语言混为一谈了。

乙：我们的亚历山大诗体太高贵，节奏太强，不适宜用作对话。

甲：我们的十音节诗体又太卑琐，太轻飘。无论如何，我希望您在去看高乃依某个以罗马历史为题材的剧本演出之前，

305

先读一遍西塞罗给阿提库斯的信。我觉得我们的剧作家太矫揉造作了！与雷古鲁斯简朴有力的演说相比，他们编的台词简直令人作呕。雷古鲁斯为说服元老院和罗马人民放弃从迦太基赎回战俘，采用颂诗体来表达自己的意见，这种诗体比悲剧独白更加热烈，更加有声有色，更加夸张。他说："我看到我们的军旗悬挂在迦太基的神庙里。我看到罗马士兵被夺走手中没有沾上一丝血迹的武器。我看到自由被遗忘，公民的双手被反绑。我看到城门大开，曾被我们破坏的田野又五谷丰登。难道你们相信，等你们用白银把他们赎回来以后，他们会变得勇敢一些吗？你们只不过在耻辱之外又添上损失。德行一旦从一个自甘卑贱的灵魂里被驱逐出去，就再也不会回来了。一个人本可以死去，却让人家把他捆绑起来，对这种人你们不必再指望什么。迦太基啊，我们蒙受的羞辱把你衬托得何等伟大，使你感到何等骄傲！……"

他的言行完全一致。他拒绝妻子和儿女的拥抱，他认为自己像一个低贱的奴隶，不配领受亲人的温情。他固执地把目光盯在地上，对友人的眼泪不屑一顾。最后他使元老们同意只有他本人能够作出的那个决定，允许他回到异国去当囚徒。

乙：这又简朴又美。但是要到下一个时刻，我们才看到他的英雄本色。

甲：您说得对。

乙：他知道凶恶的敌人为他准备了酷刑。但是他镇定自若，挣脱了企图让他推迟行期的亲友们的包围。从前他由于经营商业而感到劳累，想到韦纳夫罗的田野或者塔兰托的庄园去休息的时候，也用同样潇洒的风度摆脱成群结队的客户对他的包围。

甲：说得好。现在请您把手放在心口，告诉我当今诗人们的作品里，能否在许多地方找到一种语气适合于表现如此崇高、如此洒脱的德行？我们那种软绵绵的哀叹和大部分高乃依式的自吹自擂，若由这张嘴说出来，又会给您什么感觉？

有多少话我只敢对您披露啊！假如人们知道我这样亵渎神明，定会在街上向我扔石头，但是我不想戴上任何一种殉道者的桂冠。

如果有朝一日某位才子敢于让他笔下的人物用古代英雄的纯朴语气来说话，掌握演员的艺术将会难得多，因为那时候朗诵台词不再和唱歌相似。

再说，当我宣称易动感情是灵魂善良但是才能平庸的特征时，我承认的事情殊非寻常，因为如果说有一个人天生多愁善感，那就是我。

易动感情的人太受自己横膈膜的摆布。他不能成为伟大的国王、伟大的政治家、伟大的法官、公正的人、深刻的观察家，因此也不能成为高明的模仿自然者。除非他能忘掉自己，分身为二，借助强有力的想象创造他自己，凭借一副好记性把自己的注意力集中在供他作范本用的幽灵身上。不过到那个时候已经不是他本人在行动，而是另一个人的精神在驾驭他。

我本应该在此打住；但是您会原谅我谈出不得体的想法，却不会原谅我隐瞒自己的思想。显然您也有过类似的经验。一位初出茅庐的男演员或女演员把您请到家里参加一场小型聚会，请大家对她的才能发表意见。您认为她有头脑，感情丰富，有一副热心肠；您对她赞扬备至，而且在告辞的时候对她的成功满怀希望。结果怎么样呢？她登台，挨嘘，您也向自己承认这些嘘声是有道理的。那么这又是怎么一回事呢？莫非她在旦夕之间就丧失了她的头脑、丰富的感情和热心肠？不是的。可是在她家一层的客厅里您与她同处在地面上；您听她念台词的时候不需要顾及演戏的规矩，她与您面对着面，你们中间没有任何足资比较的范本；您对她的嗓音、她的举止、她的表情、她的姿态感到满意；一切都与听众及场地相称；没有任何因素要求她夸张。而到了舞台上，一切都变了：既然一切都放大了，这里就需要另一个人物。

在私人的小剧场里或者客厅里，观众几乎与演员处在同一个平台上，真正的戏剧人物会使您觉得过于巨大，演出结束之后您会对朋友悄悄说"她不会成功的，她演过火了"；于是她在剧场里得到的成功就会使您惊讶不已。我再说一遍，不管这是好事还是坏事，演员在社交场合说的话和做的动作与他在舞台上的表演绝不是一模一样；这是另一个世界。

我可以引用一件有决定性的事情作为佐证。这件事是一位为人正直、富有独创见解、言词锋利的人——加里亚尼神父告诉我的。另一位为人正直，同样富有独创见解、言词锋利的人——那不勒斯驻巴黎大使卡拉契欧里侯爵先生为我证实了这件事。在他们两位的故乡那不勒斯有一位戏剧诗人，其主要精力不是用在撰写剧本上。

乙：您的剧本《一家之主》在那不勒斯获得极大的成功。[①]

甲：宫廷礼仪规定在演出期间每天上演不同的剧目，但是我的剧本在国王面前连演四天，群众兴高采烈。不过那位那不勒斯诗人关心的是在社会上物色年龄、长相、声音和性格适合于扮演剧中角色的人。人家不敢拒绝他这么办，因为他的目的是娱乐国王。他花六个月工夫训练他找来的演员，有时集体演习，有时个别教练。您设想一下这个班子到什么时候才开始演出，相互配合，走向他要求的那个完美境界？一直要等到演员们被无休止的排练弄得筋疲力尽，到了俗话说感到腻烦的时候。从这时候起他们才有惊人的进步，每人都与自己的角色融为一体；经过这番折磨人的演习之后，演出才开始，连续六个月不辍，而国王和他的臣民享受到戏剧幻象能给予人的最大乐趣。这个幻象在第一次演出和最后一次演出时同样强烈，难道它之所以能产生，是因为演员们易动感情吗？

---

① 一七七三年一月，此剧在西西里国王费迪南的宫廷上演。

再说，雷蒙·德·圣阿尔平①，一位平庸的文人，曾与里科博尼②，一位伟大的演员，讨论我探讨的这个问题。那位文人主张演员应该动感情，那位演员的见解和我相同。我以前不知道这段掌故，不久前才获悉。

我的话都说了，您也听了，现在我想知道您的看法。

乙：我以为那个文人傲慢、武断、生硬、固执，说他目中无人也不为过。如果他只保留自然慷慨赐予他的自负心理的四分之一，又有耐心听您屈尊向他解释理由，那么他对自己的意见就不会毫无转圜的余地。不幸的是他无所不知，而作为通晓万事的才子，他以为自己不必听取别人的意见。

甲：反过来公众也不听他的意见。您认识里科博尼夫人吗？

乙：她写过许多情致迷人、才华横溢、持论公正、格调优雅、饶有韵味的作品。谁不知道这位作者的名字？

甲：您认为这个女人易动感情吗？

乙：不仅是她的作品，而且她的行为也证明这一点。她遭遇过一件惨事，一度痛不欲生。二十年以后她的眼泪还没有流完，泪水的源泉还没有枯竭。

---

① Rémond de Sainte-Albine（1699—1778），法国历史学家、剧作家，著有《演员》（1747年）。
② Antoine-François Riccoboni（1707—1772），意大利演员，著有《戏剧改革》（1743年）。

甲：这个女人是自然曾经造就的最富于感情的人中的一个，偏偏她却成了舞台上曾经出现过的最拙劣的演员之一。若要谈论艺术，谁也不如她；轮到演戏，谁都比她强。

乙：我还可以补充说，她本人也承认这一点，她从未指责观众对自己报以嘘声是不公平的。

甲：那么，里科博尼夫人既然感情极为丰富细腻——照你的看法这是演员的首要品性——为什么她的演技那么拙劣呢？

乙：想必是因为她缺乏别的品性，以致她的主要长处不能补救其他方面的不足。

甲：可是她长得不错，人也聪明；她的仪态端庄；她的声音一点也不刺耳。凡是人们能从教育得到的优点，她都具备。她在社交场合一点不叫人讨厌。人家高兴看到她，十分乐意听她说话。

乙：那我就不明白了。我只知道，观众对她从无好感，她的职业使她连续二十年吃尽苦头。

甲：还有她易动感情的天性，也是使她吃苦的原因，她从未做到凌驾于自己的感情之上。正因为她始终是她自己，所以观众始终蔑视她。

乙：您认识卡约吗？

甲：我跟他很熟。

乙：你们谈过这个问题吗？

甲：没有。

乙：如果我是您，我倒很想知道他的看法。

甲：我已经知道了。

乙：他是怎么看的？

甲：与您和您朋友的看法相同。

乙：他可是个权威，这对您大大不利。

甲：我承认。

乙：您怎么会知道卡约的看法？

甲：是一位十分机智、明晰事理的女士加利钦王妃告诉我的。卡约刚演完《逃兵》。他在台上感受到一个随时可能失去自己的情人和生命的不幸者的全部忧惧，而王妃在一旁分担了他的全部感受。卡约走进她的包厢，抬起您熟悉的那张笑脸，对她说了几句高高兴兴、恰如其分、彬彬有礼的话。王妃大吃一惊，对他说道："怎么！您没有死！我不过是个观众，可是您的忧愁使我十分伤心，到现在还不能平静下来。——没有，夫人，我没有死。假如我如此经常地死去，我岂非太可怜了？——难道您毫无感受？——请原谅……"于是他们两位展开了一场讨论，讨论的结果和我们之间的讨论将要取得的结果是一样的：我坚持我的看法，您保留您的。王妃已经记不清卡约列举的理由，但是她注意到这位伟大的模仿自然者在垂死之际，正当他就要被带去受刑的时候，发现台上一把椅子的位置没有摆对，而他待会儿应该把晕过去的路易丝抱到这把椅子上。于是他一面调正椅子的位置，一面用垂死者的声音唱道：

"可是路易丝还没有来，我最后的时刻临近了……"可是您走神了；您在想什么？

乙：我在想为你提供一种折中方案，那就是让演员在为数极少的个别时刻放任自己易动感情的天性。在这种时刻他似痴若迷，不再看到自己在演戏，忘了自己身在台上，甚至忘了他是谁。他身在阿耳戈斯、迈锡尼，他便是他扮演的人物，他痛哭流涕。

甲：他的哭声有节奏吗？

乙：有节奏。他呼唤。

甲：呼声准确吗？

乙：准确。他生气，发怒，绝望。他完全受一种激情的驱使，并且让我的眼睛看到这种激情的真实形象，让我的耳朵听到，让我的心灵感到这种激情的真正声音，以至于我受到感染，完全忘却自身，使我看到的不再是布里扎尔和勒甘，而是阿伽门农，使我听到的就是尼禄本人……至于所有其他时刻，不妨都交给艺术去支配……我想，如果能做到这一步，也许演员与自然的关系就类似奴隶与镣铐的关系：奴隶学习怎样戴着镣铐自由行动，一旦他习惯了戴着镣铐生活，便既感不到镣铐的重量，也不觉得行动受到限制。

甲：一个易动感情的演员扮演的角色，可能在一两个瞬间达到这种精神错乱的境界；不过这些瞬间越美，就越与其余时间不相称。但您得告诉我，在这种情况下看戏岂非毫无乐趣可

313

言，而且对您来说岂不变成一桩苦差使？

乙：不至于。

甲：还有，这种虚构的悲痛场面，是否比一家人围着亲爱的父亲或母亲的灵床哀泣这一真实的家庭生活情景更感动人？

乙：不能。

甲：这么说，无论是演员还是您本人，都还没有彻底忘掉自己……

乙：您已经叫我难以对答，我不怀疑您还可以叫我为难。不过我相信我能够动摇您的看法，如果您允许我请一个帮手。现在是四点半，《狄多》正在演出，我们去看罗古尔小姐的表演吧，她会比我更好地回答您。

甲：但愿她能动摇我的看法，但是我不相信她办得到。库夫勒尔小姐、杜克洛小姐、德塞娜小姐、巴兰古小姐、克莱蓉小姐、杜梅妮小姐都没有做到的事情，难道您以为她能做到吗？恕我直言，如果说这位登台不久的年轻女演员离完善的境地还差得很远，那正因为她是新手，不能做到丝毫不动感情。我向您预言，如果她继续动感情，继续扮演她自己，偏爱自然的有限本能而不是艺术的无限揣摩功夫，她就永远不会达到以上列举的那些伟大女演员的高度。她将会有美的瞬间，但是她的表演整体不会是美的。她将与戈森小姐及其他好几位女演员一样，她们演了一辈子戏，始终给人装腔作势、软弱无力和单调乏味的感觉，这正是由于易动感情的天性把她们禁锢在狭小的范围内，而她们从未超出这个范围。到现在您还要拿罗古尔小姐来反驳我的看法吗？

乙：当然啰。

甲：我们边走边谈吧。我跟您讲一件事，这与我们的话题相当有关。我认识皮加勒①，可以在他家随意出入。有一天早晨我去了。我敲门，艺术家为我开门，手里还拿着凿子。走到他的工作间门口，他把我拉住，对我说："在让您进去之前，您先得向我保证您不怕见到一丝不挂的美人……"我笑了笑……走进工作间。当时他正在雕刻萨克斯元帅的纪念碑，用一位绝色妓女做纪念碑上象征法兰西形象的模特。这位美人置身巨型雕像的包围之中，您认为她给了我什么印象？我觉得她可怜、渺小、猥琐，像一只青蛙。四周的巨型雕像把她压垮了。如果我没有等到这次工作结束再离开，我本来会相信艺术家的话，把这只青蛙当作一个美人。可是我在工作收场以后看到她站在平地上，背向这些巨型雕像，相形之下她等于不存在。这一奇怪现象也适用于戈森小姐、里科博尼夫人和所有不能够在舞台上放大自己的女演员。

万一有一位女演员天生的易动感情程度堪与登峰造极的艺术能够假装的程度媲美，那又会怎样呢？戏剧提供许许多多需要模仿的不同性格，同一个主要角色会遇到许许多多截然相反

---

① Jean-Baptiste Pigalle（1714—1785），法国雕塑家。

的情境，而这位罕见的善于啼哭的女士却没有能力演好两个不同的角色，她勉强胜任同一个角色的某些场合。她将是人们能够想象的技巧最不均匀、戏路最受局限、表现最愚蠢的演员。假如她有时候也想拔高自己，由于易动感情是她身上压倒其他一切的品性，过不了多久就会回到平庸的境地。与其说她像一匹奔驰的骏马，不如说她像一匹驽马咬紧嚼子跑步。她的力量只能作片刻短暂、突然的爆发，没有逐渐过渡，没有准备阶段，也没有统一性，您会觉得她在发神经。

既然易动感情必定伴随着痛苦和软弱，请问一个生性温柔、软弱、易动感情的人是否适合领会并且表达莱翁蒂娜的冷静、爱弥奥娜不可遏制的嫉妒心、卡米尔的暴怒、梅洛普的母爱、费德尔的狂热和悔恨、阿格里皮娜不可一世的骄傲、克吕泰涅斯特拉的焦躁？您那位永恒的啼哭女郎只能扮演某几个哀伤角色，别让她越出这个范围。

这是因为，易动感情是一回事，有所感受是另一回事。前者是心灵的事，后者与判断力有关。这是因为，您可以感受强烈却不善表达。这是因为，您单独一人在社交场合，在炉火边上，面对不多几个听众朗诵、表演时可以表达自己的感情，在舞台上却一筹莫展。这是因为，凭借所谓的易动感情的天性，凭借灵魂和心肠，您可以在舞台上念好一两段台词，对其余一切却搞得很糟。这是因为，把握一个重要角色的全部广度，在这个角色身上做到明暗映衬，既有温情，也有弱点，在平静的地方和激动的地方作出均衡的表演，在细节上富于变化，在整体上和谐一致，掌握一套成体系的朗诵方法，甚而能补救诗人一时的随心所欲：所有这一切，只有冷静的头脑、深刻的判断力、高雅的趣味、辛苦的揣摩功夫、长期的实践、牢固的不同寻常的记忆力才能办到。这是因为需要诗人严格遵守的规则，使他们在收场时和初出场时一样，前后完全一致[①]，对于演员来说更是严厉到一丝不苟的程度。这是因为，如果一个人从后台出场的时候没有记住他的表演和他的角色，那么他只能一辈子当一个初出茅庐的演员；或者如果他天生胆大、自负、兴致勃勃，单凭头脑的灵敏和长期的舞台经验来演戏，那么这个人热烈的情绪和似痴若醉的神态会使您折服，您会为他的表演鼓掌，就像绘画鉴赏家对一幅简笔勾勒的草图微笑一样，那幅草图里一切都露出端倪，但是任何地方都没有定型。这种演员很少见，我们偶尔能在集市上或者尼科莱剧团里遇到他们。也许这些疯子最好保留他们的本色，做仅具雏形的演员。他们再下功夫也不能得到他们缺少的东西，反倒可能失去他们已有的东西。他们就值那么多，不要把他们摆到一幅完工的画旁边去。

乙：我只剩下一个问题要提出来。

甲：请吧。

乙：您见没见过整个剧本的演出都无懈可击？

[①] 参见贺拉斯《诗艺》，第 127 行。

甲：我确实不记得……不过您容我再想一想……是的，偶尔见过一个平庸的剧本由平庸的演员完美地演出……

两位对话者于是出发去看戏，可是已经没有座位了。他们只好来到杜伊勒里宫，默默地散了一会儿步。他们似乎忘记他们是待在一起的，每个人都在跟自己说话，好像只有自己一个人在场。其中一位的声音很大，另一位声音很低，听不清他在说什么，偶尔从他嘴里漏出几个孤立然而清楚的单词，根据这些片言只语不难断定他并不服输。

我能够披露的仅仅是发表奇谈的那一位的想法。我们若把一个自言自语的人说的话中起联系作用的成分都去掉，他的想法就显得东拉西扯，缺乏条理，我就按照这个样子转述那一位的想法。

甲：假如我们让一个易动感情的演员来代替他，我倒想看看那位演员怎么应付这个场面。而他是怎么做的呢？他把脚搁在栏杆上，脑袋歪向一侧肩头，一面系他的袜带，一面回答他蔑视的那个朝臣。就这样，除了这位冷静、卓越的演员，任何人遇到这个意外事件都会手足失措，他却能急中生智，使之适应舞台上的场面。

（我想他指的是巴隆在悲剧《埃塞克斯伯爵》中的表演。他微笑着补充说：）

是啊，他会认为那位女演员是动了感情的。她气息奄奄地倒在知心女友的怀里，眼睛却对准三楼包厢，发现其中有一位年老的检察官正被感动得泪流满颊，此人的悲伤表情看来特别滑稽。她就说："喂，你看楼上那一副嘴脸……"她用喉音低声说出这句话，听来好像她在继续发出含糊不清的哀怨声似的……去对别人说吧，去对别人说吧！假如我没有记错，这是戈森小姐演出《查伊尔》时发生的事情。

还有这第三位，他的结局如此悲惨。我认识他也认识他的父亲。他父亲有时候请我凑着他的助听器讲话。[①]

（毫无疑问这里指的是明智的蒙梅尼尔。）

这个人是单纯和诚实的化身。他天生的性格与他出色地扮演的达尔杜弗有什么共同点呢？没有任何共同点。那么他从哪里学到这歪脖子的姿态，这古怪的转动眼珠的方式，这故意放得温和的腔调，以及伪君子角色的其他种种微妙之处？请您留神您的答话，我在这儿等着您呢。

乙：全凭深入模仿自然。

甲：全凭深入模仿自然？您会看到，自然中多愁善感的灵魂最明显的外在标志，与伪善的外在标志是不等量的；人们不能在自然中研究伪善的外在标志，一个才华卓绝的演员把握和模仿感情的外在标志，比起把握和模仿伪善的外在标志要容易

---

① 蒙梅尼尔于一七四三年暴卒。他的父亲勒萨日晚年重听。

得多。如果我确认在灵魂的全部品性中，多愁善感是最容易假装的，那是因为可能没有一个人从未动过感情，残酷和不近人情到心里连一点感情的幼芽也不存在，可是对于所有其他情欲，诸如吝啬、猜疑，我却不敢同样保证。难道一个得心应手的工具……

乙：我明白您的意思。假装感情丰富的人与真的动了感情的人之间存在的差别，就是模仿与事物本身的差别。

甲：好极了，好极了。在前一种情况下，演员不必把自己分裂成两个人，他突然一下就蹦上理想范本的高度。

乙：突然一下就蹦上去！

甲：您别挑字眼。我的意思是，由于他从未回到他自身这个渺小的范本上去，他在模仿感情丰富的性格时，就能做到和模仿吝啬、伪善、两面派以及其他任何一种并非他本人的性格时同样伟大，同样令人惊讶，同样完美。一个天生易动感情的人让我看到的东西是渺小的；另一个人的模仿却是强有力的。即便您说有时候他们的表演同样有力，我却绝对不承认有这种可能。即便有这种情况，那位有充分自制力的人全凭揣摩功夫和判断力演戏，他表演的将是日常经验中看到的那个样子，比那个一半凭自然，一半靠揣摩，一半根据一个范本，另一半依照另一个范本表演的人更有统一性。不管他多么巧妙地混合这两种模仿，敏感的观众区分这两者比高明的艺术家辨别一座雕像上不和谐的地方还要容易。艺术家不难发现某根线条形成两种不同风格的界线，或者区分根据一个模特雕成的正面与根据另一个模特雕成的背面；观众也会作类似的区分。

乙：让一个老练的演员停止用头脑演戏，让他忘掉自己，让他心里产生迷乱，让他动感情，听凭感情的摆布。这样他就能使我们陶醉。

甲：可能的。

乙：他将使我们赞叹不已。

甲：这并非不可能，但有条件：他不能脱离他的朗诵体系，必须保持表演的一致性，否则您会说他发疯了……是的，这个假定如能成立，我承认您会享受到美的瞬间。不过您是喜欢一个美的瞬间呢，还是一个美的角色？如果您选择瞬间，我要的却是角色。

说到这里，发表奇谈的那一位就沉默下来了。他迈开大步散步，根本不看方向；假如被挡住去路的人不左躲右闪，他准会与他们相撞。然后他突然停住，使劲揪住他的辩论对手的胳膊，用安详、专断的语气说道：

甲：我的朋友，范本有三种：自然造就的人、诗人塑造的人和演员扮演的人。自然造就的人比诗人塑造的人小一号，诗人塑造的人又比演员扮演的人小一号，后者是三种范本里最夸大的。演员扮演的人踩着诗人塑造的人的肩膀，他把自己装在一个巨大无比的用柳条编成的人体模型里，而他自己就成了这个模型的灵魂。他操纵起这个模型来甚至能使诗人感到害怕，叫诗人认不出这就是自己塑造的那个范本。他更叫我们害怕，就像您说的那样，好比一帮顽童装神弄鬼，相互恐吓，一面把他们穿的短上衣高高举过头顶，一面尽力模仿他们假扮的鬼魂的嘶哑凄厉的声音。可是，您有没有见过一幅描绘儿童游戏的版画？你有没有发现画中有一个孩子从头到脚套着狰狞可怕的老人面具往前走？他的伙伴们吓得四散逃窜，而他却在面具底下笑个不停。这个孩子是演员的真正象征；他的伙伴们则是观众的象征。如果一个演员不怎么动感情，而且这就是他的全部本事，您是否认为他是一个平庸的人？留神您的回答，因为这是我给您设下的又一个圈套。

乙：假如他天生极易动感情，那又会发生什么情况呢？

甲：会发生什么情况吗？他或者一点儿不会演戏，或者演得很可笑。是的，很可笑。您若感兴趣，我可以现身说法。每当我想讲述一个悲惨的故事，不知为什么我就心烦意乱；我的舌头不灵活；我的声音走样；我的思想失去条理；我的话说到一半就停住；我变得结结巴巴，我发觉这一点；我泪流满颊，于是我沉默不语。

乙：于是这恰好使您取得成功。

甲：在社交场合我会成功，可到了剧场里，我只会听到嘘声。

乙：这是为什么？

甲：因为人们去剧场不是为了看别人流泪，而是为了听到能引出自己眼泪的台词，也因为这种自然的真实与按照规矩定下来的真实不协调。请容我解释。我的意思是说，戏剧体系、情节和诗人编写的台词都与我那种断断续续、哭哭啼啼、喘不过气来的朗诵方式格格不入。您现在看到，过分忠实地模仿真实的自然，即便是最美的自然，也是不允许的；有一些界限是不应该逾越的。

乙：这些界限是谁确定的？

甲：出于常识，我们不能让一种才能损害另一种才能。有时候需要演员牺牲自己以成全诗人。

乙：可是，如果诗人的作品适合他作忠实于自然的表演呢？

甲：好吧！这么一来您就会有另一种悲剧，与您现在看到的悲剧大不相同。

乙：那又有什么不合适呢？

甲：我不太清楚您会因此得到什么好处，不过我很明白您会失去什么。

说到这里，发表奇谈的那一位第二次或第三次走近他的对手，跟他说：

甲：这句话不雅驯，可是很滑稽，而且说这句话的那位女演员的才能是众口交誉的。说话的场合和用的词与戈森小姐那件轶事可谓无独有偶。当时她倒在饰演波吕克斯的皮洛身上，气息奄奄，至少我以为她快要死去。她低声对皮洛说："啊！

皮洛，你身上太臭了！"

这是阿诺扮演特莱拉公主时的趣闻。在这个时刻，阿诺真的成了特莱拉吗？不。她是阿诺，始终是阿诺。演员具有的某种品质如果发展到极端会把一切都搞糟，那么您怎么也不能说服我称赞这种品质的中等程度的发展。不过不妨假定诗人写出一场戏供人在剧场里用我在社交场合朗读的方式去朗诵，谁又会去演这场戏呢？没有人，即便最有自制力的演员也不会去。假如他有一次演好这场戏，有一千次他都要失败。因为那时候他是否成功取决于极少的东西！……您是否觉得最后那个论据不够扎实？好吧，就算是这样吧。不过我仍要引出结论：这将使我们戏剧的夸张程度有所减轻，使我们的演员把高跷绑得略微低一点，使事情差不多保留它们的原状。若有一位天才诗人达到这个神奇的自然真实，他必将招来成群结队平淡乏味的模仿者。可是一旦您达到自然纯朴的境界，就绝不允许您从那个高度下降一步，否则您就变得乏味、讨厌、可憎。您不这么想吗？

乙：我没有任何想法。我没有听见您在说什么。

甲：怎么！难道我们没有继续辩论？

乙：没有。

甲：那您到底在干什么？

乙：我在瞎想。

甲：您想到什么了？

乙：想到一个英国演员，名字大概叫麦克林①。那天我正好去看戏，他请求观众原谅他胆敢在加里克之后扮演莎士比亚的《麦克白》中的某个角色。他有一段话说到，演员若在强烈感受的驱使下慑服于诗人的天才和灵感，听凭诗人的摆布，这是非常有害的。我不记得他提出的理由，但是这些理由很精微，当场就被观众领悟，博得掌声。再说，假如您对此有兴趣，可以在《圣詹姆斯纪事报》发表的一封信里找到这些理由，署名是昆克提连。

甲：难道说我这么长时间一直在自言自语？

乙：可能的；就像我这么长时间里一直在瞎想一样。您知道从前由男演员扮演女角吗？

甲：我知道的。

乙：格利乌斯尔②在他的《阿提卡之夜》中讲到一个名叫包罗斯的演员。他穿着厄勒克特拉的丧服，怀抱俄瑞斯忒斯的骨灰瓮上场，里面装的却是他不久前死去的儿子的骨灰。于是观众看到的不是虚妄的演出，不是表演出来的小小痛苦，剧场里响彻喊叫声和真正的呻吟。

甲：那么您以为那时候包罗斯在舞台上讲话与他在自己家里讲话一样吗？不，不。我不怀疑他产生了神奇的效果，不过这个效果与欧里庇得斯的诗句、与演员的朗诵都不相干；观众

---

① Charles Macklin（1699—1797），爱尔兰演员，与加里克是对头，二人相互使坏。
② Aulus Gellius（130—180），古罗马作家。

受感动是因为他们看到一位伤心的父亲用泪水湿透他亲生儿子的骨灰瓮，这个包罗斯可能不是一个庸碌的演员，普鲁塔克讲到的那个伊索普斯也不是。普鲁塔克写道："某日，伊索普斯当众饰演阿特柔斯王熟思如何报复其弟提厄斯忒斯之际，适有一仆人忽于彼前急趋而过。彼因体察阿特柔斯之激烈情感，怒不可遏，且亟欲生动显示剧中人雷霆之威，乃以手中节杖猛击该仆之头，立毙之……"① 这是个疯子，行政长官应该当场把他送到塔比亚岩②去。

乙：他想必这么做了。

甲：不见得。罗马人把一个大演员的生命看得很重，把奴隶的性命不当一回事！

不过，有人说演说家在情绪激昂、怒火中烧的时候更能打动听众。我不以为然。他在模仿怒火的时候更能打动听众。演员不是在他们当真发怒的时候，而是在他们恰如其分地表演发怒的时候才给观众强烈的印象。在法庭上，在集会上，在一切有人想操纵其他人的情绪的场所，人们时而佯为发怒，时而假装害怕，时而故作可怜相，以便在其他人身上引起同样的感情。这是因为激情本身做不到的事情，模仿得当的激情却能够做到。

我们不是常听人说某人很会做戏吗？这句话的意思不是说

---

① 参见《西塞罗传》。
② Rupes Tarpeia，罗马城中的一座小山。山上有悬崖，古代常把犯人从悬崖上推下去。

此人感情丰富，相反是说他即便毫无感受，也善于装出动了感情的样子。演员这个角色还要艰巨得多，因为他除此之外还要找到台词，一身兼任诗人和演员。诗人在舞台上可能比演员在社会上更加灵活，但是您是否相信演员在舞台上能比一个历尽沧桑的朝臣更有城府，更善于假装喜悦、忧伤、多愁善感、钦佩、仇恨或者温情？

　　不过天色已晚。我们吃饭去吧。

图书在版编目(CIP)数据

与旧睡袍离别后的烦恼/(法)德尼·狄德罗著；
钱翰等译；罗芃主编.—上海：上海译文出版社，
2023. 10
　(狄德罗文集)
　ISBN 978 - 7 - 5327 - 9307 - 5

Ⅰ.①与… Ⅱ.①德…②钱…③罗… Ⅲ.①随笔 -
作品集 - 法国 - 近代 Ⅳ.①I565. 64

中国国家版本馆 CIP 数据核字(2023)第 161241 号

与旧睡袍离别后的烦恼 Regrets sur ma vieille robe de chambre	Denis Diderot [法]德尼·狄德罗　著 钱翰　周莽　施康强　余中先　译 罗芃　主编	策划编辑　李月敏 责任编辑　张　鑫 装帧设计　尚燕平

上海译文出版社有限公司出版、发行
网址：www. yiwen. com. cn
201101 上海市闵行区号景路 159 弄 B 座
杭州宏雄印刷有限公司印刷

开本 890×1240　1/32　印张 10.5　插页 6　字数 153,000
2023 年 11 月第 1 版　2023 年 11 月第 1 次印刷

ISBN 978 - 7 - 5327 - 9307 - 5/I · 5798
定价：60. 00 元